集英社文庫

誘拐の果実

上

真保裕一

集英社版

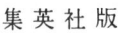

この作品は、二〇〇二年十一月、集英社より単行本として刊行されました。
文庫化にあたり、上下巻に分冊しました。

〈上巻目次〉

〈下巻目次〉

誘拐の果実〈上〉

序章　誘拐の萌芽

1

一九八三年十一月

時刻は午後五時をすぎ、山手通りは渋滞が続いていた。無線から次々と流れくる情報をひとつも聞き逃すまいと身構えながら、川中弘紀《かわなかひろき》は馬喰坂《ばくろざか》から目黒通りへ向けて慎重にハンドルを切った。サイレンを鳴らすなという指示を守っていたのでは、裏通りをよほどうまく縫って走らないと、三十分あっても通報者の自宅に行き着けそうになかった。

『――世帯主は、工藤和江《くどうかずえ》、二十九歳。行方がわからなくなっているのは、和江の長男、巧《たくみ》、一歳五ヶ月。父親はいない。戸籍には非嫡出子とあり、認知はされていない模様。なお、本籍地は横浜市金沢区……』

助手席でメモを取っていた浜西光代の動きが微妙に止まりかけたのを、川中は見逃さなかった。

そうか……この人も知っていたのか。

噂というやつは始末に負えず、枯れ野原を焼く火の手のように燃え広がっていく。警察という人の身元に目を光らせる仕事柄も多少は影響しているのか。たとえ物証はなくとも、邪推の翼を借りて、噂は人の間を飛び交う。学生時代から見慣れた反応だというのに、川中はいまだに内なる鎧《よろい》を意識し、無表情を装うのに苦労する。

浜西光代は車内の空気を悟って沈黙を守り、変わらずにボールペンを走らせ続けた。やがて、ひざに置いた所轄地図とフロントガラスへ視線を交互に走らせ、顔を上げた。

「次の角を右です」

同僚の些細《ささい》な反応を気にしていたのでは、捜査に集中できなくなる。悟られないように深く息を吸い、暮れゆく街角の景色に意識を戻してハンドルを切った。そろそろ一一〇番通報のあった該当番地に近い。

『通報者の氏名は、沢地《さわち》きぬ、五十六歳。上大崎《かみおおさき》三―五―一〇三、目黒派出婦協会所属の家政婦と確認が取れた。工藤家との契約は昨年の十月からで、月曜日から土曜日までの週六日、午後四時から深夜十二時まで、もう一人の所属家政婦、吉村佐知子、四十七歳とほぼ交互に通っていたという。ただし、先月の六日から二十九日までは派遣が止められていた。理由は、工藤和江が入院したためだ』

母親が入院していた間、巧という子はどこに預けられていたのか。素朴な疑問がわいた。彼には優しい親戚がいただろうか。まだ事件と断定されたわけでもないのに、巧という子供を早くも被害者として見ている自分がいるのに、川中は気づいた。

『工藤和江は、渋谷区恵比寿一丁目で小料理屋〝かずえ〟の雇われ店長を務めている。店に確認したところ、和江も知らせを受けて自宅へ向かった』

「右手奥の三軒目です」

黄昏《たそがれ》の街並みを確認して浜西光代が短く言い、無線のマイクを手にした。

「こちら浜西。ただ今現着しました。付近の路上に停車中の車はなし、人影もなし」

「本部了解。誘拐事件の可能性も高いので、慎重に行動を願います」

いったん工藤家の前をゆっくりと通りすぎた。親子二人の暮らしで、しかも世帯主は二十九歳になる女性だという。生け垣に囲まれた木造二階屋で、門から玄関までは距離があり、南に面した広い庭が作られていた。手前の駐車場らしきスペースに車はない。非嫡出子という事情が頷《うなず》けるような家に思えた。父親はよほど名のある資産家なのか。

二軒先の路上で覆面車を停めた。浜西と頷き、無線と録音装置の入った鞄を手に車を降りた。

気の早い秋の夜が空を覆い始めていた。街灯の薄明かりに淡く照らされた路地を、目だけで素早く見渡しながら、工藤家の門へ歩いた。もし誘拐事件だった場合、警察の介入を見極めようとする犯人の目が、どこで光っているかわからなかった。

呼び鈴を押すと、インターホンからの答えもなく、すぐに玄関のドアが開いた。

どうぞ、こちらへ。年輩の女性が低く叫ぶように言って手招きをした。通報からまだ二十五分ほどしか経っていないはずだが、よほど一人で待ちかねたのか、訪問者を警察だと頭から信じ込んでの行動だった。

「目黒署の川中です」

ドアを後ろ手に閉めて名乗りを上げると、沢地きぬの顔に安堵《あんど》の色が浮かび、ためていた息を吐くように背中が急に丸まった。よほど辺りを走り回って、子供の行方を確かめてみたらしい。後ろへまとめ上げた髪がほつれ、年齢よりも老け込んだ歳に見せていた。

「犯人からと思われる電話はありましたか」

「あ――いえ、まだ……」

たとえ脅迫電話があっても、ろくな対応はできなかったろう、と思わせるに充分な取り乱し方で彼女は激しく首を振った。

「母親の工藤さんは、まだですね」

「連絡はしましたから、まもなく戻るかと……」

「まず家の中を確認させてください」

玄関へ上がると、沢地きぬが慌ただしく先に立って歩いた。

短い廊下があり、すぐ横が六畳ほどの和室になっていた。南の庭へ通じる窓の横に、主をなくしたベビーサークルが置いてあった。空色の柄の小さな布団が敷かれ、絵本と数個のミニカーが散乱している。署が指示を出しておいたとおりに、すべての窓にはカーテンが下ろされ、外からの監視への警戒は怠りなかった。

川中はカーテンを慎重にめくり、窓の鍵を確認した。よくあるクレセント錠で、一歳五ヶ月になる幼児が手を伸ばしても届きそうな高さにはなく、一人でふらふらと外へ出て行ったとは考えにくい状況だった。カーテンの一部が鍵に引っかかるかなどして、何かの弾みに開いてしまった可能性は、どれだけあるだろうか。

「あなたが二階にいた間に、いつのまにか子供が姿を消し、ここの窓が開いていた。間違いありませんね」

自分の不注意を指摘されたと思ったらしく、沢地きぬの痩せた頰に震えが走った。

「ぐっすり眠っていたように見えたので……奥様から言いつけられていた二階の掃除を先にすませておこうかと」

「勝手口を見せてください」

六畳間の右手が八畳ほどの居間になっており、奥が続きの台所だった。冷蔵庫の脇に勝手口が造られ、こちらはドアノブの中央にシリンダー錠の埋め込まれたインテグラ・ロックになっていた。

普段は開けたこともないこのドアの鍵が、警察への通報後に確認してみたところ、開いていたというのである。

「巧君がいなくなる前に、ここの鍵を確認されたのは、いつになるでしょうか」

川中の尋ね方が詰問口調にすぎると感じたのか、先に浜西光代が穏やかな声を作った。沢地きぬが首を振り、言葉を詰まらせながら皺《しわ》の浮き出た両手を組み合わせた。

「てっきりかかってるものとばかり……。ここを開けたことは一度もありません。鍵も奥様から預かってはいませんでした」

一歳五ヶ月の幼児が一人でベビーサークルを乗り越え、歩いて窓に近寄ったあげく、何かの拍子にクレセント錠が開いてしまった可能性は皆無ではないのかもしれない。高さ五十センチはあろうかという縁側にも、靴脱ぎ石が置かれ、子供が庭に降り立つことも不可能ではないだろう。しかし、普段は使っていない勝手口の鍵が開いていた以上、何者かによる拉致、と見たほうが自然に思えた。浜西に目をやると、彼女も無言で頷き返した。

犯人は勝手口から中の様子をうかがい、沢地きぬが二階へ上がった隙を見て侵入し、和室へ向かった。ベビーサークルの中で寝ていた巧をさらい、窓から庭へと出て行った。土足の跡が床や畳に残っていないことから、わざわざ靴を脱いで上がり込んだと見ていい。証拠を残すまいと気を配っており、おそらく勝手口のドアや窓のサッシから指紋が出ることは期待できないだろう。

誘拐、または連れ去り事件と見て、まず間違いはない。

沢地きぬからの詳しい聴取を浜西に任せると、川中は玄関へ取って返した。無線で署へ連絡を入れた。

「こちら川中。通報の状況に間違いはありません。何者かによって拉致された気配が濃厚です」

『了解した。直ちに逆探知の準備をさせる。本庁一課も用意はできているそうだ』

誘拐事件の発生となれば、署に捜査本部が置かれ、警視庁捜査一課の猛者《もさ》たちが乗り込んでくる。川中ら目黒署の捜査員は、彼らの指揮下に入る。

『母親がそちらへ到着したら、まず父親のことを聞き出してくれ。親権をめぐる争いだとも考えられる。誘拐事件かどうかは、その先の判断になる。頼むぞ』

上司の放った最後の言葉が、やけに優しく聞こえた。子供の境遇から、肩入れしすぎるのは禁物だぞ。そう遠回しに言われたのだと川中は理解した。

脅迫電話に備えて録音装置をセットしていると、玄関先で車のブレーキ音が聞こえた。母親の和江が、恵比寿の店から到着したらしい。

玄関へ走ると、ドアが勢いよく開くなり、和服姿の女性が駆け込んで来た。髪を結い上げ、薄化粧を施した顔が蛍光灯の下で青白く見えた。目の前に立っている川中の存在など目に映らないかのように、家の奥に向かって彼女は叫んだ。

「沢地さん、巧はどこ。どうなったの！」

川中が警察手帳を手に名乗りを上げたが、ちらりと目を向けたものの、工藤和江は草履《ぞうり》を脱ぐなり居間へと駆け出した。

「どうしてこんなことに……巧はどこなの」

取り乱した和江の声が廊下に響いてきた。ひとまず彼女を落ち着かせる役目は、同性の浜西に任せるしかなかった。川中は先に録音装置のセットを終えた。

居間へ向かうと、子供から目を離した沢地きぬを、工藤和江がきつい言葉でまだなじり続けていた。浜西と二人で落ち着かせようと声をかけたが、幼い息子が一人で辺りを歩き回っているのだと思いたいらしく、彼女は何度も家から出て行こうとした。すでに沢地きぬが近所を確かめたのだと告げても、捜し方が悪いのだと聞かず、自分ならあの子を見つけられると言い張った。

彼女には、巧という子供がすべてなのだ。もちろん多くの親が、子を我が身よりも大切に考える。だが、非嫡出子という境遇に置いてしまった後ろ暗さが彼女にあり、一人息子への思いを余計に大きくさせていた。五年前に亡くなった川中の母も、息子の成長する姿だけを楽しみにしていたように見えたものだ。

「工藤さん。すでに我々の仲間がこの一帯をパトロールしています。お子さんが一人で窓から出て行ってしまったのなら、すぐにでも連絡が入るでしょう。それより、何者かがお子さんを連れ出した可能性もあり得る状況なのです。犯人から身代金などを要求する電話が入るかもしれません。お子さんの今後のためにも、今はまずあなたが冷静になる必要があるんです。気をしっかり持ってください」

浜西が横から肩を抱いて諭し、ダイニングの椅子に工藤和江を腰かけさせた。目は落ち着きなく動き、乱れた髪がこめかみの横で揺れ続けていた。

川中は工藤和江の前に座り、目をのぞき込むようにして話しかけた。

「工藤さん。どうか落ち着いて我々の話を聞いてください。お子さんを連れ去るような人物に心当たりはないでしょうか」

言った瞬間、和江の瞳の動きがにわかに止まった。わずかに目が見開かれたようだ。彼女には、子供を連れ去ってもおかしくない人物に思い当たるふしがあるのかもしれない。

だが、待っても、彼女の口は開かなかった。思い詰めたようにじっとテーブルに視線を落とし、紅く塗られた唇を噛みしめていた。

「勝手口の鍵が開いていました。今のところ、何者かがそのドアから侵入した疑いが強いと思われます。この家の鍵を持っている人物は、ほかにどなたかいませんでしょうか」

巧の父親なら、この家の鍵を持っていて当然だった。連れ去られてから一時間近くが経過しようというのに、犯人から身代金を要求する電話はまだかかってきていない。勝手口から侵入して連れ去るという手口からも、家の内部事情をよく知る者の仕業である可能性は高い。

「どうか正直におっしゃってください。巧君の父親はどなたなのでしょう。我々が正式に動き出せば、いずれこの家や店の権利書などから、父親の存在は明らかになるものと思われます。もし父親とは関係のない事件であれば、お子さんは非常に危険な状態にあるとも言えます。確認のためにも、ぜひとも打ち明けていただけないでしょうか」

脅すような言い方は嫌だったが、急に口を閉ざしたような態度が気になった。ここでの躊躇《ちゅうちょ》が子供の身の危機につながったのでは、彼女も必ず後悔する。

「工藤さん。勝手口を最後に開けたのはいつだったでしょう。沢地さんは、ドアに手を触れてもいない、と言ってました。もし施錠されたままであったのなら、何者かが鍵を持っていたことになります。鍵は何本あって、どなたがお持ちなのでしょう」

じっとテーブルの一点を見据えていた工藤和江の瞳が、今度は迷うように揺れ始めた。彼女はやはり、息子を連れ去った者の心当たりがあるのだ。

川中が確信した瞬間、耳に押し込んだ受令機のイヤホンから、慌ただしく無線連絡が入った。

『こちら目黒署。つい先ほど、碑文谷《ひもんや》公園で一歳ほどと見られる男の子が保護された。工藤巧との共通点が多い。服装は白の上下、メーカーは……』

浜西が手帳を取り出し、素早くメモを取った。二人の顔色を見て、和江が目を輝かせて身を乗り出した。

「刑事さん、巧ですか？　巧が見つかったんですね」

「碑文谷公園で幼い男の子が保護されたそうです」

和江の顔が期待にふくらみ、輝き出した。横で身を縮めるように立ったまま聴取を見守っていた沢地きぬが、惚《ほう》けたような顔になり、台所の床に座り込んだ。

署の許可を得て、浜西光代が工藤和江をともない、子供が保護されたという碑文谷署へ向かった。衣類の特徴とメーカー名から、ほぼ巧に間違いないと判断されたのである。

川中は現場に残り、浜西からの報告を待った。やはり身代金を目的とする誘拐ではなかったようだ。

十五分後に、保護されていた子供が工藤巧であると確認された。通報からほぼ四十分後、巧が姿を消してからも一時間ほどしか経っていなかった。

犯人は、連れ出した子供をなぜか近くの公園へ置き去りにしたのである。巧が泣き叫んだために手を焼き、置いていくしかなかったのか。それとも、最初から連れ出すことが目的だったのか。

子供の発見が早かったために捜査本部は設置されず、所轄の目黒署が事後処理を任された。ところが、事件の捜査は早々に道を閉ざされた。工藤和江が正式な被害届の提出を拒み、その後の捜査の必要はない、と言い出したのである。もうすんだことですから、と彼女は息子を抱きしめるばかりで、多くを語ろうとしなかった。

もし誘拐事件となれば、身代金を目的としない未成年者略取誘拐のケースでも、三ヶ月以上五年以下の懲役刑に該当する罪になる。

しかし、営利目的でない誘拐の未遂罪は、親告罪となり、被害者側からの告訴がなければ、たとえ犯人が判明しても起訴はできなかった。つまり、身内同士での誤解や反目から子供を奪い合うケースなどでは、警察や検察がたとえ捜査をして犯人を探り当てても、罪には問えないのである。

工藤巧の連れ去り事件も、身内が深く関与していそうな気配は濃かった。工藤和江は、巧を連れ去った者の心当たりが充分にありながらも、その人物を告訴したいとは考えていないようなのだった。

「工藤さん。もし今後も同じようなことが起これば、最も傷つくのは巧くんですよ。彼に危険が及びそうな可能性は、排除しておいたほうがいいとは思いませんかね」

念のためにと運ばれた病院で、工藤和江は川中たちの説得にも頑として首を縦に振ろうとしなかった。もうすんだことですから。ありがとうございました。彼女は同じ台詞をくり返した。

被害者が告訴しないと主張する以上、警察に手出しはできなかった。

彼女の家や店の権利書などから、巧の父親を探り当てることはできただろう。しかし、たとえ犯人を突き止めたところで、罪に問えないのでは、捜査に人は割けなかった。人手を要する事件は、それこそ山のようにひかえていた。

事件発生から一時間という短さで、正式に捜査は打ち切られた。

それでも川中は、巧の境遇と自分の過去を重ね合わせて見てしまい、工藤親子のことがしばらく頭から離れなかった。

一週間後に、ある傷害事件の捜査で、たまたま工藤家の近所へ聞き込みに出向いた。そのついでに、深い意味もなく、工藤家の前を通りすぎてみようと考えた。遠くからでも、巧という子供に、頑張れよ、と声をかけてみたくなったのだ。

ところが——。

川中はまだ記憶に新しい家の前で、覆面車のブレーキを強く踏んだ。見覚えのある門柱から、「工藤」という表札が消えていた。

窓という窓にはすべてカーテンか雨戸が下ろされ、芝の植わった庭に巧のものらしきプラスチックの赤いバケツが転がっていた。だが、家の中に人がいるような気配はなかった。

勝手口から何者かに侵入されてしまった家では、いくら鍵を替えようと安眠できない、と考えて住まいを変えたのだろうか。

川中は気になってならず、その日の仕事を終えると、工藤和江が勤めていたという恵比寿の店へも足を延ばした。

該当する住所を探しても、「かずえ」という小料理屋は見つからなかった。代わりに、シャッターが下ろされ、「貸店舗」の貼り紙を掲げた店の跡があるだけだった。

隣のビルの一階に入っていた設計事務所を訪ねると、つい五日ほど前に店を閉じたのだと教えられた。巧が連れ去られた事件の直後に当たる。

工藤和江と巧に何があったのか。

さらなる身の危険を感じて、住まいと仕事場を変えたという可能性はあった。しかし、身に迫るほどの危険を察知していたのなら、告訴して警察の捜査に頼ったほうがいいはずだった。彼女の行動は矛盾しているように思えてならない。

二人に何があったのだろうか。

巧という子供の将来が不安になった。

しかし、事件は正式に幕が引かれた。警察に介入できる余地はなくなった。いくら川中が気にかけたところで、あの子に再び会える機会は残されていそうになかった。

2

二〇〇二年一月二十九日（火）

あきれて二の句が継げなかった。

石和聡史《いさわさとし》は警察手帳を閉じ、ありったけの非難と疑問を視線に込めると、開き直るかのように被害者然とした態度で胸を張る老夫婦を睨みつけた。

彼らは警察など、自分らを守るための下僕としか思っていない。こういう院長に守られているのだから、政財界の有力者が困った時には彼らの病院に身を隠したくなるのも頷けた。

「では、いつになったら恵美《えみ》さんから話を聞けるのでしょうか」

「だから言ったじゃないか。恵美は襲われて混乱してるんだ、と。これ以上、恐ろしい目にあわせられると思うかね」

男の名前は、辻倉政国《つじくらまさくに》。患者の容態を第一に考える見上げた医師の表情を誇らしげに保ったまま、彼は頑として言い張り、態度を変えなかった。きっと似たような台詞を、地検特捜部の検察官たちにも言っているに違いなかった。

しかし、被害者だと彼らが言うのは、大金を惜しげもなく投じて最上階の特別室へ籠もりたがる権力者ではなく、辻倉の十七歳になる孫娘だった。もっと身を入れて捜査をせよと頭ごなしのリクエストを出してきたのは、ほかでもない彼ら自身のはずでもあった。

午後九時五十分。少女が夜道で何者かに襲われかけたと通報を受け、付近を警戒中のパトカーがまず通報者の自宅へ向かった。その直後に、どうして捜査課の刑事が来ないのだ、という苦情の電話が野方署の署長宅へ入った。たまたま署に残っていたのが運のつきで、石和は署長直々の指令を受け、直ちに婦人警官をともない、被害者宅へ急行するはめになった。係長も今ごろは帰宅途中に連絡を受け、呼び寄せられているはずだった。

被害者だという少女の名前を聞くに及び、署長がなぜ慌てたのか、石和でなくとも、地元署の者なら誰もが理解できた。

辻倉恵美。管内で救急病院の指定を受けている、宝寿会《ほうじゅかい》総合病院の院長を務める辻倉政国の孫娘だったからだ。

辻倉政国は、与党の政治家の主治医をしている関係からか、警察庁内にも顔が利くと言われ、代々署長が赴任と同時に挨拶へ出向く、管内でも指折りの有力者だった。しかも昨年来、ある大物患者が入院し、群がる報道陣と交通整理のために、本庁の警備部から機動隊員が配されている病院でもあった。署長も気を遣わないわけにはいかなかったろう。

「ご覧のとおり、恵美さんが話をしやすいように、婦人警官をともなって参りました。ご心配なら、ご家族のどなたかが立ち会われても結構です。詳しい状況や犯人の特徴など、直接の被害にあったお孫さんから話が聞けないのでは、我々としても捜査にかかりようがないのです」

「近所の変質者をまず調べたらどうかしらね」

上物《じょうもの》そうに見えるソファに腰かけていた院長夫人が真顔で言った。隣で辻倉が不遜を絵に描いたような顔で、もっともらしく頷いた。

「駅の近くに行けば、いかにも物欲しげな顔で徘徊する若い連中がごまんといる。近所を聞き込みに回れば、恵美をつけ狙っていた連中が目撃されてるかもしれんな」

懇切丁寧に捜査の指示まで出してもらえるとは予想もしていなかった。これでは、警邏《けいら》の巡査が相手にしてもらえなかったのも仕方はない。

「ですから、何者かにつけ回されるような覚えがあるのか、お孫さんの口からぜひ話を聞きたいのです」

「うちの孫がおかしなやつらとつき合ってるわけがないだろ。何を言い出すんだね、君は。早く被害届を作ってくれ」

いくら現場での状況を親族が熱心に語ろうと、彼らは目撃者ではなかった。そのうえに本人から話を聞いていないとあっては、まともな伝聞にすらならない。この家族は、何のために捜査課の刑事を呼びつけたのだろう。

天を仰いで不運を呪いたくなった時、ステンドグラスの埋め込まれた扉が開き、被害者の父親らしい男が居間に姿を見せた。

「どうなの、恵美は？」

駆けつけた刑事を前にしても腰を浮かそうともしなかったくせに、院長夫人が素早くソファから立ち上がった。

「だいぶ落ち着いてきました」

「話は聞けますでしょうか」

石和が素早く問うと、男はそれとなく辻倉政国の顔色をうかがうような視線を作った。老夫婦のどちらとも顔が似ていなかった。娘婿なのかもしれない、と石和は見当をつけた。

辻倉政国が、石和の質問を無視するかのように、男へ言った。

「恵美は犯人の顔を見てはおらんのだよな」

「背後から襲われたと言ってます。マフラーをよほど強くつかまれでもしたのか、首が少し赤くなってますが、心配はいらないと思います」

「駅の近くでも、あの辺りは街灯が少なくて暗すぎるのよね」

「区長に直訴しとかんといけないな」

無能な警察から、今度は暗い夜道を放っておいて安穏としている区長へと、怒りの矛先は変わってくれたようだった。

家族が恵美から話を聞いたところでは、午後九時四十分ごろ、友人と駅で別れてから彼女は家路についた。自宅まで三百メートルもないところで、突然、背後から何者かに襲われた。彼女が叫び声を上げたため、犯人は一目散に逃走したらしく、近所の住人が玄関から路地をのぞいた時には、恵美一人が路上でうずくまり、泣き伏していたのだという。発見者が恵美の顔を知っていたため、この自宅に連絡が入り、驚いた家族が通報してきたのだった。

辻倉恵美が何者かに襲われかけたのは事実なのかもしれない。しかし、路地が薄暗く、単に後ろから声をかけようとした者に対して、恵美が大げさな反応を取ってしまった可能性はある。後ろから女性に抱きつけば、叫ばれてしまうことぐらい、いくら愚かな変質者でも予想はできる。

変質者の仕業だったのだとすれば、なぜ彼女の口をまずふさごうとしなかったのか。いや、いくら薄暗かったにしても、住宅街のど真ん中でなぜ女性に抱きつこうと考えたのか。今ひとつ理由がわからなかった。

ただ、理屈を先に考えたのでは犯人に結びつかない事件が、最近では増えていた。真っ当な神経の持ち主ではないから、ただ欲望のほとばしるまま女性に抱きつこうとした、とも考えられた。

石和は同僚にその場を任せ、辻倉家の前に停めた覆面車まで戻った。

十一時をすぎ、真冬の寒さが首筋から吹き込んできた。近くの路上にパトカーが停まっているところを見ると、署長の肝いりで行われた近所への聞き込みは、まだ続いているらしい。そろそろ係長も署に戻っているころだろうと思い、石和は覆面車の中で携帯電話を取り出した。

予想どおり、係長はもう署内に舞い戻っていた。

「お互い災難だな。で、そっちはどうだ」

「お手上げですよ」

自室のベッドで寝ている被害者の顔すら拝めずにいる事実を告げると、むなしい笑いが返ってきた。

「こっちも同じだ。警邏がまだ近所を回ってるが、ろくな情報は上がってきてない。お姫様の叫びは聞いても、現場から立ち去る犯人の足音に気づいた者は一人もいない、ときた。冬場だからこのところ痴漢も出没してないし、情報があまりにも少なすぎる」

言われてやっと気づくとは、集中力が欠けていた証拠か。夏場で衣類の薄い時期ならともかく、誰もがコートを着込んでいる真冬の時期、女に抱きつこうとする変質者は珍しい。

「痴話喧嘩ってケースもありますよね、係長」

被害者は駅前で友人と会い、その帰り道だったという。会っていたのが男なら、夜道だからとエスコートを買って出て、送り狼に化けかけたところで恵美が叫び声を上げた、という筋書きもあり得そうだった。

「仕方ない。被害届が出されれば、捜査をしないわけにはいかないだろ。ましてや、地元の有力者の孫娘だ。何とか頼むよ」

「でも、係長。どういう友人と今まで一緒だったのか、被害者を問いつめでもしたら、きっとまたクレームが署長あてに入りますよ」

「まともに手を打ってどうする。形だけ変質者を当たってみれば充分だろう。おれがあとで課長に話しておくよ。形だけ捜査のまねごとをしとけ。いいな」

無線をさけて、携帯電話を使ったのはやはり正解だった。ほかのパトカーでも傍受できる署活系無線では、とても本音は語り合えなかった。

石和は覆面車を出て、二軒の家が並び建つ辻倉家の窓明かりを見上げた。とりあえず今日のところは被害届さえ受理しておけば、家へは帰れるだろう。

せめてどんな娘なのか、顔だけでも拝んでおきたい気持ちがあった。大病院の院長の孫娘で、ちょっと男に抱きつかれたぐらいで寝込んでしまう十七歳。夜中までふらふらと遊び回ってる、どこかの娘とは大違いだ。いや、痴話喧嘩だったとすれば、似たようなものかもしれない。

年ごろの娘に手を焼いているのは、警察官の家庭だろうと、人が羨むような大病院の一家だろうと、さして変わらないのだとするならば、少しは気もまぎれてきそうだった。

さあ、早いところ被害届を受け取ってしまおう。

今日こそ早く帰って、娘と少し話してみるか。これ以上仕事を理由に家族を放り出していたのでは、こちらの家庭の平穏が危うくなる。

石和は気を取り直し、携帯電話を懐《ふところ》へしまいながら、辻倉家の豪華な玄関ドアに向かって歩き出した。

第一章　十七歳の誘拐

1

二〇〇二年二月九日（土）

手術着から白衣に着替えて外科病棟へ上がると、ナースステーションの前に人だかりができていた。

土曜日の午後の病棟には、患者の見舞いに訪れた家族の姿が多い。洗濯物や水差しを手にした中年女性の見舞客が、若い看護師と一緒になって立ち、まるで暴れる患者を遠巻きにするような様子でナースステーションの中をうかがっていた。その人垣の奥から、女性の甲高い声が響いてくる。患者のケアについて論じ合っている声ではなかった。

病院内の雑事は引きも切らず、死期が迫った老人の身に襲いかかる合併症と同じく次々に出来《しゅったい》する。辻倉良彰《よしあき》は腹の奥に力を込めると、緊急手術を終えたばかりでまだ気だるさの残る足を速めて廊下を急いだ。

「どこが言いがかりでしょうか。わたしは事実をありのままに申したまでです」

人だかりを通して聞こえた声に、心当たりがあった。にわかに動悸が早まり、代わりに足取りがわずかに鈍った。

「溝口《みぞぐち》さん、少し口を慎みなさい。意見があるなら、あとでわたしが聞きます。さあ、みんなも仕事に戻って」

彼女をいさめる声は、宮鍋《みやなべ》看護師長のものだった。もう一人、甲高い声を発していたのは誰だろうか。廊下で様子を見守っていた看護師が、近づく辻倉に気づいてひじをつつき合い、急ごしらえの礼を重ねた。

「どうかしたのかね」

波立つ胸の裡《うち》と多少の苛立ちを無表情の仮面に隠して声をかけた。だが、若い看護師たちはばつの悪さをごまかすように素早くうつむき、視線をそらした。見舞客がそそくさとお辞儀を返しながら、廊下の奥へと歩み去った。

ドアはなく、開放されたナースステーションの中をのぞいた。

師長の執り成しにより、すでに事態は収拾されていた。クリップボードを抱えて両者の間に立っていた宮鍋久子《ひさこ》が、辻倉を認めて姿勢を正した。彼女の後ろで、溝口弥生《やよい》が空になった点滴容器を手に涼やかな顔を作っていた。視線の先には、彼女と目を合わすまいとする若村圭子が立ち、現れた辻倉に気づいて振り返ると、伏し目がちになって頭を下げるなり、ナースステーションから出て行こうとした。その背中に、またも弥生が悪びれた様子もなく声をかけた。

「お願いですから、謝礼のあるなしで患者さんへの態度を変えるのはやめてください」

「溝口さん」

宮鍋師長が再びたしなめたが、弥生は応えた様子もなく、彼女と辻倉に礼を返した。毅然とした態度を崩すまいと頑張るかのように、背筋を伸ばしたまま廊下へ歩き始めた。白衣の胸が誇らしげに突き出されていた。

「お騒がせして申し訳ありません」

宮鍋師長が頭を下げつつ近づき、小声でわびた。辻倉は弥生のまっすぐに伸びた背中を見送ると、無理して視線を師長に戻した。

「彼女、うまくいってないのかね」

「ちょっと活きがよすぎるだけでしょう」

意外にも、宮鍋はふくよかな頬に自慢のえくぼを浮かべた。どこか楽しくて仕方がない、という響きが声に漂って聞こえた。

「溝口さんの言うことはもっともなんです。あとは、もう少し言い方を考えてくれれば、ねえ」

「彼女が、若村くんに」

戸惑いを隠せず、再び廊下に視線を送った。先月末に移って来たばかりの若手に、面と向かって忠告されたのでは、若村圭子も引くに引けなかったのだろう。しかし……。

当の弥生の姿は廊下に見えず、家族と一緒に点滴を押して歩く患者の姿があるだけだった。先輩看護師に面と向かって忠告を放つ弥生……。辻倉の知る彼女の姿とは、あまりにかけ離れていた。

「申し訳ありません。目が行き届いていませんでした。どうも若村さん、患者さんの家族からずいぶんと謝礼をもらっていたようで。以前にも注意したことがあったんですが、最近ではほかの患者さんをおろそかにしているとは見えなかったので、少し安心しすぎてました。外から来た人だからこそ、気づくことがあったんでしょうね」

自分のミスでもある、と宮鍋師長は襟を正して言った。こうやって、責任を当事者だけに押しつけまいとする人だからこそ、下につく者や医師たちからの信頼は厚い。

「若いうちは意見をぶつけ合うのもいいでしょう。あとでわたしが二人と話してみます。ご心配かけてすみません」

宮鍋はこともなげに言うと、辻倉に目配せをしてみせて笑った。この程度のもめ事で顔色を変えていたのでは、師長の職は務まらないと言いたげな笑顔だった。密かに若手の医師や看護師たちから〝軍曹〟と呼ばれるだけのことはある。

それにしても――。

溝口弥生が消えた廊下の先を見ていると、背中から看護師の声がかかった。

「副院長。三番にお電話です」

院内放送で呼び出さずに、わざわざ病棟に出たところへ回してくるのだから、プロパーの売り込みや患者の家族からの電話ではあり得なかった。辻倉の胸にさざ波が立った。仕事に戻ろうとする宮鍋師長に目顔で頷くと、カウンターに置かれた内線電話をあえてさけ、奥のデスクへ足を運んでから受話器を取った。

「——恵美がいなくなったの」

外線に切り替えると同時に、耀子《ようこ》の慌ただしい声が耳に飛び込んできた。奥で電話を取ったのは正解だった。

「どうしたらいいかしら。お母さん、口ばかりでちっとも当てにならないんだから」

母親に任せるのを最初から不安に思っていたのなら、自分がずっと目を光らせていればよかったのだ。娘の反応を心配し、母と二人でそれとなく見ていようと決めたのは耀子自身だったはずではないか。

「聞いてるの。恵美が家を出てったのよ」

背後では、二人の看護師が点滴の用意を始めていた。辻倉は口元に受話器を引き寄せた。

「買い物に出たんじゃないのか」

「家族の目を盗んで、窓から買い物に行く？　あの子が気に入ってた革のジャンパーもなくなってるのよ。あの子、そこらへ出かけるくらいじゃ、絶対にあのジャンパーを着たりしなかった」

「携帯に電話はしたのか」

「当たり前でしょう。メールにも返事がないの」

真っ先に、家出、という二文字が脳裏に浮かんだ。

「着替えやバッグはどうだ」

「そうね、確かめてみる。とにかく早く帰って来て。胸騒ぎがする」

「難しいな。ついさっき手術が終わったばかりで目の離せない患者がいる」

交通事故で運び込まれた急患だった。胸部の打撲が激しく、胸骨と右肋骨の四本が折れ、その一部が肺に刺さっていた。しばらく人工心肺装置に頼るほかはなく、少なくともここ二、三日は予断を許さない状態が続く。手術を終えてからＩＣＵ担当の医師と打ち合わせはしておいたが、今日は病院に泊まろうかと考えていた。

「お父さんに代わってもらえばいいじゃない。事情を話せばわかってくれるわよ。お願い、早く帰って来て。わたしは心当たりをあたってみる。じゃあ、頼むわよ」

言い終えるなり、返事も聞かずに電話は切れた。

父親を頼るのはいつものことだが、かなりの慌てようだ。父と夫では専門が違っていることぐらい、耀子も知っているはずではないか。しかも、いくら頼りたくとも義父は今日、製薬会社の接待とかで病院にはいなかった。

あきらめが吐息に変わった。病院でも家庭でも、自分の役回りは決められている。担当医を信頼して任せる手はあるにしても、どうしたものか、と思案にくれながら、その場できびすを返した。

驚きに目を疑った。ナースステーションの入り口に、溝口弥生が立っていた。

先ほどとは打って変わり、穏やかすぎる表情で辻倉を正面から見ていた。電話が終わるのを待ち受けていたのだとわかる。

「辻倉先生。五〇二の田中さんが、午後から八度五分が続いています」

辻倉と視線が合うと、彼女は恥じらうような笑みを浮かべ、弾む足取りで近づいた。肩を寄せるような近さで横に並ぶと、手にしたカーデックスを指し示した。検温を始めとする患者の容態が細かく書き込まれていたが、文字を追うのが難しかった。消毒液とは似ても似つかぬ若い女性の香りが、辻倉を包んだ。

本来、この程度の報告を副院長でもある辻倉にする必要はなかった。担当医は決められていたし、午後の回診後に簡単な報告も受けていた。しかし、弥生は必ずといっていいほど、辻倉の顔を見ると患者の様子を話したがった。

すぐ横で、弥生が指示を待つように辻倉を見ていた。二十七歳という年齢のわりにはあどけない顔が、すぐ近くにあった。自分のような冴えない中年男を惑わすには、充分すぎるほど魅力にあふれた笑顔とともに。

「小倉くん、ちょっといいか」

通りかかった若手の医師を呼び止めた。

「すまないが、急な用事で出かけないといけない。渥美くんは外来だから、代わりにちょっと診てやってくれないか。頼むよ」

早口に言い置いて若い医師の肩をたたき、彼女にも申し訳ばかりに、頼むよと、声をかけた。

辻倉は弥生の前から逃げ出した。痛いほどの視線を背中に感じた。振り切るように廊下を歩くと、気になっていた患者の個室に身を隠した。

「わからないな……」

一人になって、声が出ていた。ベッドの患者が小さくうめいて反応した。弥生の眼差しを頭から閉め出し、患者に励ましの言葉を与えてから、脈と呼吸数を確認した。午前中より安定していた。言葉を返せないでいる患者にもう一度話しかけてから、病室を出た。

廊下に弥生の姿はなかった。患者の家族が頭を下げて通りすぎた。逃げるような足取りは変わらなかった。

弥生はどんな医師にでも、同じような笑顔で近づくのだろうか。誰かに見られていると感じて振り返ると、決まってそこには弥生がいた。コーヒーを勧めてくれたり、白衣のボタンをわざわざ繕ってくれたり、辻倉の世話を進んで買って出ようとすることが多かった。

どう理解していいのか。弥生の眼差しには、一看護師の医師を見る目を越える何かがあるように思えてならなかった。

自惚れではない。辻倉は自分をよく知っている。病院での立場も、看護師や医師たちの目にどう映っているのかも、冷静に理解しているつもりだ。

「副院長先生、いつもありがとうございます。おかげさまでうちの人、来週にも退院できると……」

話し好きの婦人が、辻倉を見つけて走り寄って来た。そう——辻倉の肩書きは副院長になっている。しかし、病院内での実権は何ひとつない。与えられた手術をとどこおりなくこなす技術屋の一人だった。元教授という輝かしい過去を持つ外科部長の指示どおりに、投薬し、メスを握る。大学からの派遣医師たちの不満に耳を傾け、面倒を見る。看護師の機嫌を損ねないように気を配る。それが仕事だ。

都心には大病院がひしめいている。名のある国立や専門病院に患者を奪われないためには、たとえもうメスは握れなくとも、有名医大の元教授という肩書きは大きくものを言った。大学とのパイプを保っていかなければ、腕の立つ若い医師を呼べはしない。看護師も年々集まりにくくなっていた。

誰かが雑事を引き受ける役に甘んじなければならなかった。辻倉は打ってつけの立場にいた。院長の娘婿。義父と妻の言いなりになっていれば、いずれ病院は自分のものになる。院長という名の重石《おもし》が取れるまで、ひたすら低姿勢で耐えている男、と看護師の間で陰口をたたかれているのは知っていた。

四十九歳。手術には体力がいるため、ジョギングは欠かさずに続けていたが、もう腹と背中を取り巻く肉は落ちてくれない。ここ数年、髪はめっきりと少なくなった。弥生のような若い女性が本気で近づこうとするはずはなかった。純粋な気持ちからとは思いにくい。自分を惑わし、うろたえる様子を楽しんでいるのか。

あと一年で五十の坂を越える。若い女性を理解しようというのがそもそも間違いなのだろう。世代の壁は日々刻々と高さを増し、油断しているうちに周囲が見えなくなってくる。若い女性の行動は、辻倉の理解を超えていた。溝口弥生の気持ちがわからなかった。いや、何よりも――十七歳になる自分の娘の気持ちが、つかめなかった。

2

集中治療室に戻り、手術を終えたばかりの患者のデータを確認した。血圧は八〇を切ったままで、依然上昇の兆しは見せていなかった。あとは本人の体力次第になる。

術後に患者の勧める運送会社の社員が駆けつけたというが、まだ身内の者は一人として病院に到着していなかった。家族と連絡が取れず、一人ベッドで戦う患者の孤独をしばらく思った。

担当の医師に、変化があった場合は遠慮なく自宅へ連絡するように言づけてから、辻倉は一階に下りた。

医局で元教授の外科部長に説明すると、彼は深く問い返しもせずに早退の許可を与えてくれた。大学から派遣された優秀な医師が多くいるので、技術屋一人が席を外したところで支障はなかった。緊急手術を要する時には、呼び出しの電話一本かければ、十分もかからずに駆けつけられる距離に住んでいるのだから心配もない。

若い医師にあとを託し、辻倉は内ドアを抜けて、隣の事務室へ寄った。

ここでも厄介な揉め事が待ち受けていた。

部屋の入り口で、事務員の聴衆を前に、一人の男が演説の真っ最中だった。

「何度も申し上げたにもかかわらず、まったく改善の様子が見られない。医師や看護師にもっと徹底していただかないと困ります。最上階とはいえ、望遠でのぞける距離にビルがいくつも建っているのですからね。昔の結核治療じゃあるまいし、日光浴など気休めにもならない。医師が精神論に頼るようでは、嘆かわしいと思わないのですか。それと、一週間の治療と検査メニューができたところで、わたしどもとの打ち合わせをさせていただく約束だったはずです。うちの会長には、たとえ入院中でもこなしていただかなくてはならないスケジュールがあります。どうしてこう次々となし崩しに決め事が破られていくのか、病院側のモラルが低すぎるとしか思えませんね」

またしても坂詰《さかづめ》史郎《しろう》が、雇い主への忠誠心を楯に、執拗な抗議に来ていた。眼鏡の下の冷ややかな視線を変えず、事務員たちを威圧するかのような口調でまくし立てている。

この坂詰という男が、辻倉は苦手だった。彼と向き合っていると、たとえ世間話の最中でも、苛立ちの泡がふつふつと体の底から沸き立ってくるのだ。いかにも勤勉そうで、己の有能さを誇ってみせるような立ち居振る舞いが鼻につき、見ていられなかった。理由のわからない焦燥感に駆り立てられる。

辻倉の姿を視野にとらえたらしく、坂詰史郎が首だけねじり、こちらを向いた。手応えのありそうな獲物を見つけたかのようにほくそ笑むと、目を細めたまま足早に近づいて来た。

「いいところに見えました。副院長の口からご説明いただきましょうか」

見回すと、院長の甥に当たる事務長の姿が席になかった。叔父の尻について接待に出かけたのだ。立ち回り方ひとつに、人の本音や野心が見え隠れする。

坂詰が鼻先をぶつけるような間近に立った。これまでにも彼は、ことあるごとに打ち合わせの場を要求し、患者の側の一方的な注文を押しつけてきた。

食事が冷めている、隣の部屋の患者がうるさい、看護師の態度が悪い、シーツに染みが残っている……。快適な入院生活を送るためには、ぜひとも実現させたい要求だろう。自分の雇い主にはそれだけの持てなしを受ける権利がある、と彼は信じて疑っていない。

だが、病院はホテルではなかった。

「院長がどうお答えしたのか知りませんが、うちではどの患者もが等しく検査を受けられる権利を有しているし、それをわたしたち医師は保障したいと考えています。患者の容態いかんによって、検査スケジュールが変更になるのは当然でしょう。一週間後の患者の容態がすべて把握できたら、我々医師は楽に仕事ができます」

「スケジュールは守れない、と開き直るわけですね」

「あくまで現場の意見ですが」

「どうやらあなたは、この病院とうちの会長の関係をわかっていないようだ」

「出資をしていただいているのは会社であり、あなたの大切な会長さん個人の資産から出されているわけではない。いや、たとえいくら金を積まれようと、幸いにもベッドで仕事をこなせるほどに回復している患者を最優先させるわけにはいきません。ご理解ください」

「本気でおっしゃっているのですね」

そっちこそ本気なのか、と問いたかった。だが、これ以上自分の立場を悪くしたくはない。正論をぶっているというのに、事務員は無言の声援すら送ってくれず、無関心に早くも仕事へ戻ろうとしていた。孤立無援だ。

「副院長の個人的なご意見は、よく承りました。明日にでも院長の真意を聞いてみることにしましょう」

最大の脅し文句になると確信したような態度で言い置くと、坂詰はひと睨みをきかせてから辻倉に背中を向けた。主人への忠誠心が、彼の仕事への自信の裏づけになっている。事務室を出て行こうとする坂詰の背中を見送りながら、辻倉はなぜ彼を見ていると苛立ちがつのってくるのか、答えを見つけられた気がした。

自分にどこか似ているのだ。

主人にかしずき、与えられた仕事を懸命になって果たそうとする彼の姿は、院長である義父の補佐役を甘んじて受け入れ、自分を納得させようとしている辻倉良彰の姿によく似ていた。自身の有能さを認めてもらおうと必死になってあがいている。

自分とよく似た男の涙ぐましい態度を見ていれば、誰でも心穏やかでいられなくなる。

事務員に院長への伝言を頼むと、辻倉は裏手の駐車場から病院を出た。

表向きにはホテルと見まがうばかりのエントランスが作られていたが、ひとたび裏へ回れば、計画性もなしに増築を重ねた証拠が空調設備の室外機となって壁に癌細胞のような瘤《こぶ》をやたらと作り、縫い合わせた傷口に負けじと渡り廊下が病棟をつないでいた。かつては患者の憩いの場であった中庭は駐車場に取って代わられ、仕方なく屋上に疑似庭園を造ってある始末だ。経営者の本音は、きっと建物の裏や倉庫の中に表れる。

義父のお下がりで与えられたメルセデスをありがたく運転して、病院とは一キロと離れていない自宅へ戻った。

昭和四十七年、辻倉政国、頼子《よりこ》夫妻がこの地で内科、小児科、産婦人科の診療所を開設したのが、現在の宝寿会総合病院の始まりだった。

義父の昔話を信じるなら、長らく勤務していた公立大病院の官僚的とも言える高見に立った患者あしらいに嫌気がさし、地域に根を下ろした医療を目指すため、診療所の開設に踏み切ったのだという。

その動機を、辻倉は半分ほども信じていなかった。義父の言動からは、大学や名のある公立大病院への激しい対抗意識が今なおうかがえた。自分を必要としなかった象牙の塔への恨みが、夫婦二人で始めたにすぎない診療所を、総ベッド数二百を超える総合病院へと急成長させたのだ。

地下のカーポートに車を入れると、いつものように外から玄関へ回った。

カーポートの奥には一階の玄関へ通じる階段が作られていたが、人目をはばかる有名人でもあるまいし、コンクリートに囲われた内階段を使って家に出入りすることがまだ馴染めずにいた。まるで通用口から出入りする使用人のように、自分が思えてしまう。

暗証番号で電子錠を開けてドアを引くと、予想していたとおりに誰も迎えに出て来なかった。義父母夫婦の自宅も、同じ塀に囲われた敷地内に建っており、今朝から妻と義母が二人で娘に監視の目をそそいでいたはずで、今も二人して暗い顔を見合わせているのだろう。

重い足取りで居間へ歩いた。趣味の悪いステンドグラスの入った扉を開けると、やはり親子で深刻そうな顔を突き合わせていた。恵美からの連絡はまだないらしい。

「心当たりは探してみたのか」

辻倉が声をかけると、耀子がちらりと目を向けたが、すぐに力なく視線を落とした。

「伸也《しんや》のところへは行ってなかった。電話もないって」

心当たりとは伸也のことだったのか、と失望した。家族の目を盗んで家を出た娘が、寮生活を送っている弟のところへなど行くはずはなかった。

「小松さんや白岡さんも電話をもらってないっていうの」

辻倉の落胆を見抜き、頼子が娘の弁護のために、恵美のクラスメートの名前をつけ足した。

「書き置きのようなものはなかったんだな」

耀子が物憂げにあごを引いて返事に代えた。

「鞄とかは調べたのか」

「黒いショルダーがなくなってる。着替えまではよくわからなかったけど、クロゼットの中は綺麗に整理されてた」

「バッグは大きいものなのか。荷物はどれだけ詰められる」

辻倉の問いに、耀子は目の前の空間を四角く切り取った。さして大きなものではなさそうだった。まだ家出と決めつけるわけにはいかない。

「あなたが問い詰めたりするからよ」

耀子が非難の眼差しとともに首を振った。

「年ごろの女の子は、不安定で微妙にできてるの。なのに、一方的に怒鳴ったりして。だから言ったじゃないの」

問い詰めたのは事実だが、辻倉は決して怒鳴らなかった。頭ごなしに叱りつけたところで、娘のこじれた感情の糸をさらに乱す結果になるのは目に見えていた。初めての手術を迎える患者に相対するつもりで、諭すように話しかけたつもりだ。

しかし、今ここで声の大小を問題にしたところで始まらなかった。こういう時の妻に何を言っても無駄なのは、過去の経験からわかりきっていた。

耀子はまだ恨み言をこぼしたそうにしていたが、着替えてくる、と言い残して居間を出た。よくわからないのは、何も若い女性の気持ちに限ったことではないようだった。

3

うちの娘に限って……。

ありふれた思い込みの殻に、秘めた不安を押し込めてしまい、子供が嫌がるから私生活には干渉をしないでやりすごす。辻倉も、自由を与えることと無責任をはき違えた、どこにでもいる浅はかな親にすぎなかった。

恵美の変調に気づきながら、うちの娘に限って、という決まり文句を幸福への呪文のようにくり返して自分を納得させ、今まで目を背けてきた。十七歳。自分の少年時代とは比較にならないほどの享楽が子供たちを取り囲んでいた。

最初に感じた不安の兆しは、娘への失望と背中合わせに訪れた。

去年の秋になって、なぜか恵美が視線を合わせようとしなくなった。目が合うとすぐにそらし、口数が極端に減った。家族の目を見て話さなくなった。

家族と目を見交わすという行為が、意味もなく恥ずかしく感じられる年代になったのだろう。そう辻倉は考えた。一緒に暮らすという事実のみで、頭から信頼を寄せていた家族に対し、若者特有の潔癖さから厳しい目を向けたがる時期は誰にでもあった。今まで反抗期らしきものがなかったから、仕方のない面もある。辻倉は親馬鹿も手伝い、我が身を納得させた。

ちょうどそのころ、夏前から恵美自身も興味を持って始めたはずのボランティアが続かないようになっていた。きっかけを与えたのは辻倉だったが、娘に強制したつもりはなく、自ら足を運んでいるように見えた。近所の養護施設に入っている身寄りのない子供たちと一緒に遊ぶという、ささやかなボランティアだったが、辻倉も耀子も娘の気持ちが嬉しくてならなかった。人に触れ回りたいほどに、恵美を誇らしく思ったものだ。

ところが、夏休みを境に施設を訪れる回数が急に減った、と聞いた。

軽い失望を覚えたのは事実だが、辻倉も耀子も、理解ある親を気取ろうとした。たぶん、恵美自身も両親の期待を裏切ったという負い目を感じていたのだろう。だから、家族をさけるようになった。家にいても部屋で閉じこもりがちになり、話しかけても上の空でいることが増えた。

間の悪いことは重なる。

病院の最上階に入院した患者が、ちょうど世間の注目を集めるようになっていた。娘の無言の非難を、辻倉は背中に感じながら病院へ通った。たとえどういった過去を持つ人物だろうと、患者に変わりはない。しかし、娘の目には都合のいい言い訳に映っていたに違いなかった。

さらには、暮れが近づき、施設に入っていた子供の一人が急に容態を悪化させて死亡した。

恵美がボランティアを始めるきっかけになった早坂守《はやさかまもる》という六歳になる男の子だった。先天性の心臓病を持ち、二月末に国立のある大病院で手術を受け、施設から近い宝寿会総合病院へ転院し、リハビリを兼ねた入院生活を送っていた。経過は順調で七月に退院したが、突然の発作を起こし、帰らぬ人となった。

恵美にとっては、初めて直面する親しい人の死だった。しかも、相手はまだあふれるほどの未来を持つはずの幼子である。ボランティアが続かなかったことを気に病み、鬱《ふさ》ぎ込む日が多くなった。気持ちの優しい子だからショックを隠せずにいるのだ、と夫婦そろって思い込もうとした。人の死について、娘と正面から話そうとしなかった。

医師の一家にとって、病人の死は日常でもあった。もしかすると辻倉たちは、早坂守という子供の死を当然の事態として受け入れすぎていたのかもしれない。娘の目から見れば、冷静さは心の冷淡さに映っていたとも考えられた。

年が明けると、家族への反目がさらに増した。不信を越えて、もっと激しい敵意のようなものさえ目に漂わせて、恵美は両親と祖父母を見るようになった。

医師は人の命を預かる仕事だ。手を抜くわけにはいかない。だから、家のことはすべておまえに任せた。仕事を言い訳にして、家での雑事を妻に押しつけていた。娘との会話までをいつしか雑事と思うようになっていたのかと、今さらながらに悔やまれた。うちの娘に限って……。父親としての務めを忘れ、娘に身勝手な期待を押しつけていた。

着替えをすませて寝室を出た。廊下で頼子が待ち受けていた。

近づくと、義母はためらいがちな目配せを向けた。

「やっぱり、男、かしらね」

耀子に聞かせたくなかったらしい。訳知り顔を作るように、小声でささやきかけた。

「十七歳でしょ。何があってもおかしくない歳ごろだから。いい、良彰さん。覚悟というほどじゃないけど、肝に銘じておいたほうがいいと思うの」

家族の中でただ一人、頼子だけが恵美の変化を冷静に受け止めていた。孫を溺愛し、耀子と一緒になってただおろおろする政国の姿とは対照的なまでの落ち着きようだった。

　二年前に現場から身を引いていたが、義母は四十年以上にわたって産婦人科で多くの患者を診てきた。十代の少女にもいくたびとなく接してきた経験が、孫娘への過大な期待を持たないでいられる理由のひとつになっていた。

「頭ごなしに叱りつけてもだめ。もう家族より大切な人がいてもおかしくない歳なの。まだ子供だと思ってあの子に接したら、状況は悪くなるばかりよ。一人の人として、女として、認められていないとあの子が感じたら、かえって反発を招くだけだと思う。子供に見えても、女は恋を知ったら、その時からもう大人になるの。いい」

　耀子もそうでしたか、と問いたくなったが、頼子なら当然のように頷き返すだけのようにも思われた。

　先月の末の火曜日だった。恵美が夜道で何者かに襲われかけた。叫び声を聞きつけた近所の人から連絡をもらい、恐ろしさに体が震えた。自分たちはこんなにも娘のことを思っている。たとえ反目が続いていようと、今ならきっと親を頼ってくれる。

　だが、いくら優しげに話しかけても、恵美は布団を被って顔さえ出そうとしなかった。特に男親の自分は相手にもされず、部屋から出される始末だった。

　何者かに襲われかけたというのに、恵美は翌日、病院で治療を受けると、平然とした顔で学校に出かけた。週末までは、耀子が駅まで迎えに行った。ところが、翌週の火曜日の夕方、娘の携帯電話がつながらなくなった。不安に駆られた耀子は、もう少しで警察に捜索願を出すところだった。

おとといは、さらに帰宅が遅れた。娘の携帯に何度電話を入れてもつながらず、心配しないで、とメールでの返事があっただけだった。

しかも、十二時近くになって帰宅した恵美は、学校帰りにどこかで着替えたらしく、派手な私服姿に変わっていた。

その時の、薄く化粧をした娘の顔が、辻倉の脳裏に甦《よみがえ》ってくる。化粧で隠そうとしていたが、若く艶めいた肌がほんのりと火照ったように輝いて見えた。辻倉の目には、まるで風呂上がりの肌のように思えてならなかった。

冷静になれ。辻倉は自分に言い聞かせてから、部屋へ籠もろうとした恵美を強引に引き留めた。心配する親の気持ちがわからないのか。恵美はうつむき、視線を合わせなかった。敵意にも近い視線が返ってこなかったのは、心配をかけてすまなかったと素直に思っていたからだったろうか。

目を潤ませる娘を前に、辻倉は胸で暴れそうになる疑問を懸命に抑えつけた。なぜこの子は外出を恐れないのか。襲われかけたばかりだというのに、どうして夜遊びができるのか。

もしかしたら……。

先月末の夜の出来事は、襲われかけたのとは少し状況が違ったのではないだろうか。恵美は何者かと一緒にいて、仲違いから叫び声を上げたのではなかったか。

何者かとは、当然——男だ。

辻倉は執拗にくり返して恵美を質《ただ》した。今まで誰と一緒にいたのか。夕食はどこで誰ととったのか。

恵美は頑として口を開かなかった。

あげくは、あれほど心配し、大騒ぎしていたはずの耀子までが掌を返すように——まるで子供に媚びでもするかのように態度を豹変《ひょうへん》させた。

「どうしてあなたは威圧的な物言いしかできないの。女の子には、男親に言いたくないことだってあるのよ、ねえ」

妻への失望という冷たい水が、胸を浸した。医師の家庭に育ち、医師の夫を持つ耀子は、辻倉にはうかがい知れない疎外感のようなものを感じてきたのかもしれない。親の期待に応えられず、医師の夫を迎えるしかなかった。その夫も、両親と一緒になって病院の仕事にかかりきりでいれば、勢い子供への依存は増す。

辻倉が最も驚き、我をなくしかけたのは、伸也が六年生になっても、まだ母親と一緒に風呂へ入っていたと知った時だった。そうと知らなかった自分も情けないが、息子がまったく抵抗感を覚えていないことのほうが、大げさな意味ではなく、恐怖に近いものを覚えた。

普通、男の子は十二歳にもなれば、多少は色気づき、母親と一緒に平然と風呂へ入れるものではなくなる。少なくとも自分はそうだった。

気づいてみれば、母親に頼り切って独立心が薄く、親に甘えることを得意とする息子の姿があった。

このままでは二人のためによくない。辻倉はやや強引に、伸也を全寮制の中学校に進学させた。

家族と引き離すなんて伸也がかわいそうだ。あなたは冷たい人だ。耀子は激しく非難したが、辻倉は譲らなかった。伸也も父親の意志を多少は理解したらしく、面と向かって不平はもらさなかった。最終的には義父母も賛成してくれた。

今では月に二、三度週末に帰って来るだけである。この連休も友人の家へ遊びに行くとかで、顔は出せそうにない、と言ってきた。男の子はそれでいい。帰宅するたび目に見えて逞《たくま》しくなる息子の姿を見て、辻倉は自分の判断に間違いはなかったのだと思っていた。

「結果を急ぐのはだめよ。恵美の言うことがたとえすべて嘘に思えても、半分は信じてやるの。子供は親の胸の裡なんか、すぐに見抜くものだからね」

どこかの評論家のようなことを、頼子は真顔で口にした。しかし、理想と現実はかみ合わず、予後の経過を恐れていたずらに手術を引き延ばせば、取り返しのつかない事態に患者を追い込む。投薬による対症療法がどこまで続けられるだろうか。

「警察に届けたほうがいいのかしら」

居間へ戻ると、耀子が誰かに救いを求めるかのように言った。

「窓から出て行った娘の帰宅がちょっと遅れたぐらいで、警察が動いてくれると思うか」

「正直に言ってどうするのよ」

「じゃあ何か、おまえは嘘を言って警察を動かせというのか」

「嘘じゃないわよ。窓から出て行った証拠はどこにもないんだから」

じっと待つしかない身をつらく感じているのはわかるが、あまりにも都合のよすぎる提案だった。たぶん耀子も、本気で言っているわけではない。できることはないのか、苦しまぎれについ口走っていたのだろう。

夕食を作ろうとする者はなく、互いの吐息を聞きながら、ただ時間がすぎていった。

九時になって家の前にハイヤーが停まった。タクシーかと思って窓に身を乗り出した耀子が、肩を落としてソファに戻った。

政国は自宅のほうへは寄らずに、こちらの家の呼び鈴を忙しなく鳴らした。頼子が迎えに出ると、すぐに足音が廊下を近づいて来た。

「恵美はまだ帰ってないのか」

出迎えた妻の顔を見ればわかりそうなことを、義父は声高に問いただした。甥っ子の事務長は、叔父の様子から事態を察し、今日は送りもせずに帰ったらしい。

誰も答える者がないと知り、政国は不機嫌を絵に描いた顔で、脱いだ上着をソファの背に投げつけた。

「おい、お茶だ」

頼子に言いつけると、辻倉を睨むように見ながらソファに腰を落とした。

「学校は休ませたんじゃなかったのか」

「お義母《かあ》さんと耀子の目を盗んで窓から出て行ったようです」

「二人して昼寝でもしてたのか」

小さな体を震わせ、妻と娘を交互に見やった。患者の前に出れば冷静で柔和な表情を作ってみせるくせに、家族の前になると自制できなくなる。いや、はなから自制しようという腹づもりもないのだ。

政国の癇癪《かんしやく》に慣れた二人は、相手にせず、あらぬほうを見ていた。こうやって取り合わずにいれば、寂しがり屋でよく吠えたがる猛獣は、別の獲物を見つけてくれる。

「どうしてこうなるまで放っておいた。伸也を寮に入れたんだから、恵美のことぐらい目を配ってられただろ」

辻倉はこの家に入って二十年近くになる。政国は誰かに当たり散らしたいだけなのだ。申し訳ありません。わたしのせいです。足元でひざまずいてみせれば、腹の虫を収めて納得はする。

殊勝《しゆしよう》な態度を心がけて頭を垂れた。祖父の前で低姿勢を続ける父親の姿を、幼いころから見せられていれば、父親への畏敬の念など紙より薄くなって、やがて破れ去ったところで仕方はない。子供の前で父親として胸を張れる姿をどれほど見せてこられたろうか。苦い疑問が、胸を内から刺した。

お茶が運ばれても、政国は口をつけようとせず、さらなる視線を辻倉にそそいだ。

「今日の夕方、坂詰君と話をしたそうだな」

早くも虎の威を借り、院長への直談判をすませたらしい。

「あの人は、病院をホテルと勘違いしています」

「ホテルのように快適な病室があって何が悪い。患者は医者の言うことを聞いていればいい、なんて古い考え方をしていたら、今の世の中じゃすぐに淘汰されるぞ。たとえ度を超したリクエストだろうと、頭から面子《メンツ》をつぶすような言い方をするやつがあるか」

医は仁術であるにしても、今では算術にも長けていないと病院経営は成り立たなかった。政国としても、算術を優先させろ、と言っているわけではない。だが、疑問は残る。

「いつまであの人の面倒を見ていれば、いいのでしょうか」

当然の疑問を口にしたまでだったが、政国の眉が正直なまでに跳ねた。頭ごなしに怒鳴られるより先に、冷静さを心がけて早口に言った。

「お義父《とう》さんは考えてみたことがありますか。父親と祖父がやっている病院に、世間の注目を集めている者が身を隠している。体はどこも悪くないと言われているのに、父親も祖父もあの人は病気だ、だから治療が必要だと必死になって言い訳を続けている。お義父さんもわたしも、テレビのインタビューに何度も登場しては、同じ答えを懸命になってくり返すだけ。恵美はその場面をテレビで見て、何を思ったでしょうか」

燿子と頼子の視線を強く感じた。二人も、似たような危惧《きぐ》を覚えていたのだとわかった。認めたくない政国だけが、無理したように胸を張った。

「君は、わたしらの仕事が恵美を遠ざけたと言いたいわけか」

「見方を変えれば、我々はあの人の逮捕を阻もうとする側に映ったはずです。大した病人でもないのに、なぜ父と祖父はあの人を守ろうとするのか。病院の大スポンサーだから、病院のため、ひいては家を守るために必要だから、罪を犯した人を不当に守ろうとしているのではないか」

「まだ裁判は始まっておらん」

「下手な言い逃れはやめましょう。わたしたちは病院経営者である以前に、医師であり、人の親や祖父であるべきだったのではないですかね」

「理想で世の中が回っていったら、苦労はしない」

「そうでしょう。しかし、理想を捨てたのでは、味気ない現実しか残りません。考えてもみてください。恵美がわたしたちと話そうとしなくなったのは、あの人の入院と時期を同じくしていたとは思えませんか。我々は、恵美にきちんと説明してやったことが一度でもあったでしょうか」

あなたのお父さんがテレビに映っていたね。あなたの家族の病院はお金をもらって犯罪者をかくまっているんでしょ。昔も汚職の疑いがかけられた政治家が入院してたよね。

そう恵美が学校で同級生たちから言われていなかったという保証はない。恵美自身が、絶えず疑問を抱き続けていたとしても当然で、そのほうが自然な感情に思える。

世の中が綺麗事だけで成り立っているわけではない現実を、十七歳ならある程度は理解していただろう。しかし、実の親や祖父がかかわっていたとなれば、話は違ってくる。

恵美は何も言わなかった。父や祖父からの言葉を待っていたのではなかったか。

自分や政国だけでなく、頼子や耀子も病院なくしては今の快適な暮らしが成り立たないと知り、どこかで目をつぶってすごしてきた。十七歳の娘には、認めがたい日々だったのではないか。

四人がうつむき、耀子の趣味で選ばれた優美な絨毯《じゅうたん》へと視線が落ちた。医者の家族なのだから、多少の贅沢ができて当然なのだと奢る気持ちが自分たちになかったとは言えない。

サイドボードの上に置かれた電話が鳴った。

「恵美からだわ、きっと」

耀子が顔を輝かせてソファを立った。

「もしもし、恵美？　もしもし——」

勢い込んで受話器を手にした妻の声が、ふいに途絶えた。背中が急に強張ったように固まり、受話器を少し遠ざけて首をひねった。

「もしもし、辻倉ですが……誰なの、あなたは？」

再び受話器を遠ざけると、不思議な物体でも見るように視線を送った。

「どうした。貸してみなさい」

耀子の要領を得ない仕草に、辻倉は横から受話器を引き取った。

「……ツジクラサンダナ」

突然、機械音に似た女性の声が耳に飛び込んできた。何だ、この電話は？

「ムスメハ、アズカッテイル」

何を言われたのか、一瞬わからなかった。コンピュータの合成音のような声が続けて言った。

「ムスメハ、アズカッテイル。イタズラデンワデハ、ナイ」

耳元から冷水をそそがれたように背中が震えた。悪戯ではないと言っていたが、現実のものとも思えず、耀子が受話器を遠ざけたくなった気持ちが理解できた。

「……どういう意味だ」

「オタクノムスメハ、ワレワレガ、ダイジニ、ホゴシテイル」

「誰だ、冗談はやめろ」

次の瞬間——女性の叫び声が耳に突き刺さった。つい遠ざけた受話器から、「助けてっ」
という声があふれ出した。
「恵美！」
耀子が横から受話器にしがみついた。
今の叫び声は……。
辻倉はサイドボードに右手をついて体を支えた。間違いなかった。娘の声を聞き分けられ
ない親はいない。今のは確かに恵美の——娘の——叫び声だ。
恵美が……誘拐された？
「ムスメハ、ワレワレガ、ホゴシテイル。アナタガタガ、ワレワレノヨウキュウヲノメバ、
ブジニカエスコトヲ、ヤクソクスル」
機械音のような一語一語が、鼓膜を通して体の奥へ押し入った。
恵美が誘拐された。事実なのか。今どこで、どんな状態でいるのか。叫び声を耳にしなが
ら事態がまだ信じられず、電話の相手に話しかけることすらできなかった。
「良彰くん、何だ、誰からの電話だ」
後ろで政国が何か言っていた。答え返す余裕もなければ、声も出なかった。落ち着け。冷
静になれ。言い聞かせようとするそばから、恵美が何者かに襲われかけた夜の出来事が思い
出された。

「……娘と話をさせてくれ。恵美は無事なんだな」

やっと声にできた。かすれかけていたが、相手には通じたらしい。

「ムスメハ、ワレワレガ、ホゴシテイル。アナタガタガ、ワレワレノヨウキュウヲノメバ、ブジニカエスコトヲ、ヤクソクスル」

「金か……。いくら用意しろという」

「ヨウキュウハ、ゲンキンデハナイ」

「言ってくれ。できる限りのことはする。恵美を無事に帰してくれ、頼む」

「オタクノビョウインニ、ナガブチタカハルガ、ニュウインシテイルナ」

突然出された名前に、辻倉は戸惑い、返事が遅れた。

「……永渕さんが、どうかしたか。確かに入院しているが」

「ワレワレノヨウキュウハ、ナガブチタカハルノ、イノチダ。ジュウイチニチノ、ショウゴマデニ、ナガブチヲ、シニイタラシメヨ」

「なに言ってるんだ、馬鹿なことを……」

「イシャナラ、カンジャヲ、ドウニデモ、デキルハズダ。ナガブチノ、シヲカクニンシタラ、ムスメヲカイホウスル」

「そんなことができるはずは――」

「ジュウイチニチノ、ショウゴマデニ、ヨウキュウガ、キキイレラレナイバアイ、ムスメトハ、ニドトアエナイ」
「無茶を言うな。医者が患者を殺せるか」

「ザンネンナガラ、アナタガタニ、コウショウノヨチハナイ。イマスグ、ウラニワヲヨクミテカラ、ジュウブンニ、カンガエタマエ。イジョウダ」

「待て。そんな要求は呑めない。金なら用意する。おい、聞いているのか」

呼びかけたが返事はなかった。すでに電話は切れていた。

「どうした。今の電話は何だ」

「良彰さん、恵美がどうしたって……」

声に振り返ると、政国がよろよろと立ち上がり、頼子が頬を震わせながらソファのひじ掛けを握りしめた。肩にすがる耀子の視線を、強く感じた。

何かの間違いだと思いたかった。だが、まだ耳の奥に、娘の叫びが貼りついていた。義父母に答え返すより先に、機械音が残した最後の言葉が思い出された。――裏庭をよく見てから充分に考えたまえ。

受話器を放り出した。駆け出そうとしたが、手足が恐怖に凍え、思うように動かなかった。義父母が後ろで何か言っていたが、かまわず庭へ通じる窓を開け放った。

冬の寒気が頬をたたきつけた。サンダルを突っかけるのももどかしく、無駄に広い庭を走った。

裏庭をよく見てから――。犯人どもが、何らかの証拠の品を塀の外から投げ込んで来たのか。証拠の品とは何か……。

体が震え出しているのは、冷えた夜気のせいだけではなかった。胸をふさごうとする黒雲を押しのけ、塀の端から闇夜に目を凝らして走った。どうしてこうも庭が広いのか。かつては四十床を越える病棟が建っていたのだから、ガーデニングの腕もふるいようがある。

あれか――？　常緑樹の植え込みの奥に、白っぽい封筒のようなものが見えた。

花壇の苗木を踏みしだき、封筒に走り寄った。後ろを追って来るのは、耀子の荒い息づかいだ。妻が裸足のまま、倒れ込むように背中へしがみついてきた。

大きな茶封筒が見事なまでにふくらんでいた。宛名書きらしきものは見えなかった。裏を返すと、糊《のり》か何かで封をされていた。

「早く、中を……」

耀子に言われるまでもなく、かじかみそうになる手に力を込め、封を横に裂いた。

黒い固まりが音もなく花壇に落ちた。やっと闇夜に目が慣れ、落ちたものの輪郭がおぼろげに見えた。輪郭などはなかった。落ちた固まりは、土の上で散らばっていた。

「恵美……」

耀子が肩に顔を押しつけ、悲鳴のような嗚咽《おえつ》を呑んだ。

角封筒からこぼれ落ちた黒い固まりは、恵美が何より大切にしていた、自慢の長い黒髪だった。

4

夜の闇が実体を持たず、足元に黒い虚空が穴を開けているかのように思え、辻倉は暗く冷たい地べたに座り込んだまま、恵美の黒髪を握りしめた。体の芯までが凍えていった。

最も身に迫る恐怖とは、己の死につながるものだと、辻倉は信じて疑わなかった。子供のころ、この世から自分の存在が未来永劫《えいごう》なくなってしまう恐怖に打ち震え、死に打ち勝つ道を探そうとするうちに、医者という職業が見えてきたようなものだった。

しかし今、死とはまた違った恐怖の底に投げ出され、暗い穴の深さに身をすくませていた。つくづく自分という男は、安穏とした親でしかなかったらしい。今の今まで、子供を失う意味についてろくに考えもせずにきた。死は日常のひとつで、病院で子を失う親を目にするたび、つらく悲しく耐え難い悪夢のような出来事なのだろうと想像していたくせに、あまりに安易で上辺だけをなぞった感慨にしかすぎなかった。

世の中には、子供を平然と虐待し、死に至らしめる親がいる。鬼のような親だ、と人は言うが、単に子を授かった者たちが親なのではなく、子の価値と自分への意味を悟れた者が親になっていくものなのだ、と今は思えた。もしかしたら自分は、この瞬間、ようやくまともな親になろうとしているのかもしれない。辻倉は握りしめた娘の黒髪を胸に抱き、底知れぬ恐怖とともに、親である実感をあらためて嚙《か》みしめた。

背後から、懐中電灯の揺れる明かりが近づいて来た。

「何があった。耀子、良彰君。どういうわけだ。恵美がどうしたっていう――」

辻倉は娘の黒髪を封筒に戻すと、腕にしがみついて嗚咽をこらえる耀子の肩を抱いた。

「立てるか」

震える耀子の体を支えた。いつまでも庭で寒さに耐えながら泣いていても事態は好転しなかった。

「おい、それは何だ」

一人蚊帳《かや》の外に置かれた政国が、白い息を吐いてわめき立てた。頼むから、静かにしていてほしかった。今は冷静になって、どうすべきなのかを考えたい。恵美のために、何ができるのかを。

「部屋へ戻ろう。さあ……」

耀子を立たせ、ゆっくりと歩いた。冷静になって考えろ。誘拐はもう疑いのない事実となった。恵美は今どこで、どうしているのか……。不安に身を焦がすより、親として今何をしたらいいのか。

「おい、その封筒は何だ」

「——恵美が誘拐されました」

「くだらん冗談を口にするな」

怒りをぶつけようとしながらも、政国の声に力はなかった。この状況から電話の内容を読めないような義父ではない。

「さっきの電話を聞いてもうわかっていると思いますが、要求は永渕さんの命だそうです。十一日の正午までに、永渕さんを……」

声を裏返しもせずに言えたのが、自分でも不思議だった。政国の怒りに震えたような声はもう続かなかった。

窓の前で頼子が不安そうに待っていた。耀子を託し、居間へ上がった。手にした封筒に気づき、ソファの前のテーブルに置こうとした。そこで初めて、封筒の感触に気づいた。髪の毛が入っていたにしては、なぜか硬い針金のような手触りが伝わってくる。

辻倉は深く息を吸い、封筒の中をのぞいた。

心臓を鷲《わし》づかみにされたように鋭い痛みが胸を走り抜けた。手から封筒がこぼれ落ちた。床に落ちて跳ねた封筒の口から、黒髪が束になってあふれ出した。

絨毯の上に長い髪が散らばった。さらに、封筒の口からは、小さな金属製のフックがふたつ並んで縫いつけられた細長い布がはみ出していた。

耀子が息を吸い、絨毯の上にくずおれた。

「良彰さん、それは……」

頼子が息を吞んだ。辻倉は娘の下着の種類などはわからなかった。しかし、この黒髪は間違いなく娘のものだ。とすれば、封筒の中に収められていた下着も……。

「さっさと中に入って、窓を閉めろ」

政国が苛立ちの矛先を妻に向けて怒鳴った。

「どうして……」

「まだわからんのか。恵美が誘拐されたんだ」

政国は手荒く窓の鍵を閉めると、乱暴に手を伸ばしてカーテンを引いた。

犯人は、恵美の髪と下着を証拠の品として庭に投げ込んできたのだった。

部屋の空気が凍えて重くなり、身動きができなかった。目をつぶると恵美の裸身が見えてくるようで、まばたきするのさえ恐ろしかった。

「ねえ、もしかしたら……」

頼子が細い声を絞り出した。辻倉にも、言いたいことはわかった。犯人からの電話を受けた時にも、同じ思いが胸をよぎった。先月の末に恵美が夜道で襲われかけたのは、この誘拐の未遂だったのではないか。

一月二十九日の事件について、警察はまともな捜査すらしていないようだった。正式に被害届を出していたが、刑事たちの反応は薄く、今日まで何ひとつ報告はなかった。しかし、今こうして、あの事件の意味が読めた。

犯人は、永渕孝治の命を奪うために、主治医である辻倉の家族を狙ったのだ。

あの日は恵美が叫び声を上げたために、犯人は引き下がるしかなかった。だが、彼らはあきらめたわけではなく、今日まで慎重に次のチャンスをうかがっていた。

辻倉は政国の表情を探った。肩で荒く息をつき、暗い深淵をのぞくような目で辻倉を見ていた。義父も気づいている。恵美の誘拐の裏に、恐ろしいまでの深い闇が横たわっているであろうことを。

犯人の要求は、現金ではなかった。現在、宝寿会総合病院の最上階に入院中の患者の命を要求してきた。よりによって、あの永渕孝治の命を……。

永渕孝治は、宝寿会総合病院の大スポンサーであるバッカス・グループの会長だった。中核となる株式会社バッカスは、洋風居酒屋レストランを中核とする外食チェーンの最大手だ。レストランを郊外で展開し、都市部では和洋中の軽食をセレクトできるファーストフード店舗を配し、住宅街には総菜とファーストフードの宅配店を構える。自称「適材適所方式」が功を奏し、外食産業トップの大規模ファーストフード会社と肩を並べ、業界トップの地位を競う企業に成長した。医療法人宝寿会への出資を始め、健康産業にも参入し、医薬品や健康飲料でも着実にシェアを拡大していた。

しかし今では、本業とは別の話題で、バッカス・グループも永渕孝治の名も、世間の注目を一手に集めていた。

去年の春、グループの中核をなす株式会社バッカスは、急成長を後ろ楯に自社株の上場にこぎ着けた。ところが、夏になって本社と関連企業の未公開株が、テーマパーク建設を計画中の地方自治体の市長と幹部に、譲渡されていた事実が発覚したのである。

マスコミ間の報道合戦が進むうち、事件はさらに拡大し、国土交通省の役人と副大臣までが株譲渡の甘い汁を吸っていた事実が判明した。かつてのリクルート事件を真似たと思われる、未公開株を利用した贈収賄事件として、やがて東京地検特捜部が動き出した。

事件が広がりを見せるとともに、永渕は宝寿会総合病院の最上階に入院した。狭心症の兆候はあったが、入院を必要とするほどの病状ではなかった。もちろん、捜査の手からひとまず身を隠すための緊急入院だった。

しかし、特捜部の手を逃れることはできず、去年の暮れになって部下と自治体幹部が逮捕されるに及び、永渕は覚悟を決めて特捜部の事情聴取を受け、まもなく逮捕された。年が明けた一月二十一日、起訴からしばらくたって保釈が認められ、再び宝寿会総合病院に戻って来たのである。世間の目から身を隠すために。

裁判はまもなく始まる。株譲渡事件の全容はいまだ明らかにされていない、と言われていた。すべてを知っているであろう永渕の命を、犯人は恵美と引き替えに要求してきたのだ。

辻倉は呼吸を整え、冷えた指先に息を吹きかけると、サイドボードの上の電話に向かった。

「待て。どうするつもりだ」

政国の声が背中を打った。辻倉はゆっくりと振り返った。

「……警察に、連絡します」

「通報しても大丈夫なの」

頼子が胸を押さえるようにして、前に進み出た。

「ほかに方法がありますか。警察ならいくつも誘拐事件を解決してきている。きっと恵美を助け出してくれます……」

「早まるな。待て」

「しかし、警察に頼るしか――」

「よく考えてみろ。我々が警察に通報したと犯人に知れたら、どうなると思う。恵美は帰って来ないぞ」

断定して言う政国の目は、赤く充血していた。

「いいか。警察に通報するからには、当然ながら我々は永渕さんに何もしない、そう警察に保証することでもあるんだ。警察に連絡してから、人を殺すような馬鹿はどこにもいない。いや、警察が見ている目の前で、人を殺すことなど不可能に違いない。――つまり、犯人の側から見れば、我々が要求を拒んだのも同じことになる。要求は呑めない、だから警察に通報した。そういう意思表示と同じだ。そのことが何を意味するかは、わかるな、良彰君」

要求が果たされないとわかれば、犯人たちにとって人質である恵美の存在価値はなくなる。

「あなた、やめて……」

耀子が泣き伏していた顔を上げた。

「しかし、だからといって、あんな要求を呑めますか。警察には、犯人に悟られないよう充分注意してもらえば──」

「恵美を見殺しにする気なの！」

耀子が絨毯に座り込んだまま眉をつり上げ、辻倉を見上げた。

「じゃあ、おまえはおれに患者を殺せと言うのか。娘の代わりになら、人を殺してもかまわないと言うつもりか」

「でも……恵美はどうなるのよ」

「おれたちに何ができる。要求どおり、永渕さんを殺せるか？　おれたちだけで犯人を捜し、恵美を助け出せると思うか？　できやしないだろ。だから警察に任せるんだ。専門家の力に頼るしかないじゃないか」

「落ち着け、良彰君。落ち着いてよく考えるんだ」

政国が辻倉と耀子の間に割って入った。

「確かに君の言うことはわかる。犯人が身代金を要求してきたのなら、おれも警察に通報すると思う。だがな、犯人が要求してきたのは、金じゃない。永渕さんの命だ」

わかりきったことを何度もくり返してみたところで堂々巡りにしかならなかった。

「今は一刻も早く――」

「待て。最後まで話を聞け。犯人の要求を逆に利用する手はないだろうか」

逆に利用する……？

政国の真意がつかめず、首をひねった。

「なあ、良彰君。犯人は永渕さんの殺害方法を指定してきたのか」

「……いえ、医者なら患者をどうにでもできるはずだ、と」

政国のように主治医であり、病院の責任者たる院長でもあれば、診察は当然のこと、もし死亡した場合の確認も、診断書の作成も、すべて自分たちの仕事になる。注射一本、点滴薬の配合ひとつで、患者を死に至らせることは可能だ。あとになって医療ミスだと問われる心配のない方法はいくつかあると言っていい。

「我々に殺し方は任されているわけだ。つまり、永渕さんの死を犯人どもが何らかの形で確認できれば、恵美は解放される。そうだよな」

死亡を確認したら、恵美を解放する――そうコンピュータ音声で犯人は言っていた。

「だったら、犯人どもに永渕さんの死亡を確認させてやるんだ。我々の手で犯人たちに、永渕さんが死んだと教えてやるんだ」

「容態が急変して……死んだ、と思わせるのね」

頼子が夫の意をくみ、目を見張らせた。耀子が希望を託すように振り返った。娘の視線をとらえて、政国が真顔になって頷いた。

「たとえば、記者会見で死亡を発表するのもひとつの方法だ。永渕さんが死んだとなれば、マスコミも騒ぐしニュースになって全国にも流れる。犯人がニュースを知れば、恵美は解放されるんじゃないだろうか」

理屈はわかる。

「しかし、会見を開いたぐらいで、犯人が信じてくれるでしょうか」

「信じさせるんだよ。犯人が必ず信じるような方策を採って大々的に発表すればいい」

一理あるようにも思えた。

しかし——。

この二月の寒さの中、窓をしばらく開け放していたというのに、政国の額には大粒の汗が浮かんでいた。

「警察に通報すれば、この作戦は無理だ。誘拐事件が起こった場合、報道機関はニュースにするのをひかえてしまう」

辻倉も覚えがあった。誘拐事件のニュースは、人質の安否が確認されるか、発生から時間がたっても解決につながりそうな情報がまったくない場合にしか、報道はされなかった。事件発生とともに、警察が各報道機関と協定を取り交わすからだ、と聞いた。事件の渦中に捜査状況を伝える報道が続いたのでは、犯人が警戒して人質を殺してしまう状況もあり得た。

「警察に通報すれば、まず間違いなく報道協定が結ばれる。そうなってしまえば、永渕さんが死んだものと見せかけたくても、できなくなる。考えてもみろ。マスコミが偽のニュースを流すと思うか」

言うまでもなく、報道機関の使命は、真実の報道にある。人命がかかっているとはいえ、積極的に偽のニュースを流すかどうかは疑問だ。犯人がもし、マスコミの側から情報を入手しようと考えていれば、いくら偽のニュースを流そうとも、茶番劇に終わってしまう。

悪夢の選択を迫られ、辻倉は心臓が疼《うず》いた。

「良彰さん。警察に通報するのは危険すぎる。わたしたちだけでいい方法を考えましょう。ねえ」

「どこにいるかもわからない犯人に、どうやって確実に死亡したと思わせるんです。もし、我々の病院の近くに犯人がいたら……」

「お願い。恵美を助けて」

耀子が恐ろしい想像を振り払うように、髪を乱して言った。

「おれだって助けたい。でも、失敗は許されないんだ。もししくじれば、恵美は、二度と……」

「失敗しないようにやるんだ」

何の確証もない言葉にすがるように、政国が拳を振った。

「危険すぎます。期限は決められてるんだ。十一日の正午まで、あと四十時間もない」

壁の時計を見上げた。

十時二十一分。正確には、あと三十七時間と三十九分しか残されていなかった。

「弱気になってどうするのよ。あなたは今まで、何百人という患者の命を救ってきたのよ。できるわ。きっと成功するわよ」

耀子は身を起こすと、夫の腕という細い藁《わら》にすがって揺すぶった。この腕で過去に何人もの患者の命を救う手助けをしてきたのは事実だった。しかし……。

「手術と誘拐では、話が違いすぎる。おれは医者だけど、犯罪捜査のプロじゃない。難しい手術になら何度も立ち向かってきたが、誘拐事件なんて初めてだ。なあ、ろくに知識も経験もない素人が、命のかかった手術をできると思うか」

妻の手を握って諭すと、辻倉は政国を振り返った。

「プロの力を借りましょう。犯人は永渕さんを殺したいという動機を持ったやつらなんだ。警察なら、動機の面から犯人を割り出すことができるかもしれない。今すぐ通報すれば、まだいくらか時間があるんです。あとになって困り果てて警察に通報してからでは、遅くなる」

「しかし、犯人に知られたら……」

「マスコミには絶対に知られないよう、充分注意してもらうんです。警察なら、病院の内部に犯人が目を光らせているかどうかも、探り出せるかもしれない。もし我々だけで偽の芝居をして、犯人に悟られてしまえば、恵美の身が危険にさらされる」

警察への通報と、身内だけでの偽の芝居。どちらも犯人を欺く危うい方法には変わりなかった。だが、同じ危険がつきまとう藁だったとしても、警察のほうがいくらか太いような気が、辻倉にはした。

政国が頭を抱えるように、ソファへ座り込んだ。何を悩んでいるのかは、想像がついた。辻倉も同じだった。幾度となく、その可能性を頭に思い浮かべては、振り払ってきたのだ。

恵美の命と、永渕孝治という患者の命。家族の感情としては、娘の命を載せた天秤のほうが遥かに重い。十七歳と六十五歳。残された人生の長さからも、天秤の針は一方へと傾きかける。

しかし、医師としての矜持《きょうじ》が、その傾きを見てはならないと告げていた。いや、たとえ医師ではなくとも、人として、他人の命を犠牲にすることへの迷いがある。

辻倉は一瞬、この世が戦場であってくれたらと、思っても仕方のないことを考えた。銃を突きつけられ、娘と患者のどちらかを選べ、と言われたのなら、ためらわず永渕に筋弛緩剤を投与して死に至らせただろう。

戦場では、罪が罪でなくなる。人としての、医師としての呵責《かしやく》は残るが、どれほどの精神的な苦痛と引き替えにしても、娘を助けたいと思うはずだ。しかし、戦場で銃を突きつけられているわけではない今、とても殺人行為はできなかった。

もしかしたら、自分は娘への愛情に欠けているのだろうか。たとえ殺人者となっても娘を助けたい、と考える親はきっといる。戦場でならできるというのは、言い訳ではないのか。世間に後ろ指をさされたり、医師としての資格を剝奪《はくだつ》されたりといったことを恐れているから、踏ん切りがつけられないのではないか。

いや……。

辻倉は何度も胸に問い直した。戦場でなら患者を殺せる、と思えるのではない。銃を突きつけられたという状況が、仕方なく選択を迫るからで、子供への思いが決断をうながすわけではなかった。今は二者択一ではない。ほかに道が残されているかもしれないのだ。

さらには、恵美を救い出せた時、彼女が悲しんだり、悩んだりするような方法は、人の親として選びたくなかった。自分のために罪もない人を親が殺したのだと知れば、恵美は悲しみ、自分を責める。そういう人であってほしい。だから、永渕を殺すことは絶対にできない。

となれば、ほかに方法は……。

「お義父さん。あなたはわざわざ成功する可能性の低い手術を恵美に強制するつもりですか。しかもその手術は、自らの手でしなくてはならないんですよ」

視線を上げた政国が、見た目にも強く歯を食いしばるのがわかった。

「命を救える方法がそれしかないというのなら、わたしだってどんな難しい賭にも近い手術だろうと、やってみせます。しかし、ほかにもまだ方法が残されているのなら、賭に近い手術はできませんよ。自分の判断ミスで娘を失うのではたまらない。娘の命を脅かしかねない手術を、誰ができるというんですか」

政国は妻と娘の表情を見るように視線をさまよわせた。

「ここは警察の力を借りましょう。我々だけで思い悩むより、捜査のプロの知恵を借りたほうが、きっと恵美のためになる。なあ、そう思わないか、耀子」

隣で息を詰める妻の肩を抱いた。言葉を返せないでいる政国と頼子に向かった。

「お願いします。警察に通報させてください、恵美のために」

5

二月の夜の空気は凍えそうなほどに冷えていたが、体は熱を帯びて額に汗がにじみ出した。風呂上がりに息つく間もなく官舎を飛び出したからでも、駅へ向かって駆け続けているせいでもなかった。荒い呼吸をくり返して足踏みをすると、桑沢遼一《くわさわりょういち》は信号が青に変わるのを待てずに横断歩道へ飛び出した。

夜に電話が鳴ると、桑沢はまず胸深くに息を吸う。気負いと独りよがりの重圧は視野をせばめ、判断ミスを誘発する。おまえ一人があせったところで事態は進展しない。あえて一歩身を引き、まず全容を冷静に見つめるべきだ、と自分に言い聞かせる。

しかし、つい五分前に入った呼び出し電話は、桑沢の理解を超えていた。

電話の相手は、いつもの指揮台や当直からではなかった。担当管理官の近藤警視から、事件の発生を知らせる第一報が入ったのだ。それも、マスコミの〝夜討ち〟を警戒する言葉がまずあってからだ。

――君のところにブンヤは来ていないな。

桑沢の所属する第一特殊班二係では、昨年発生したアメリカでの炭疽菌《たんそきん》事件を模倣して、白い粉を企業に送りつけて現金を要求するという恐喝未遂事件の地道な捜査を所轄署とともに続けていた。死者まで出した卑劣な行為をまねた稚拙な事件に、マスコミはまったく関心を示さず、今年に入ってからというもの、記者の〝夜討ち朝駆け〟に遭う心配はなくなっていた。近藤も同じで、事情はわかっていて当然なのに、なぜ真っ先にマスコミの目を警戒してきたのか、疑問がわいた。

――今すぐ野方の警察大学校跡へ来てくれ。特別に捜査本部がそこに置かれる。野方署じゃないぞ、間違うな。たった今から二係は、特別研修に入る。当面の期間は一週間だ。家族にも必ずそう伝えろ。いいな。おって状況が詳しくわかり次第、君の携帯に電話を入れる。以上だ。

近藤は多くを語らなかった。しかし、いつにも増して感情を無理やり抑えようとした声が、事件の大きさを物語っていた。昨年七月、警察大学校と警視庁警察学校は府中に移転した。今はほとんど使われてもいない旧庁舎に捜査本部が置かれるとは、只事ではなかった。

着替えの入った鞄を手に改札を抜け、上りの中央線に乗った。席は空いていたが、座る気は起こらなかった。

旧警察大学校内に本部が置かれるのも、研修と称して自分たちが集められるのも、すべてはマスコミの目をさけるためだろう。彼らにかぎつけられたくない事件が発生したのだ。

胸の携帯電話が震えた。来た。事件の詳細だ。発信者をチェックすると、登録にはない番号からだった。人をさけて連結部へ歩き、通話ボタンを押した。

「こちら桑沢、着信」

無線とは違って携帯電話での連絡には、各部署で決められた符丁がある。相手も捜一特殊班の符丁を口にしてから言った。

「初めてお電話します、警察庁刑事局の松山と言います。野方署の近くに住んでおります関係で、わたしが連絡係として呼ばれました。どうか、そのままお聞きください。現況をお伝えします、よろしいでしょうか」

警察庁のエリートから連絡が入るとは予想外だった。警視庁のよその課員に招集をかけたのでは、マスコミに悟られる恐れがあるとでも考えたのか。

「本日二十二時三十二分、森本副総監の自宅に直接、通報がありました。電話をかけてきたのは、辻倉政国、六十五歳。自宅住所は中野区中野七の五の九。職業は医師で、同区東中野六の三にある宝寿会総合病院の院長です」

一一〇番の代わりに副総監の自宅へ通報を入れるとは、よほど大病院の院長なのか。どこかで名前を聞いたような記憶もあるが、思い浮かぶ顔はなく、そのまま電話に耳を傾けた。

「通報によると、辻倉政国の娘夫婦の長女、辻倉恵美十七歳が誘拐され、二十一時三十分ごろ、同敷地内にある娘夫婦の自宅に犯人からの脅迫電話がかかってきたといいます。声はコンピュータによる合成音らしく、犯人の性別並びに年齢は不明。その指示どおりに自宅の庭を調べてみたところ、孫娘のものと思われる髪の毛と下着の入った封筒が落ちていた。すでに通報者の辻倉政国は大学校に到着し、封筒に入った髪と下着は鑑識に回されています」

事件は誘拐だった。さらわれたのが十七歳の少女だというのが、桑沢は少し気になった。営利目的にしては、年齢がいくらか高いか。目的は身代金だけではない場合もある。

と同時に、腑に落ちない点も見えてきた。総合病院の院長は確かに要職と言えたが、なぜ所轄署に捜査本部が設けられないのか。また、近藤が執拗にマスコミを警戒した理由も不明だ。誘拐事件の発生となれば、まずマスコミ各社と報道協定を結ぶのが常だった。

「通常なら、直ちにマスコミと報道協定が結ばれますが、通報者の強い希望もあり、当面は見送る以外にないと結論が出されました。犯人側の要求が、身代金ではなかったためです。

要求は、辻倉政国が院長を務める宝寿会総合病院に入院している患者の命――」

携帯電話を耳に強く押し当てた。医師の孫娘を誘拐し、患者の命を要求してきた？

松山という警察庁の役人の声が次第に早口になっていく。

「くり返します。人質の命と引き替えに犯人が要求してきたのは、患者の命です。名前は、永渕孝治。聞き覚えがあるかもしれませんが、昨年末、株譲渡事件の主犯として逮捕され、年末に起訴、この一月二十一日に保釈されてそのまま宝寿会総合病院に入院中の、株式会社バッカスの会長、永渕孝治です。犯人は、明後日十一日の正午までに永渕の命を奪えと言ってきました」

電車が駅に停車した。ホームのアナウンスが耳に届き、電話の声が遠くなりかけた。

永渕孝治。

そうか、起訴後に保釈されたような覚えがあるが、彼は逮捕前と同じく、また病院に身を隠していたのか。そこの院長の孫娘が、誘拐された――。

夜を映して鏡となった車窓の中で、目と口を半開きにする男が桑沢を見ていた。わずかな震えが手足の先へ伝わっていった。

事件の概略を聞き、茫然としていてどうする。どこから捜査に手をつけ、まず何をすべきか。即座に動き出さないといけない思考が、今はまだ空転を続けていた。

桑沢の頭を占めていたのは、事件をまるで外から見る第三者のような感慨だった。かつて、このような誘拐事件が過去にあっただろうか。

患者の死亡を確認するのは、担当する医師になる。自らの手を汚さず、人の生死を預かる医師を脅し、邪魔者を排除にかかる。犯人側の意図には、身勝手きわまりないが、一応の理屈が通っていた。

少なくとも日本国内では過去に報告されたケースはなかった。表ざたになるとは、つまり要求が果たされたか、人質が戻って来なかったかのどちらかになり、犠牲者はさけられない。密かに実行されていれば、患者を殺した医師が自らの殺人を打ち明けるはずはなく、事件は闇に葬り去られる。いや、いくら身内が人質に取られたからといって、医師が犯人の指示どおりに患者を殺せるものなのか。

しかし、こうして通報が入ったからには、人質の家族が犯人の要求を呑めないと決めたわけで、犯人にとってはもう人質を生かしておく価値はなくなったことになる。もし報道協定を結ぼうものなら、事件はマスコミ各社の知るところとなり、警察の関与が犯人側に伝わる可能性も増え、人質の身が危険にさらされていく。だから近藤警視は、まずマスコミの目を警戒したのだ。

桑沢は意味もなく車両の中を歩いた。

特殊班に配属されて以来、誘拐ほど失敗の許されない事件捜査はない、と教え込まれてきた。自分たちのミスが即、人質の命にかかわるからだ。しかも今回の場合、ミスはおろか、マスコミにかぎつけられても、人質の命を危うくさせかねない。

犯人は前例のない手段で、日本の治安に挑んできた。ここで桑沢たちがミスを犯せば、いつまた同じような事件が起こるかもわからなかった。グリコ・森永事件の犯人を逮捕できなかった痛手はいまだ続き、同じ手口の恐喝事件が今も時折思い出したように起きる。新たな犯罪の芽は、枝葉を伸ばす前に摘み取るのが、蔓延《まんえん》させない最善の策だった。

タイムリミットは明後日の正午まで。人質救出の道は、どこにあるのか。

中野駅に到着すると、鞄を抱えて走った。改札を抜けて駅前のロータリーを渡り、区役所横のケヤキ通りを駆けた。冷え切った夜気に、顔の前がたちまち白い靄《もや》に包まれた。

公園前の通りを折れると、同じように鞄を手に提げ、よたよたと走る男の後ろ姿が見えてきた。枯れ枝のように長い首がコートの襟から突き出して見える。成瀬係長の細い背中だった。

足音に振り返った成瀬の目は早くも据わり、前代未聞の事件の先を睨みつけていた。普段は温厚な紳士そのものなのだが、捜査に入ると途端に人使いの荒い熱血漢へと変わっていく。桑沢が追いつき、目で今後の見通しを問いかけると、成瀬はとがったあごを引き、怒りをためたような足取りでまた走り出した。

旧警察大学校の門前で身分証を提示すると、すでに受け入れ態勢はできており、本部の設置場所を詰め所の警官から教えられた。ただし本部とは言わず、あくまで研修室と言われたのだったが。

　正面玄関へ急ぎながら、成瀬が息荒く闇を見つめた。

「ますます嫌な世になったよ。誘拐犯までが、どこかの政治家連中みたいに自分の手を汚さず、あごで他人様を動かし、踊らせようっていうわけだからな」

「しかし、考えた手口ですよ」

「感心するな、阿呆」

　誘拐はただでさえ卑劣な犯罪だ。突然、罪もない市民が捕らわれ、理不尽な要求が突きつけられる。さらに今回は、自らの手を汚さずに、己の利益に反する者をこの世から葬り去ろうというのだ。誘拐の上に殺人教唆《きょうさ》まで重ねる、卑劣の上塗りだった。

「タイムリミットまでに犯人を引きずり出せますかね」

　桑沢の問いに、成瀬は睨むような目を返してきた。

　人質となった十七歳の少女がいつ、どのような状況で誘拐されたのか、追跡したくとも、おそらく大々的な捜査はできない。また、標的とされた永渕孝治に殺意を抱く者を調べたくとも、彼の周辺に捜査員を送ったのでは、犯人側に警察の動きを悟らせることになる。人質の身の安全を考えると、警察の関与を知られるわけにはいかず、捜査の範囲をどこまで広げられるか、大いに疑問は残る。

　さらに今回の誘拐事件には、犯人側にとって最大の弱点ともなる身代金の受け渡しがなかった。

営利誘拐は、割に合わない犯罪だと言われる。身代金を奪い、逃げおおせた例がほとんどないからだ。犯人は身をひそめていたくとも、要求した身代金を手に入れるためには必ず被害者側と接触し、姿を見せなくてはならない。その瞬間こそが、警察にとって、犯人を逮捕する最大のチャンスになる。

ところが、今回の誘拐には、身代金の受け渡しが存在しなかった。犯人は人質さえ奪えば、あとは要求を突きつけるだけでいい。被害者側が要求を呑み、行動を起こすのをじっと待つだけなのだ。犯人側にとって、これほど都合のいい手口はなかった。

大学校の玄関前には、黒塗りの高級車に銀色のメルセデスが停車していた。幹部たちはもう集まっている。メルセデスは事情説明のために家を出たという被害者の家族のものだろう。

薄暗い玄関先で、近藤管理官が両足を揺らしながら待ち受けていた。前代未聞の誘拐事件と、身にこたえる寒さのために苛立ちをくすぶらせている。

「状況は伝わってるな」

挨拶もなく、近藤は先に立って廊下を歩いた。成瀬が長い足を伸ばして続き、短く尋ねた。

「人質の写真は？」

「家族が持って来た。なかなかにかわいい娘さんだ」

そう言えば近藤には、人質と同じ年ごろの娘がいたのではなかったか。

結婚して七年になるが、子供のいない桑沢には、娘を誘拐された家族の気持ちは人並みに想像できても、切実感は薄かったろう。二男持ちの成瀬が、息荒く前を見据えたまま早口に告げてきた。

「桑沢。家族と会ったら、まず自宅へ電話を入れろ。すべての窓にカーテンを下ろし、今のうちから自宅と病院に出入りする者をすべてリストアップしておいてもらえ。三ヶ月以内に辞めた者と入った者はいないか。それと、家族全員の携帯電話を確認しろ。デジタル以外は傍受の危険があるから使用禁止だ」

「了解」

「管理官、無線車を用意してください」

「手配は終えた。自宅と病院に一台ずつ。人員と配置は任せる」

近藤の答えも早い。桑沢も成瀬に並びながら言った。

「岩見と平松を連れて自宅へ入ります」

「盗聴電波の確認を忘れるな」

「言っておくが、所轄は使えないぞ。二係と、臨時で集めた応援部隊が十九名だ」

「それだけですか」

成瀬が薄暗い廊下で足を止めた。肩越しに近藤が釘を刺した。

「一課が総出で研修を始めたと聞けば、ブンヤが何事かと騒ぎ出す。これが限界だ」

過去に例のない誘拐事件に立ち向かう捜査陣が、たったの二十八名だという。ここでもまたひとつ、犯人側にとって有利な条件が増えた。

永渕孝治の存在を邪魔に思う者は、いくらでもいるだろう。株譲渡事件の真相を隠したい者、仕事上での怨恨と逆恨み、愛人問題があったとしても不思議ではないし、相続にからむ一族の相克もあり得そうだ。しかし、永渕孝治の周辺を探ろうにも、どこに犯人の目が光っているかわからず、動機の面からの捜査にはもとより限界がある。充分な人員も割けない。

警察にとって、組織を挙げた捜査力こそが、犯罪に立ち向かう際の最も頼りになる武器だった。その組織力を奪われたのでは、素手で猛獣に挑んでいくのも同じになる。

「幹部の判断は、手をこまねいたまま向こうの出方を見ていろというわけですか」

成瀬が怒りを込めた皮肉を放った。近藤は表情を変えなかった。豊富な現場経験を持ちながら、上昇志向を忘れていない彼は、上と下への二枚舌の使い分けがうまい演技派でもある。

「人聞きの悪い言い方をするな。人質の救出を最優先にしろということだ、決まってるだろ」

「犯人の要求どおりに、永渕の死を発表する気ですか。そんなことをすれば、あとでマスコミ連中が裏切りだと怒り狂って、上に犠牲者がぞろぞろと出ますね、まず間違いなく」

桑沢が予想される事態を口にすると、近藤はとっくに承知だと言いたげに、肩を揺すって嚙みつきそうな顔を作った。

「法の番人たる警察が、虚偽の発表をできると思うか。いくら人命救助のためだとはいえ、刑事被告人の死をでっち上げたのでは、あとで問題が大きくなりすぎる」

「では、どうしろと……」

成瀬が先行きを案じたらしく、歯噛みして言うと、近藤はさらなる無表情を装ってから足を止めた。

「いいか。我々はでたらめな発表などは絶対にしない。ただし、ブンヤが誤解したあげくに誤報を流そうと、彼らの勝手だ。わかるな」

つまり、報道陣をだます手を考えろ、と暗に言っているのだった。現場へのしわ寄せを考えようとしない、幹部らしい判断ではある。

明後日——十一日の正午までに犯人を絞り出し、人質を救出できなかった場合には、永渕が死んだと犯人に思わせる以外、人質の解放は見込めないだろう。しかし、警視庁としては、たとえどんな状況に置かれようとも、永渕が死んだという虚偽の発表はできなかった。マスコミが先走ってあえて誤解するような方法を採り、犯人を欺け、ということなのだ。

警察も幹部になれば役人にほかならず、たとえ人命がかかっていようと、あとで処分を受けるような作戦の責任者にはなりたくないと保身の感情が先に立つ。警視庁の看板にも傷はつけたくなかった。となれば、打つ手は限られてくる。

「そんな目で見るな。いいか、今回だけの問題じゃない。警察がもしブンヤ連中をだましたとわかれば、彼らだって黙っちゃいない。報道協定のあり方自体に大きく響いてくる。上は保身から言ってるんじゃないぞ。グリコ・森永事件を忘れたのか。同じような手口の犯罪が続いてみろ。ブンヤは人質の命なんか考えるものか。よそを出し抜こうと、躍起になって取材に走る。今回もし彼らの動きから、我々警察の関与が知れ渡ればどうなる。その時点で人質の存在価値はなくなってしまう」

「でも、そうなりゃ犯人どもも、次からは同じような手は二度と使えない、と考え直してくれるでしょうね」

成瀬が減らず口を返して皮肉っぽく笑った。近藤が鼻白んで睨み返した。

犯人にとって、要求が受け入れられないのでは、人質を奪った意味がなくなる。マスコミの動きから警察の関与を察知はできても、その時点で計画は瓦解するのだ。成功する手口ではないとわかれば、次に同じような犯行を企てる者はなくなる。しかし、今回の人質が無事に帰って来る可能性も消えてしまう。前例のない事件だろうと、警察の失態はマスコミの格好の餌食となる。

「少数精鋭のチームだと思え。通常の誘拐に多くの人員が必要となるのは、身代金の受け渡し現場に現れる犯人を待ち伏せるためじゃないか」

苦しまぎれの言い訳とは言えない面もあった。そもそも今回のように受け渡し自体がないと予想される場合、自ずと捜査に動ける範囲は限られてくる。現場を預かる成瀬にすれば、どの捜査に人を配するかの問題が先の展望を左右する。

一階の奥まった場所にある教室が、捜査本部に当てられていた。戒名《かいみょう》と呼ばれる本部の名前や看板は、当然ながら、ない。臨時の電話とパソコンが応援部隊として集められた者たちによって運び込まれている最中だった。

通報者である被害者の家族と警察幹部が待っていたのは、その隣にある小部屋だった。刑事部長に捜査一課長は当然としても、驚いたことに、最初に通報を受けたという副総監までが雁首をそろえていた。総合病院の院長とは、これほど厚く持てなすべきＶＩＰなのだろうか。

「与党の大物政治家の主治医もしてるらしいぞ」

成瀬の耳打ちで、納得ができた。国会議員には、元警察官僚も何人かいた。役人は議員バッジに弱く、睨まれては出世の道にも響く。幹部が入れ込む理由も、その辺りにある。

辻倉政国は赤ら顔の痩《や》せた小男だった。六十五歳だと聞くが、五十代と言われても信じたろう。ワイシャツに毛織りのベストを着た姿は、医師というよりは役場の小役人に近い。ネクタイは締めておらず、自宅へ帰ったところに、孫娘の誘拐という現実を突きつけられ、慌てて駆けつけて来たのだと想像できた。

近藤が桑沢たちを手短に、おもに副総監へ向けて紹介した。その間、辻倉は、孫娘の命を預ける者たちの器を値踏みするような視線を隠さなかった。長年医師を務め、患者の内心を見据えてきたからではなく、人を睥睨《へいげい》する立場に長く居座ってきた者に特有の、高圧的な態度に思えた。

「頼みます。恵美を助けてやってください」

言葉遣いは丁寧だったが、彼は頭を下げなかった。桑沢たちを前線で働くただの一兵卒だと思っている。

特に桑沢は三十六歳という実年齢より若く見られやすかった。成瀬からは、貫禄づけのために髭《ひげ》でもはやせと言われていた。六十五歳になる辻倉からすれば、頼りなく見えてしまうのは仕方がないのかもしれない。しかし、信頼は仕事の成果で得ていくものだと桑沢は理解していた。

「辻倉さん、もう一度例の誘拐未遂について、彼らにも詳しく話していただけますか」

遠くから眺めたことしかない副総監が、桑沢たちに手を差し向けた。

辻倉が頷き、先月の二十九日に孫娘が夜道で何者かに襲われかけ、警察へ通報していた事実を早口に告げた。言葉と態度には苛立ちがまざり、何度も同じことを喋らされていたのだとわかる。これでは桑沢たちに頭を下げたくなくなっても不思議はなかった。

所轄ではろくな捜査もしなかったらしく、今日まで何ひとつ説明がない、と辻倉は不満と怒りの言葉をつけ加えた。そのやる気のなさが、今回の誘拐につながったのではないか、と言いたいのだ。

もし彼が言うように誘拐の未遂だったとすれば、今回と同じ犯人だと見るべきだろう。すでに通報された事件であり、この捜査に動いていると言い訳ができれば、表立っても動けそうだし、事件の突破口にできる可能性もあった。

辻倉から話を聞くうちに、二係と応援部隊の面々が集まって来た。

時刻は十一時三十五分をすぎた。犯人側が指定した十一日の正午というタイムリミットまで、あと三十六時間と二十五分。

辻倉と副総監を残して、ひとまず開設準備の進む本部へ移動し、当面の捜査方針が確認された。

まず病院関係者を把握し、出入りする者を可能な限りチェックする。辻倉家と病院の電話すべてに、逆探知の準備を急ぐ。標的とされた永渕に関する情報収集は、慎重に行う。一月二十九日の未遂事件を徹底して洗い直し、不審な人物や車両が目撃されていなかったかどうかを調べる。同時に、辻倉恵美の足取り調査にもかかる。そして最後に、どこで光っているかわからない犯人の目を欺き、永渕の死亡を伝え、信じ込ませる方法を、警察病院の医師に協力を依頼して考案する。庭に投げ込まれた封筒に関しては、今は追跡する人員も時間もなかった。

「最も注意が必要なのは、犯人の目だ。敵も警察に動きがあるかどうか、必ず警戒していると思え。感づかれたら人質の身に危険が及ぶ」

成瀬が念を押すと、遊軍の一人が言わずもがなのことを口にした。

「でも、十七歳ですからね。犯人にとっては、リスクが大きい人質ですね」

成瀬の眼差しが険しさを増した。十七歳ともなれば、犯人の顔はもちろん、声や体格の特徴などを、解放されたあとも充分に記憶していることが考えられる。人質を解放すれば、自らの素性につながりそうな手がかりを与える可能性は少なくない。人質を解放しないほうが、犯人たちにとっては身の安全につながる。

第三世界で発生する誘拐ビジネスの場合、そうはいかない。もし人質が解放されないとなれば、身代金を支払う被害者はいなくなる。次の犯行のためにも、人質は無事に解放されなくてはならないのだ。

しかし、今回の犯人の目的は、特定人物の〝命〟だった。一度要求が果たされてしまえば、もう人質に用はなく、わざわざ解放する意味はなかった。

自らの手を汚さず、安全な場所に身を置こうという卑劣極まりない犯人が、自分の言葉を守り、人質を解放してくれることを、今は祈るしかない。

人質の救出に失敗すれば、マスコミの反応は火を見るより明らかだった。すでに警視庁は、マスコミに事件の発生を隠すという明確なリスクを背負っていた。さらには事件の性質上、隠密行動を余儀なくされて充分な人員も使えず、捜査に動ける範囲も限られてくる。副総監でなくとも、本部まで足を運び、部下の動きに目を光らせたくなる。

犯人はどこから、どのようにして永渕の死を確認するつもりか。身代金の受け渡しがないだけに、死の確認方法こそが、犯人の素性と居場所につながる細い糸になってくるのかもしれなかった。

6

耳に押し込んだデジタル無線のイヤホンから、無線車の通信が入った。

『こちら無線一。自宅周辺に盗聴器のものと見られる電波はなし。安心してもぐり込んでください』

桑沢遼一は腕時計で時刻を確認してから、小声で無線に答えた。

「こちら桑沢。零時十三分。これより潜入します」

『本部了解。病院周辺での調査は難航してる。病院には電子機器がしこたま置いてあるものらしいからな。明日、直接入って調べることになった。頼むぞ』

「了解しました」

成瀬に答えてから、運転席の辻倉政国に合図を送った。メルセデスの後部シートはスモークガラスで覆われていた。自宅の地下駐車場からは、二軒並んだどちらの家にも直接出入りができ、潜入には都合がよかった。病院経営者の贅をつくした家の造りが幸いした。

隣で息を詰める平松敏美《としみ》と頷き合い、シートの下へと身をかがめた。特殊班に配属されて三年目になり、誘拐された被害者宅へ赴くのは、もう二度目になるはずだが、彼女の顔は緊張感にあふれていた。患者の命という例を見ない身代金に、先の不安を覚えているのだ。タイムリミットの十一日正午まで、息の抜けない時間が続く。

二分もしないうちに車の速度が落ち、坂を下ったかと思うと、辺りが光に包まれた。エンジン音が響き、地下の駐車場へ入ったのだとわかる。

「着きましたが」

政国の声には、早くも疲労が色濃く漂っていた。

平松の肩をたたき、顔を上げた。ドアを開けて降り立つと、もう一台のメルセデスの前で、四十代と見える痩せた男が、所在なげに立っていた。誘拐された娘の父親だった。

「こんな時間にわざわざありがとうございます」

辻倉良彰が丁寧に腰を折った。反対側のドアから降り立った平松敏美を見て、驚いたように目をまたたかせた。まさか若い女性が乗り込んでいるとは思ってもいなかったらしい。そこにまた、今度はトランクルームが開き、身を隠していた岩見充《みつる》が、のそりと現れたものだから、良彰はそれこそ身をのけぞらせた。

「後ろのシートに身を隠すのは二人が精一杯でしたもので。警視庁の桑沢です」

録音装置を担ぎ出した岩見と平松が、桑沢に続いて挨拶を述べたが、良彰はまだ気圧《けお》されたように彼女たちを見ていた。

「そちらが中へ通じる階段ですね」

駐車場の奥に、官舎の玄関より頑丈そうに見える金属製のドアがあった。運転席から降りた政国が、あとは警察に任せるだけだと言いたげに、娘婿の腕をたたいて励ました。

ドアを開けると、岩見と平松をうながし、二人を先に行かせた。地下通路は左と右に分かれている。右手が娘夫婦の家へ通じていた。

階段を上がると、八畳間が入りそうなほど広い玄関ホールの横に出た。

岩見が家中のカーテンを確認に走り、平松が録音装置を手にリビングのドアを開けた。すでに回線とターミナルの設置場所は聞き出してあった。

リビングは三十畳近くもあるか。近年、どこの病院でも経営は厳しさを増しているとテレビのニュースショーで見た記憶があるが、宝寿会総合病院は例外らしい。確か、今回の標的となった永渕孝治が会長を務めるバッカス・グループの傘下となっていたはずだ。宝寿会総合病院への出資は、医薬品業界へ参入する布石のひとつだと業界では言われており、この辻倉家にとっては願ってもない大スポンサーなのだろう。

警視総監室の応接セットより上物そうな革張りのソファに、歳の離れた二人の女性が身を寄せて座り、挨拶もなく録音装置のセットを始めた平松の仕事ぶりを、心配そうな目で見ていた。頼子と耀子の親子なのだとわかる。

桑沢はあらためて二人に名乗ると、捜査本部を野方署ではなく旧警察大学校に置き、マスコミに悟られないよう、慎重な捜査にかかるつもりだと説明した。

「こちらの二軒にある電話はすべて、逆探知の手配をすませました。今後、犯人がどこの電話に連絡をしてくるかわかりませんので、みなさんがお持ちの携帯電話は使わないようにお願いします。もうご承知かとは思いますが、逆探知した先へ捜査員が向かうためにも、犯人から電話があった場合は、できる限り話を引き延ばしてください。まず、恵美さんの声を聞かせてくれと頼む。現金なら今すぐいくら用意できる、と話を切り出す。ぜひとも犯人から多くの言葉を引き出してください。どこに犯人の素性とつながるヒントが隠れているかわかりません。――では、失礼して、それぞれの携帯電話を拝借させていただきます」

犯人からかかってきた電話との判別をつけるため、あらかじめ携帯に登録した電話番号を調べておく必要があった。と同時に、彼らの交友関係を探る意味合いもある。

録音装置のセットを終えた平松が、テーブルに置かれた携帯電話を預かり、家族に背を向けながら確認を始めた。だいぶ硬さがほぐれ、いつもの彼女に戻りつつある。

岩見が窓のチェックから戻り、異状なし、と耳打ちした。桑沢はいったんキッチンのほうへ歩き、無線を口元へ運んだ。

「こちら桑沢。ただ今入りました。家族の携帯を確認中。直ちにそちらへ送ります」

『本部、了解。娘の携帯には変化なしだ。ただし、九時三十二分、良彰邸へ一分五十六秒の通話記録がある。犯人は誘拐した娘の携帯を使って電話してきたようだぞ。こちらからかけても、たぶん無駄だろうな。今日の通話記録はほかに一件もなし。現在二十九日からの記録を確認中だ。何かつかめ次第、連絡する』

やはり携帯電話か。

たとえ逆探知ができたところで、中継局から大まかな地域の当たりはつけられても、正確な犯人の居場所を絞るのは難しい。携帯電話の普及はいいが、こうも犯罪に使われるのでは、GPS装置の機能を持たせ、使用場所の特定ができるように法律で義務づけてくれないことには、捜査が滞って先が思いやられる。

無線を切り、不安と祈りの入りまざったような目で見つめてくる家族を振り返った。

「ではもう一度、恵美さんが外出された時の様子から確認させてください」

桑沢が言い、岩見が横で手帳を構えた。彼とは捜査一課に引かれて以来のつき合いで、もう気心は知れていた。無口でやや面白味に欠けるのが玉に瑕《きず》だが、刑事にとって誠実さと粘り強さに勝る武器はなかった。

「三時二十分ごろ、耀子さんがドア越しに声をかけ、恵美さんから返事があった。その後すぐに耀子さんは買い物へ出かけ、頼子さんがこちらのリビングにいる間に、恵美さんは黒のショルダーバッグを持って家を出た。いなくなっているのに気づかれたのは、四時五分ごろで、頼子さんはその間、一度もリビングを離れていない。間違いありませんね」

耀子がぎこちなく頷き、頼子の視線が足元へ落ちた。自分たちがそばにいながら外出に気づけなかった無念さが、二人の口と肩を重くしていた。

「いなくなったと気づかれた時、どこの窓の鍵が開いていたのでしょうか」

頼子が力なく手を上げ、玄関へ続く廊下の先を示した。

「向こうにあります十畳間の窓が」

廊下に出て、階段と部屋の位置を確認した。恵美は足音を忍ばせて階段を下りると、居間にいた頼子の様子をうかがいつつ、十畳間の窓から庭へと出た。玄関へ向かったのでは、ステンドグラスとはいえ、廊下の先を見通せるリビングのドアを透して姿を見られてしまう。つまり、靴を最初から用意しておいたのだ。窓からそっと庭へ出たあとは、誰もいない政国宅の門のほうから家を出たに違いなかった。

「もう一度確認させてください。恵美さんは今日――正確にはもう昨日になりましたが、九日土曜日の学校を休み、午後三時二十分から四時五分までの間に、家族の目を盗んでこの家から出て行った。本当に恵美さんは体調が悪くて学校を休まれたのですかね」

当然の質問を放つと、家族の視線が一斉に風を食らったかのように揺れた。

やはりそうか。桑沢の読みは当たった。どうやら政国は幹部たちに事情を説明する際、辻倉家の体面をまず繕う答え方をしていたようだ。孫娘が誘拐されたという重大事のさなかでも、聞こえのよくない真実を隠そうとする。大病院の院長ともなれば、守らなければならないものが多いらしい。

「体調が悪いと言っていたのは確かですが――」

良彰が迷いを振り切るように顔を上げた。

妻が強い視線を夫へ振った。娘の恥を話すつもりか、という無言の非難だ。しかし、夫は一度義父へ視線を向けはしたが、妻を見ずに答えた。

「わたしども家族が、恵美の外出を禁止したようなものでした」

彼ら夫婦の間には、浅くない溝ができかけている。視線の行き来ひとつで、彼らの隠された感情の一端がうかがえた。追い詰められた時、人は隠そうとしていた本音や性格が露わになる。

「それはまた、なぜです」

さらに問うと、良彰はわずかに躊躇《ちゅうちょ》を見せた。しかし、彼は義父母や妻の視線を気にしたようには見えなかった。

家族の体面を気にしたのではないとすれば、娘の反応を恐れたのか。娘が帰って来た時、べらべらと刑事たちに自分の素行に関して打ち明けられていたとわかったのでは、自分らへの眼差しが厳しくなる。

しかし、わずかな迷いを見せた彼の態度から、娘の素行は想像できた。大病院の院長の孫。甘やかされて育ってきたらしいことは想像できる。

「辻倉さん、できる限り真実を話してください。娘さんに何があって誘拐されるにいたったのか、今はまだ何ひとつつかめていないと言えます。犯人につながる手がかりがどこにあるのかわかりません。家族の問題にかかわるようなことであれば、我々は一切外部へ口外はしません。明らかに娘さんは、自分の意志でこの家を出て行っています。もしかしたら、何者かとの約束があったのかもしれない。その人物が何らかの手がかりを見たり聞いたりしている可能性もあります。恵美さんの行動をつなぐ足跡をたどっていくことも、重要な捜査のひとつになってきます」

「そうかな」

短く言ったのは、政国だった。横から投げられた疑問の石を受け止め、桑沢は向き直った。

「と言われると？」

「犯人は永渕さんの命を奪いたいと考えてるやつじゃないのか。だったらあの人の周辺を探ったほうが早い」

「ご安心ください。すでにその方面からの捜査にも動く準備を進めています。しかし、ご指摘のとおり、犯人は永渕さんの命を奪いたいと考えている者であり、永渕さんの周囲に監視の目を光らせているであろうことは充分に予想できます。だとすれば、迂闊《うかつ》に彼の周囲を探っていくのは得策ではないでしょう。監視の目がどこにあるのか、慎重に見極めながら捜査する必要があるのです。真正面から犯人に近づいて行ったのでは、こちらの動きを悟られてしまう恐れがある。ですから、まず恵美さんの行動をたどり、誘拐の状況をつまびらかにしていく捜査も重要なのです」

丁寧に反論の言葉を並べると、政国は口元をゆがめて押し黙った。彼はたとえ警察にも家族の恥は見せたくない、とまだ考えていた。孫と同じように、彼には大切にしておきたいものがあるのだ。

良彰が不安そうな妻に頷いてから、桑沢を見た。どうやらこの家族の中で、少しは正直に話をしてくれそうなのは、この男だけのようだった。

「実は、恵美が学校を休んだのは、昨日だけではありません」

三日前の木曜日に、恵美は零時近くになってから帰宅した。それまでにもたびたび遅くなることがあり、家族は娘を厳しく問いただしたのだという。恵美はふてくされるか仮病を騙《かた》るかして親への反発を示し、学校を休むこともあった。娘の気持ちがつかめない家族は、ただ見守るしか手がなかったのだ。

「主任」

平松が後ろからささやき、歩み寄って来た。桑沢は彼女へ耳を寄せた。

「十日ほど前に誘拐未遂に遭いながら、一人で夜遊びをするものでしょうか」

桑沢も気になっていた。先月の二十九日、恵美は夜道で何者かに襲われかけたという。その後は家族が駅までの送り迎えをしていたと聞いたが、まだ十日あまりしか経っていなかった。いくら遊びたい盛りの年代でも、一人でふらふらと夜遊びができるものだろうか。十七歳の女性の心理としては、まだ恐怖心が残っていて当然に思える。

桑沢はあらためて家族を見回した。

「一月二十九日ですが、学校帰りにしては少し遅すぎるようですが、恵美さんはそれまで、誰と何をしていたのでしょう」

はかばかしい反応はなかった。娘に尋ねたところで、答えてくれなかったのだとわかる。

「では、七日の夜遅くに帰宅した時も、誰と一緒にすごしていたのか、わからないのでしょうか」

四人は一様に顔を伏せた。十七歳の娘を持てあまし、思い悩む家族がそろって肩を落としていた。

「恵美さんの交友関係ですが、親しくされていた友人の心当たりはありませんか」

耀子が二人の同級生の名前を告げた。だが、女子生徒だった。桑沢は表情を変えずに訊《き》いた。

「男性の心当たりはないのですね」

良彰が妻と暗い表情を見合わせた。知りたいのはこちらのほうだと、二人の顔に思いが表れていた。

「では、恵美さんが書いていた日記のようなものはないでしょうか」

「ありません」

耀子が迷いもなく首を横に振った。夫が隣で、驚いたように妻の横顔を見つめた。

「おまえ、やっぱり探してたのか」

良彰が責めるように言ったが、耀子は言い訳を返そうともせず、横へ目をそらしていた。夫婦の間だけではなく、さらに娘との間にも深い溝がある。

「念のために部屋を確認させていただいていいでしょうか」

恵美の交友関係が気になった。二十九日に襲われかけていながら、その翌週にはもう帰宅時間が遅れていた。一人で夜道を歩くことが怖くなかったのだとすれば、誰かが一緒についていたか。あるいは、襲われかけたわけではなかったのか。

家族の反応から見ても、恵美に男友達がいるのは間違いなさそうに思える。一人で家を出たのは、その男友達と会うためだとも考えられた。

桑沢が振り返ると、岩見が家の配置をメモした紙片を差し出した。恵美の部屋は二階の南側だ。男がいるなら、部屋のどこかにそれらしき証拠の品が残されているかもしれない。母親が部屋を探ったようだが、さらに調べてみる価値はありそうだった。

二階へ歩きかけた時、サイドボードに置かれた電話が鳴り出した。

7

電話の呼び出し音が娘の悲鳴に聞こえ、辻倉良彰はソファの上で息を詰めた。鼓動が跳ねて、胸が疼く。警察官が到着し、あとは彼らに任せておけばいいという安心感に身をゆだねていたせいもあり、呼び起こされた恐怖が一気に全身を走り抜けた。

さらには、妻がやはり恵美の部屋を探っていたのだと知り、暗澹《あんたん》たる思いに駆られ、胸の痛みに手を貸していた。金曜日の朝、恵美は電話の呼び出し音よりも激しく、辻倉と耀子をなじりつけた。朝食をすませ、一度は学生服に着替えたのだが、強張った顔で再びリビングへ下りて来るなり、恵美は叫んだ。部屋をこそこそ調べ回るのはやめてくれ、と。

辻倉は身に覚えがなかったし、耀子も取り合おうとしなかった。けれど、やはり妻は恵美の部屋を探っていたのだ。そうやって自分の手で、子供との間の溝を掘り広げている。

「犯人からでしたら、引き延ばしてください」

桑沢が素早く動き、録音装置のヘッドセットを手にした。深夜零時二十九分。病院からの呼び出しであってくれ、と手を合わせたかった。

呼び出し音が絶え間なく辻倉を責める。耀子が身を縮め、政国が固唾《かたず》を呑むように身を乗り出した。早く出ろ、と視線が辻倉を急き立てた。

刑事たちが頷いた。席を立ち、電話に向かった。いつになく呼び出し音のひと鳴りが長く聞こえた。あの電話の向こうに恵美がいる。どんな状態で、今何を考えているのか。娘に声をかけてやりたかった。待っていろ、必ず助け出す。あの子に伝われ、と願いを込めて受話器を取った。

「……はい、辻倉です」

電話の奥は、深い闇のような沈黙が支配していた。声は一切聞こえてこない。

「もしもし、辻倉ですが」

くり返して名乗ったが、応答はなかった。不安に駆られて桑沢を見た。話しかけろと言うように、手を口元から何度も前へと振った。話しかけようとした瞬間、叫び声が噴き出してきた。

受話器から洩れた声なので、部屋を震わすほどの音量はなかった。けれど、居間にいた誰もが体を震わせていた。耀子が身を縮めるのが見えた。政国と頼子が身をそらした。刑事たちの表情が凍りついた。

「恵美に何をした。おい、聞いているか。娘に手を出すな。おまえらの要求は必ず果たす」

「辻倉さん」

首を振る桑沢の姿が視界をかすめた。その横で背の高い刑事がヘッドセットを外し、携帯無線機に飛びつくのが見えた。

電話はすでに切れていた。耀子のすすり泣きが、部屋に不安のさざ波を立てて広がっていく。

助けて、という恵美の叫びがまだ鼓膜の奥でくり返されていた。受話器を戻し、妻のもとへ戻った。横に座り、肩を抱いた。忌まわしい想像が、悲鳴の残響と重なり合って胸を締めつけた。

ふいに、一人の少女が思い出された。もう十年近くも前になるか。夏の蒸し暑い夜だったと記憶している。手術を終えたばかりの患者のために、夜を明かす覚悟を決めたところに、救急車からの通報が入り、一人の少女が運ばれて来た。

彼女はまだ十五歳だった。あどけなさを残した顔に派手な化粧をほどこしていた。辻倉が呼びかけても、彼女の虚ろな瞳は動かなかった。短い革のスカートと白い脚が、土と血にまみれていた。

あとで入った警察からの連絡によると、近くのグラウンドで暴走族と見られる少年たちが騒いでいると通報を受け、パトカーが出動した。しかし、到着した時に彼らの姿はもうなく、少女が一人残されていたのだという。

少女は二週間ほど入院していた。彼女は辻倉たち医師の問いかけに、一切答えなかった。両親が話しかけても、頷くか首を振るかしかせず、言葉を忘れたかのように固く口と心を閉ざし続けた。婦人科を診ていた頼子と二人で病室へ足繁く顔を出し、機会があるごとに話しかけた。会話が無理ならと手紙も書いた。しかし、体を治すことはできても、裂けた心までは癒せなかった。退院まで、彼女は一切大人たちに応え返さず、うつろな瞳を向け続けた。医師としての限界を、辻倉は知らされた。

あの少女に降りかかった悪夢が、恵美にも……。

十七歳……。体は充分に発育し、女としての魅力を放ち始めている。犯人たちの目に恵美の姿がどう映っているか。考えたくなくても、昔出会った一人の少女の姿が瞼《まぶた》の裏をよぎり、息が苦しくなった。

「辻倉さん、今の叫び声は」

桑沢刑事が目の前に立っていた。

「娘に、間違いありません」

「良彰さん、でも、今の声は……」

頼子が頼りなさそうな視線を向けてきた。

「ねえ、前の電話と、もしかしたら……。耀子は覚えてる？　最初の電話の叫び声を」

耀子が顔を上げて母親を見つめた。桑沢たち刑事の視線も頼子に集まっていた。焦《じ》れたように政国が顔を振った。

「どういうことだ」

「もしかしたら、だけど。今の叫びも、最初の電話と同じだったんじゃないかと。どうかしら、良彰さん」

言われて初めて気がついた。最初の電話も「助けて」とだけ叫ぶ声だった。

「ちょっと気になったの。二度とも同じような叫びを上げるものかしらって。たぶん誘拐されたら、怖くて、ただ助けてって叫ぶぐらいしかできないのかもしれないけど」

頼子の言わんとすることが、辻倉にも次第につかめてきた。犯人がもし恵美に受話器を突き出し、何か言えと告げた場合、いきなり「助けて」とだけ叫ぶだろうか。たとえば、「パパ」や「ママ」という呼びかけが入ったほうが自然に思える。「助けて」という叫びは、今何者かに襲われかけている、だから誰かに呼びかけたい、と無意識のうちに思いがあふれて声になるものではないか。

頼子はおそらく、自分が恵美になったつもりで考えている。受話器を差し出された時、自分はまず何を言おうとするか、言えるだろうか。

恵美の身になって考える。ただうろたえて我をなくすのではなく、冷静になって娘の身をまず第一に思う。頼子の姿勢を見習いたかった。

「そうかもしれません。もう一度声を聞けば、あるいは」

「テープに録音した声だと言いたいのか」

政国が犯人の真意を問うかのように言うと、桑沢が素早く頷いた。

「あり得ますね。要求をくり返すでもなく、叫び声だけを聞かせてくる。要求が聞き入れられない場合はどうなるか、という脅しのつもりなのかもしれません」

「でも、どうして録音なんかしなきゃならん」

「まさか、恵美の身に……」

「やめて！」

耀子が耳をふさいで叫んだ。

「何を言うの、良彰さん。無事に決まってるじゃないの、恵美は」

確証は何ひとつなかったが、頼子が確信を込めて非難の視線を向けた。不安を声に出していた自分が恥ずかしかった。政国も同じ不安に襲われたから疑問を口にしたのだろうが、義父は自制心から直接的な表現をしなかったのだ。家族を、特に妻を思いやる余裕もなく、自分一人が恐怖に押しつぶされかけていた。

「刑事さん。逆探知のほうはどうでしたか」

耀子が頬を震わせ、刑事たちに視線を戻した。答えたのは桑沢だった。

「やはり恵美さんの携帯電話からのものでした。おそらくどの地域から発信されたものか、大まかな当たりはつけられると思います。ただあまりにも時間が短く、絞り込みは難しいかと」

犯人は恵美の携帯電話を奪い、脅迫に利用してきた。この先も彼らの身元につながるような電話からの連絡は入らないだろう。しかし……。

「刑事さん。こちらから恵美の携帯に電話をかけて、犯人と話すことはできないでしょうか」

もし犯人が電話を受けてくれれば、電波の発信先をたどる時間の猶予がほんの少しでも広がるかもしれない。

「実は、すでにこちらから何度か恵美さんの携帯に電話とメールを入れています。しかし、犯人は電源を切っているらしく、一度も。おそらくは今後も電話に出ることはないものと思われます」

桑沢がうつむきかげんに説明した。その程度の可能性は、警察なら気づいていて当然だった。過去にも携帯電話が誘拐事件に使われたケースは珍しくもなく、彼らはあらゆる事態を考え、捜査に動いていた。

「では、恵美さんの部屋へ案内していただけますでしょうか」

桑沢が話をもとに戻して告げた。

耀子と頷き合い、立ち上がった。二階へ足を運んだのは、桑沢と女性の刑事だった。背の高い刑事は、まだ無線でどこかと連絡を取り合っていた。

刑事たちの捜索を、妻と二人で部屋の外から見守った。耀子がきつく腕を握りしめてきた。

すでに警察は、恵美の携帯電話の記録から、ある男の存在を確信しているのではないか。

無論、ただの男ではない。恵美を誘い出し、連れ去る機会を作り出せるであろう男の存在だ。

もしかしたら、と辻倉は思う。先月末のあの事件は、誘拐の未遂ではなかったのではないか。単に男との仲違いのようなことから恵美が声を上げてしまった。だから恵美は、その後も不安がることなく学校へ通い続け、夜遅くまで遊び歩いてもいられた。だから、両親に口をつぐみ、男の存在を隠そうとしていた。

いや……。自分はただ、男の存在を恐れているだけなのかもしれない。娘はだまされていたのだ。そうあってほしいという願望が底にあり、男の存在を認めたがらないでいる。月末の事件は、やはり誘拐の未遂で、男はただの交際相手だという可能性のほうが高いか。

判断のしようがなかった。あまりにも娘の気持ちや日常を知らずにいた。娘と向き合ってこなかった代償を、辻倉たち夫婦は今、恐怖という手みやげまで一緒に背負わされているのだった。

二人の刑事が娘の部屋を丹念に探っている。抽出《ひきだし》を開け、ノートを調べ、下着の入ったクロゼットの奥にまで手を差し入れていた。本当に許可してよかったのか、今さらながら疑問がわいた。被害者でありながら、娘のプライバシーまでもが蹂躙《じゅうりん》されていく。救い出すことが一番なのはわかりきっていたが、ほかに方法はなかったのだろうか。

女性刑事が桑沢を呼んだ。手にしていたのは生徒手帳だった。はがき大の小さなアルバムも見つかった。しかし、簡単に見つけられたものなら、すでに耀子が確認していたに違いない。たぶん男と二人の写真はないのだろうと思えた。

政国が様子を見に上がって来た。並んで廊下に立ち、刑事たちを見守るしかない。恵美のために何もできず、立ちつくすだけ。

刑事たちは三十分近くも捜索を続けた。二冊のノートと生徒手帳にアルバムを拝借させてほしい、と言ってきた。頷く以外にできることはなかった。

居間へ戻ると、今度は桑沢が無線に向かい続けた。キッチンへ歩き、低い声でいつまでも話し込んでいた。

辻倉たちはまたソファに座り、ただ刻々とすぎていく時間に身を焼かれた。午前一時。恵美は眠ったろうか。食事は与えられているか。監禁場所は寒くないか。

十五分以上も無線で話し込んでから、桑沢が辻倉たちの前に戻って来た。失礼します、と言ってダイニングの椅子をソファのほうへ引き寄せ、腰を落ち着けてから手帳に視線を落とした。

「やはり発信場所の絞り込みはできませんでした。ただし、浦和の中継局を経由していることがわかりました」

「じゃあ、恵美は浦和に」

耀子が声をかすれさせた。ゆっくりと桑沢の首が横に振られた。

「断定はできません。少なくとも二度目の電話は、浦和周辺からかけられたということが言えるだけです。犯人が恵美さんを監禁した場所の近くから電話してきたという証拠は、残念ながらありません。どうでしょうか、浦和と聞いて心当たりがないですか。恵美さんの口から以前出てきたことがあるとか。永渕さんの関係者がいるとか」

恵美に関しては思い出せない。永渕のほうは見当もつかず、政国と顔を見合わせたが、義父も心当たりがあるようには見えなかった。

「携帯電話の通話記録はどうだったのでしょうか」

気になっていたことを辻倉は訊いた。

「現在確認中です。犯人が私用で使ってくれれば、新たな手がかりも得られるかとは思います。メールを使った犯人への呼びかけも続けていきます。もし何かあれば、直ちに連絡が入るでしょう。犯人が庭に投げ込んでいった封筒も、現在詳しい調べが進められていますが、こちらはあまり期待できそうにありません。計画性の感じられる事件ですから、犯人が簡単に証拠を残していくとは考えにくいと見たほうがいいでしょう。動機の面からの捜査にも動いてはいますが、永渕さんの周囲へ迂闊に近づいたのでは、犯人の目に触れるおそれもあり、充分な警戒が必要かと思われます。強引に捜査を進めて、犯人に我々の関与を教えてしまうのでは危険すぎます」

桑沢の言葉の歯切れが悪くなった。

「では、どうやって恵美を」

政国の疑問に、桑沢は居住まいを正すようにして辻倉たち家族に視線を配った。

「ここで断るまでもなく、我々がまず第一に考えなくてはならないのは、恵美さんの身の安全です。十一日の正午までに恵美さんの身柄を無事確保できるよう、我々も全力をつくします。しかし、事件の特異性もあり、想定できるあらゆる事態を先に考えて対処していく必要があります。つまり、犯人側の指定してきた期限までに恵美さんを救出できなかった場合にも備えておく必要があるのです」

刑事も役人の一種なのか、桑沢の言葉が回りくどくなった。事件の先行きに確かな解決策を見出せずにいるのか、と不安になる。

「すると、やはり永渕さんを死んだものと犯人たちに——」

政国が刑事たちの顔色を見るように言った。桑沢は頷き、言葉を選ぶような間をとってから、口を開いた。

「そこが難しいところです。人質の命がかかっているからと、はたして嘘のニュースを我々警察が発表していいものなのか。誤解していただきたくないのですが、我々警察の立場を気にしての見方ではありません。通常、誘拐事件が発生した場合は、マスコミ各社と報道協定というものを結びます。我々の捜査の進展具合がもしニュースで流され、犯人が追い詰められていると警戒したあまり、人質に危害を加えてしまったのでは困るからです。その危険を回避するため、あらかじめニュースにしてくれるなと依頼をするわけです。今回、我々はマスコミ各社に内密で捜査本部を設けました。マスコミとの取り決めを、事件の特殊性から考え、反故《ほご》にしたわけです。さらにそのうえ、真実ではない発表を重ねたのでは、今後のマスコミ各社との信頼関係にも大きな影響が出てくるでしょう」

「恵美の命がかかってるんですよ」

耀子が焦れたように声を上げた。人の命より、マスコミ各社との約束のほうが大切だと言われたかのように、辻倉にも感じられた。

「ですから誤解なさらないでいただきたいのです。我々は恵美さんの命とマスコミの反応を天秤にかけているわけではないのです。今後さらに似たような事件が発生した場合の、被害者についても考えざるを得ないということなのです。それともう一点、本当に嘘の発表をしただけで、犯人が信じてくれるものなのかも疑問があります」

「警察では嘘の発表はできないと言うんですな」

政国がひじ掛けをつかんだ手を震わせた。

「積極的にはできにくいだろう、という意味です。しかし、恵美さんを助け出すには、永渕さんが死んだと犯人たちに思わせる以外にはないだろうという点も、我々は理解しています」

「要するに、どういうことだ。警察は恵美のために何をやってくれる」

「どうか冷静に。ここは落ち着いて、恵美さんのために何ができるのかを、一緒に考えていただきたいのです」

「警察は何もできないというのか」

拳でひじ掛けをたたかんばかりになった政国の肩に、横から頼子が手をかけた。桑沢は充分な間を取り、再び辻倉たちを見回した。

「先ほども言ったように、永渕さんが死んだと嘘の発表をすれば、犯人たちは本当に信じてくれるのか、そこが問題だと思うのです」

「何を言ってる。犯人たちが要求してきたんだぞ」

「そうです。犯人は永渕孝治の命を要求してきた。彼らは死亡を確認すれば、恵美さんを解放する、と言っている。彼らは言葉どおり、彼ら自身の手により、死亡を確認するつもりでいるのかもしれません」

永渕孝治の死亡を確認する。でも、どうやって?

「患者の命を奪うために、主治医の家族を人質に取るという卑劣きわまりない手口を考え、実行してきた犯人です。永渕さんを死んだものと見せかけようとしてくることぐらいは予想し、すでに何らかの対抗手段を打ってきていると考えておいたほうがいいでしょう」

「刑事さん。まさか犯人が病院に」

頼子が胸元に手をやり、声を絞った。

「まさかとは思います。しかし、患者の死亡を確認するのに最も都合のいい場所は――病院です」

「うちの病院に犯人がまぎれ込んでると言うのかね」

政国が不機嫌を顔に出して首を振ると、桑沢は広げた手を小さく振った。

「犯人の一味だとは限りません。犯人と何らかの関係を持つ人物がいるのかもしれない、ということです。永渕さんがもし死亡した場合、死を確認できるのは、まず医師や看護師たち現場で働く人になります。また、事務や受付、出入り業者たちにも、その日病院で何があったのか、本当に死亡者が出たのか、おかしな噂が立ってないか、知ることのできる人たちはいるでしょう。本人に共犯の意識はなくとも、犯人に情報を与えられる立場にある者が病院内にいる可能性は考えておいたほうがいいと思われます。偽の発表をするにしても、犯人の目がどこにあるのか充分に警戒し、厳重な箝口令《かんこうれい》を敷かなければ、危険は残ると考えたほうがいいでしょう」

辻倉の腕をつかむ耀子の手に力がこもった。永渕孝治の死亡を発表さえすれば恵美はきっと解放される。そう信じていたが、甘かったようだ。

「どうでしょうか。永渕さんの入院以降、病院に勤め始めた方はいませんでしょうか」

冷や汗が辻倉の脇を伝った。

「いたはずです。看護師の増員をはかりましたから」

政国が言い、そうだよな、と問う視線をよこした。確かに増員していた。

「二名おります」

辻倉は胸の動悸を抑えて答えた。そのうちの一人が——溝口弥生だった。

まさか……。

四十九歳の情けない中年男に、弥生のような若い女性が意味もなく近寄ろうとするはずはなかった。辻倉に向ける彼女の視線に、もしほかの意味があったとすればどうか。

「確認のためです。病院で働く者と、出入りする関係者のリストの用意はできますでしょうか」

「病院に行けば、すぐにでも」

「辻倉さんお一人で用意ができるものですか」

問われた意味がわからず、桑沢を見返した。

「至急職員のリストを出せと、事務の方に命じたのでは、何があったのかと噂になる恐れがあります。警戒するに越したことはありませんので」

頷いたが、ぎこちなく頭が揺れただけだった。犯人が指定してきた十一日の正午まで、監視の目を意識し、恵美の無事を祈りながら普段と変わらず仕事を続け、さらには犯人の目を欺かなくてはならない。

辻倉は床に落ちかけた視線を上げた。

「刑事さん。偽の発表はできないとおっしゃるのなら、警察ではどこにあるかもわからない犯人の監視の目をどうやってごまかそうと考えているのですか」

「死んだと発表するだけでは、おそらく危険が残ると思われます。そこで、死んだと誰もが信じる方法を見つけ出すしかないと考えています」

「誰もが信じるしかない……」

政国が謎かけの答えを探すかのように視線をさまよわせて呟いた。

「犯人側に怪しまれず、病院内の誰にも不審を抱かれず、できるならここにいるご家族だけで実行できるいい手はないものか、現在捜査本部でも警察病院や法医学の関係者に連絡を取り、知恵を出してもらっているところです」

「わたしたち家族だけで、ですか」

頼子が驚きに身を引いた。

「はい。最も警戒すべきは、犯人の目です。もし万が一病院内に犯人側と通じる者がいた場合、下手な芝居を打ったのでは、簡単に見抜かれてしまうでしょう。ですから、ここにいる家族の方々だけで、ごく自然に、医学の知識を持つ誰が見てもあり得る事態だと思わせ、永渕さんが確かに死んだと思い込ませるいい方法がないか。十一日の正午までに決断したいと考えています」

辻倉は汗ばむ手を握りしめた。

「要するに、我々が芝居をすればいいのですね。永渕さんの死を看護師たちの前で確認する演技をすれば」

「確認の演技だけでは不十分でしょう。患者が死亡したとなれば、まず家族と会社の関係者が遺体と対面します」

「あらかじめ家族に了解をとっておけば、会社の者まではしゃしゃり出てこんだろう」

政国が落ち着きなく足を組み替えた。桑沢が素早く言葉を継いだ。

「先ほども言いましたように、本人にはその意思がなくとも、犯人側に情報を与えてしまうケースもあり得ます。特に家族は、永渕さんの死亡を最も身近で、まず間違いなく確認できる立場にいます」

慎重な言い回しに聞こえた。しかし、警察としてはもっと多くの可能性を考えていそうだった。株譲渡事件の公判をひかえる永渕だが、ほかにもまだ相続問題などで別の動機もあり得た。家族といえども、容疑者リストから外すわけにはいかないと彼らは見ているのだ。

永渕孝治は、外食産業の雄として業界トップの地位を争う企業の創設者だった。バッカス・グループの総売上は辻倉の想像を超えている。過去にいくつもの企業を買収してきた事実もあった。株譲渡事件以外にも、永渕孝治という企業人に恨みを抱く者がいても不思議はなかった。家族や親戚にも、隠された動機は考えられる。

「でも、待ってください。患者が死亡して、遺体を家族に引き渡さないわけにはいかないはずでしょう」

頼子の疑問はもっともだった。葬儀の準備が進められてしまえば、親戚や会社関係者など数え切れないほどの人々が遺体と対面する。

「難しい注文かもしれません。しかし、恵美さんの安全のためには、万全を期す必要があると思うのです。永渕さんに協力を求めるのは仕方ないにしても、家族との対面はなるべくさけるか、短くするに越したことはありません。それでいて、不自然にならない方法はないか、ぜひ知恵を絞って考えていただきたいのです。永渕さんの病状をもっとも理解しているのはあなた方です。病院を取り巻く環境や医療システムも微妙に違ってくるものと思われます。病院内の事情は、ここにいる家族の方が誰よりもよくご存じのはずなのです」

家族との対面をさけ、病院内の誰にも怪しまれず、患者の死亡を演出する。難しい注文だったが、恵美のためには石にかじりついてでも実行しなくてはならない。

「肝心の永渕さんの病状ですが、本当のところはどうなのでしょう」

桑沢の頬がかすかにゆがんだ。苦笑を浮かべたのでは不謹慎だと思ったらしい。

永渕孝治の病状に関しては、いまだマスコミ各社に興味本位の憶測記事が乱れ飛んでいた。週刊誌の中には、拘置所内で起こした発作も、保釈を早めるための演技だと断言するものまであった。

「確か、心臓が悪いのでしたね」

政国が主治医としての威厳を保つように頷いた。

「一般的な病名を当てはめるなら、著しい動脈硬化による強度の狭心症を発症していると言っていいでしょう。病状を考えずに取り調べを強行されたために、すでに拘置所内で切迫梗《こう》塞《そく》を引き起こしておりますし、永渕さんの年齢を考えると、いつ心筋梗塞に移行してもおかしくはありません」

「今現在も、危険な状態にあると言われるのですね」

警察病院からも情報を取り寄せていたらしい。桑沢は頭から政国の病状説明を信じていないような言い方で訊いた。

「最近では少し安定してきてはいますが」

ものは言いようだった。あまりの安定ぶりに、家族は面会にも現れないし、永渕本人も病室でずっと仕事をこなし続けていた。拘置所内で狭心症の発作を起こしたのは事実だが、切迫梗塞にまで至っていたかどうかは疑わしい。政国を中心とした特別チームが永渕の治療に当たっているため、辻倉には関知できない。副院長として会見の場に同席し、雇われ外科部長とともにバイパス手術や心室瘤切除の可能性について語るのが、辻倉に任された仕事のすべてだった。回診につき合うこともまれで、詳しい病状は把握していなかった。

「病室内で簡単な仕事はこなせても、まだ安静にしている必要があるわけですか」

桑沢の言葉には遠回しの皮肉が感じられた。血気にはやる記者連中を普段から相手にしている政国は慣れたもので、医師としての態度を貫き通して言った。

「今の永渕さんの心臓は、動脈硬化も響き、著しく機能が減退しております。あの方に協力を求めるとしても、長時間の緊張を強いるようなわけにはいかないでしょうね……」

語尾が弱々しくかすれた。永渕孝治が病院の大スポンサーである企業の会長だからといって、義父が恵美の無事を願わないはずはなく、この状況で永渕の病状を偽る演技をする必要があるとは思えなかった。仕事をこなせるまでに回復はしても、依然として油断できない病状にあるのかもしれない。

桑沢も目を見張ってから、仲間たちと視線を交わし合った。彼らが永渕の病状を軽く見ていたのは間違いなかった。背の高い刑事が、慌てたように無線で本部と連絡を取り始めた。

桑沢が無精髭の目立ち始めた口元をさすり、辻倉たちに向き直った。

「永渕さんに負担をかけず、病院の誰もが死んだと納得でき、家族との対面も制限できそうな方法が何かありますでしょうか」

沈黙が部屋を埋めた。妙案をひねり出さない限り、恵美は解放されない。娘の無事を祈るより、今は死の演出法を考えるのが先だった。

辻倉は思考に没頭しようとした。全神経を集中させ、あらゆる可能性を考えてみる。余計なことは頭から閉め出せ。娘のために最善の道を探れ。

額に手を当て、目を閉じた。耳の奥にまだ恵美の叫び声が貼りついている。今この瞬間にも恵美が助けを求め、泣いている気がする。考えまいとしても、娘の叫びが耳に甦った。

「あなた……」

耀子に腕を揺すぶられた。恵美を救う方法はないのか。潤む目で問いかけられた。政国も頼子も言葉を発しようとしない。時間だけがすぎていく。

一時四十八分。十一日の正午まで、あと三十四時間と十二分しかなかった。

8

時計の針が刻々とタイムリミットまでの時を刻んでいく。

警察の聴取がひととおり終わると、辻倉たちは再び電話の前でただ時を見つめた。恵美の感じているであろう恐怖を思うと、波立つ心とは裏腹に、手足が重く凍りついていくようだった。

先に休んでいろと言ったが、耀子も居間から動く気はないと言い張った。一人で寝室に下がったのでは恵美に悪い、もし何かあった時に寝ていたのでは母として娘にすまない、と考えたのだ。辻倉は寝室と客間へ足を運び、刑事たちの分も併せて毛布を用意した。耀子と頼子がソファで肩を寄せ合ってくるまり、目を閉じた。眠れはしないだろうが、体を休めないことには大事な時に動けなくなる。

政国は一度自宅のほうへ戻り、三時すぎにまた姿を見せた。一人になって恵美を救うための方法を考えていたらしく、手にしたメモには細かい文字がびっしりと書き連ねてあった。

辻倉も懸命に知恵を絞った。死亡の演出自体は難しくない。しかし、病院関係者の誰にも怪しまれない方法となると、ひとつの案を思いついたとたんに不安の砂が指の間からこぼれていった。もしも失敗したらという恐怖に身がすくむ。ましてや家族との対面を拒否したのでは、死の発表に不審を抱かれるのは明らかだった。

家族との対面はさけられないだろう。とすれば、その時間を制限する方法はあるか。

伝染性の疾患であれば……院内感染の果てに容態が急変し、近親者にも感染のおそれがあるとして彼らを病棟に収容してしまえば……。ろくに面会にも来ていない家族をすべて病院内に押し留めることはできる。

刑事たちは時折立ち上がっては廊下へ出ていき、無線でまた何事か話し込んでいた。捜査本部との連絡なのだろう。辻倉たちへの朗報は入らず、彼らは居間へ戻るとダイニングの椅子に戻って腕を組み、じっと目を閉じるばかりだった。

メモに細かい文字を書き連ねていた政国が、ふいに立ち上がった。視線をやると、充血した目が異様に輝いて見えた。

「これなら、いけるかもしれないな」

独り言のように呟《つぶや》き、手のメモを辻倉に差し出してきた。

「君の意見も聞かせてくれるか」

「どうしました」

桑沢が振り向き、刑事たちの視線が集まった。頼子が目を開け、何事かと見回した。

午前四時二十四分になろうとしていた。政国を中心に家族と刑事たちが集まった。

「永渕さんを死んだものと見せかけること自体は、そう難しくはありません。本人の協力さえあれば、簡単にできます」

政国は刑事たちを見回し、静かな声で切り出した。

「まず家族や付き添いの者がいる前で、永渕さんに心臓発作の演技をしてもらいます。容態の急変はベッドのコールボタンでナースステーションに伝えられ、担当医である我々に報告されます。犯人が指定してきた明日の十一日は、幸いにも祝日に当たっていて、外来診療は休みになっています。わたしと一緒に永渕さんを診ている胸部内科の児玉君や斎藤君は、どちらかが休日になっていたはずだったと思います。わたしや良彰君も休日に当たってますが、誰もが納得できる理由をつけて出勤し、代わりに彼らのうちのもう一人にも休みを与えておきます。そうすれば、看護師からの報告は、まず院長で担当医でもあるわたしに入ります。わたしと良彰君で病室に駆けつけたら、永渕さんをCCUに収容します」

「CCU、ですか……」

長身の刑事が頼りなさそうな表情で頭をかいた。

「ICUは御存知かと思いますが、容態の悪化した患者や、手術直後の患者が危険な状態から脱するまで収容する、集中治療室と言われる特別な病室です。CCUとは、心臓疾患専用の集中治療室に当たります。うちのような救急病院に指定されている病院にはまずたいてい設置されているもので、心筋梗塞や狭心症の発作に対応できるよう、心電計から人工心肺などの計器類を備え、発作直後の危険な状態のケアを集中的に行うための部屋です」

通常、ＩＣＵは手術室の近くに、ＣＣＵは心臓疾患病棟の近くに置かれている。宝寿会総合病院では、三階ナースステーションの隣にＣＣＵはある。

「ＩＣＵ、ＣＣＵともにどこの病院でも、我々医師の許可がなくては家族といえども入室はできませんし、面会時間も短く制限されています」

「つまり、ＣＣＵに収容してしまえば、家族や付き添いの者からも引き離せる、と」

桑沢が相づちを打ち、政国が大きく頷き返した。

「容態の急変を聞いて、家族や会社の関係者が駆けつけたとしても、ＣＣＵに収容している限り、彼らの目は及ばず、中の様子は伝わりません。あとは時間を見計らい、廊下で待っている彼らに、永渕さんの死亡を告げればいいわけです」

「しかしお義父さん。看護師はどうするつもりです。ＣＣＵ担当の看護師が決められています。患者が新たに収容されれば、常時誰かが詰めるはずです。彼女たちの目を、どうやってごまかすつもりです」

ＩＣＵ、ＣＣＵともに、患者は二十四時間の看護態勢が敷かれるため、担当の医師と看護師が絶え間なく巡回に来る。たとえ政国や辻倉が中に詰めたとしても、看護師を排除するのでは不自然になり、不審の目を向けられかねなかった。

政国は唇を引き結んで辻倉の疑問を受け止めると、息をつくように言った。

「看護師の目までは、ごまかしきれんだろうな」

「じゃあ、どうする気で……」

頼子が不安そうな顔に戻った。

「いいか。彼女たちは幾度も患者の死に立ち会っている。医学知識も豊富だ。どんな芝居を演じようと、看護師の目を騙すことは難しい。万一不審を抱かれ、いらぬ噂を立てられたのでは、恵美の身に危険が及ぶ。それならいっそ、最初から信頼のおける看護師に協力を求めたほうがましじゃないだろうか」

「看護師の協力ですか」

メモを取っていた女性の刑事が桑沢を見た。その態度に耀子が反応して、父親へ心許ない眼差しを向けた。

「まずいでしょうか」

政国が珍しく弱気を垣間見せると、桑沢は腕組みをほどき、眼差しを義父に据えた。

「計画を知る関係者は、できる限り少ないほうがいいと思いますが、何より安全を優先させるべきでしょう。協力を求める看護師は、何人になります」

「その時点でのＣＣＵの状況にもよりますが、最低二名は」

「その人たちは、計画が滞りなく終わったあとも、しばらくは我々の監視下に置かれることになると思います。恵美さんが解放されるまで、外部と接触をさせるわけにはいきませんので」

「長くうちに勤めていて、気心の知れた看護師が何人かおります。彼女たちなら協力してくれると思うのですが」

「では、辻倉さんたちで信頼のおける看護師を選んでください。事前調査をすませてから、慎重に協力を依頼します」

事前調査といったが、背後関係を調べるつもりなのだとわかった。犯人とつながりのある人物に協力を要請したのでは、計画が筒抜けになる。

「問題はそのあとですね。家族に死亡を告げれば、遺体と対面をさせないわけにはいきませんから」

桑沢の言葉に、政国があごを引いた。

「家族に死亡を伝えた直後に、ある芝居を打ちます。臓器の摘出手術をする、と言うのです」

「臓器の摘出……」

刑事たちが口々に呟きを洩らした。辻倉は目を見張り、緊張のためかやや青ざめた義父の顔を凝視した。

「臓器移植法の施行以来、日本でも少しずつですが、脳死患者からの臓器提供が行われるようになり、移植への理解が広がりつつあります。しかし、移植法の成立以前からも、角膜や腎臓や皮膚といった体の部位は、心停止によって死亡した患者から提供されてきていました。特に腎臓や膵臓では、家族から臓器の提供を受けて移植するケースも珍しくありません。アイバンクや腎臓バンクという名称を聞いたことがあると思うのですが、脳死以外にも臓器の提供に賛同してくれる人々を募っておき、血液型や組織の適合性をあらかじめ調査しておき、万一の事態となった時はすみやかに移植が行えるように管理しているのです。ただし、死亡者からの臓器提供は、その細胞組織が破壊されないうちに、死後できる限り早く摘出し、移植する必要があります。つまり、臓器摘出の手術があると偽れば、死亡直後に家族との対面を短く制限できる、というわけです」

「しかし、いつまでも家族と遺体を引き離しておくわけにはいきませんよね」

桑沢が疑問を投げかけた。辻倉も臓器摘出の演技は思いついていたが、死亡から一、二時間ぐらいしか引き延ばせそうにない、と考えていた。

政国が当然だとばかりに頷き返した。

「その間に、刑事さん、あなた方にやってもらいたいことがあります」

「我々に？」

「永渕さんの死因に不審な点があるとして、死体を解剖に回す必要があると家族に断り、永渕さんを警察の手で病院から運び出してほしいのです」

辻倉はもう少しで声を上げるところだった。

そうか、その手があったか。

刑事たちはまだ半信半疑に政国を見返していた。

「永渕さんは裁判をひかえた刑事被告人です。保釈されたとはいえ、その病状を警察や検察が注意深く見守っていたとしてもおかしくはありません。死亡と同時に、裏付けのために動いたところ、不審な点が出てきたと言えば、家族も疑いはしないと思うのです。なぜなら、あまりに急な容態の変化で、家族にとっても寝耳に水でしょうから、警察の話にも少しは信《しん》憑性《ぴょうせい》を感じるはずです。我々病院も、永渕さんの家族や関係者も、警察の令状を出されれば、遺体を提出しないわけにはいきません」

そうか、と感心の声が長身の刑事から放たれた。耀子が身を起こして父親の話に聞き入っている。

「病院で不審な動きがあるようだとなれば、犯人側から見た場合、我々が要求を呑んだという裏付けにも思ってくれるかもしれません。正式な発表を引き延ばすことも可能でしょうし、マスコミ各社を騙す意図はなかったのだと、あとになっても言えそうです。要するに、マスコミ各社が勝手に動き、病院の関係者からどんな情報を入手しようと、我々には関知しようもないということです。たとえ彼らが独自にニュースを流してしまおうと、我々の責任にはならないのではないでしょうか」

警察の立場をも考慮に入れた、素晴らしいアイディアだった。辻倉は妻の手を取り、力を込めた。この方法なら、あとでマスコミ各社から、なぜ嘘の発表をしたのだと非難される心配もない。家族や病院関係者の目も、ごく自然に欺ける。

「家族や関係者には、医療ミスの可能性もあるから検査に時間がかかるとでも言えば、二、三日は引き延ばせるのではないでしょうか」

「完璧ですよ。それなら絶対に成功するはずです」

辻倉は声が自然と震えてくるのがわかった。政国は肩の荷を下ろすように吐息をついたが、まだ厳しい表情は変わらなかった。

「浮かれるのは早いぞ、良彰君。準備しなければならないことが山のようにある。喜ぶのは恵美の顔を見てからだ」

「ありがとう、お父さん」

感極まったらしく、耀子がさめざめと泣き出した。恵美のためにできることがあった。希望の火が胸にともった気がする。

「でも、永渕さんは臓器の提供に同意をしてたかしら」

頼子が冷静に先を読んだ質問をした。

刑事たちの視線を受けて、政国が重々しく首を振った。

「明日の正午までに間に合わせるとなると、今日中に形だけでも承諾書を提出してもらう必要がある」

「家族には何も伝えないほうがいいでしょうね」

「なぜです」

桑沢が頼子に向かった。

「家族が聞けば、縁起でもないって反対する可能性があります。ドナーカードの普及率を見てもわかると思うのですが、日本はまだ臓器の提供が多いとは言えません。脳死というデリケートな問題を抜きにしても、日本人は、遺体を傷つけることに抵抗感が強いのか、アイバンクや腎臓バンクの登録者も誇れるような数字ではありませんでした。永渕さんの場合は年齢もありますし、臓器を提供したところで本当に役に立てるのかと、家族が心配をすることも考えられます」

妻のあとを、政国が引き取って言った。

「それに、計画の前日に臓器摘出承諾書に署名していたのでは、あとになって不審を持たれる可能性もあります。永渕さんには、もっと前の日付で署名してもらったほうがいいでしょうね。それと、本来は家族の同意が必要になりますが、その署名も偽っておけば、移植センターに連絡をしてしまったという強引な言い訳もできるでしょう。他人の命にかかわってくるとなれば、家族も無理に意見を押し通そうとせず、永渕さんの意志を尊重してくれるのではないでしょうか」

そうやって家族との対面を制限できたとしても、ただの一度も近づけないというわけにはいかなかった。すがりつこうとする者は辻倉たちで制止するにしても、呼吸のたびに胸が動いたのではまずい。協力してもらえそうな看護師を選び、彼女たちに依頼をしておく必要もある。タイムリミットの明日までに、より完璧な計画へと練り上げるのだ。

時刻は五時が近かった。桑沢が時計を見て立ち上がった。

「もう一度、本部の者に今の話を詳しくしていただけますでしょうか」

政国も頷き、立ち上がった。

9

夜が明けようとしていた。厚手のカーテンを透して、うっすらと窓の外が明るくなってきた。午前六時。腕時計を確認してから、桑沢遼一は手帳に書き込んだメモの内容に視線を戻した。

誘拐事件の初期捜査は〝待ち〟の時間が長くなる。要求した現金が用意できるまでは、犯人も次の指示を出せず、じっと待つしかない。捜査陣も同じだ。誘拐現場の絞り込みや不審者の捜索を密かに行うのが普通だが、あまり大っぴらに動いたのでは犯人が警察の関与に気づき、人質を始末して逃走を考えないとも限らなかった。だから、どうしても〝待ち〟の時間が長くなる。

実はこの〝待ち〟の時間が、今後の捜査にとっては重要だった。犯人がどう次の一手に出てくるか。身代金の受け渡し方法を指示してきた時、素早く動ける態勢はできているか。数少ない手がかりから、犯人の素性をどこまで絞れたか。単独犯か、共犯がいるのか。犯人と人質の家族に接点はあるか。〝待ち〟の時間が長くなればなるほど、捜査陣には入念な備えが取れる。

犯人の要求は異質だったが、今回も例外ではない、と桑沢は考えていた。現金の受け渡しという接触のチャンスはないが、永渕の死の確認こそが、今回の犯人側にとっての〝身代金受け渡し〟に当たるのだ。どこで犯人は死を確認するつもりでいるのか、が問題になってくる。

テレビのニュースを頼りにしているのなら、彼らを欺くのは簡単だった。しかし、自らの目で確認せず、外部からの情報を頼りにするとは、少し考えにくい。もし警察が介入すれば、偽のニュースなどは簡単に流せると、警戒してかかるのが普通だ。マスコミとの関係を考えると実現は不可能なのだが、警察内の官僚的な発想など、犯人側がどれだけ知ってくれているか疑問は残る。ニュースでの確認は、よほど間の抜けた犯人どもに限られてくる。

となると、考えられる手段は、マスコミと病院関係者と、まさかとは思うが警察内部の者、になる。しかしマスコミは、直接永渕の死を確認できる立場になく、たとえ警察関係者に知り合いがいたところで、病死となった場合、情報は伝わっても死の正確な確認はやはり難しい。

もし犯人が周到な準備を積み重ねた上で計画を実行してきたとすれば、病院の中に監視の目を置いている、と考えるべきだろう。

その点から見ても、政国が考案した死の演出法は、かなりの成功率を期待できそうだった。

『今、こちらの会議が終わった。警察病院の関係者も感心していたよ。この方法で準備を進めてもらうように言ってくれ』

「了解しました」

『スタート時刻はおって指示する。こちらで動くことがあれば、すぐに相談してくれ。頼むぞ』

本部からの連絡は、予想以上に早く入った。方針が決まれば、あとはミスなく実行に移せるかが、人質の安否に直結する。

ただし、犯人が十七歳の人質を、言葉どおり無事解放してくれるか、一抹の不安は残る。

それともう一点、やはり辻倉恵美が自ら家を出たところを誘拐された、という事実が気になっていた。部屋の捜索から、生徒手帳に男友達らしい者の名前と電話番号が見つかっていた。アルバムには、学生服を着た男と並んで映った写真も何枚かあった。犯人が彼女に近い年代の男を使い、おびき出したという見方は確かにできる。しかし、それでは事件のあとになって警察に追い詰められる道を残すと、犯人も考えつきそうなものだ。

単独犯の可能性は低い。たった一人で十七歳の娘をさらい、監禁するのは難しい。

やはり、自宅周辺で恵美の外出や帰宅を待ち受けていたと見たほうがいいのか。

しかし、土曜日の夕方の住宅街で、十七歳の娘をさらうのは簡単ではなかった。自宅から駅まで、人通りは絶えずあったはずだ。バンタイプなどの比較的大きな車を彼女の横につければ、人目は避けられるが、叫び声はどうだろうか。現に一月二十九日は彼女に叫ばれていた。

駅までの道で誘拐しなかったとなれば、今度はどうやって彼女のあとをつけたか、どこへ行くとわかっていたのか、と次々と疑問が浮かぶ。

家を出た直後に誘拐されたのであれば、なぜ最初の脅迫電話が九時三十二分になってからだったのか。辺りが暗くなってから庭に封筒を投げ入れるために時間をあけたのだとしても、今の季節は六時をすぎれば夜の暗さが訪れる。まるで、良彰と政国、二人の帰宅を待ち受けていたような時間である。この点からも、犯人が病院内に監視の目を置いている可能性が高くなってきそうだった。

ふいに静寂が破られた。

電話の呼び出し音が鳴っていた。

毛布をまとって壁に背をつけていた平松が反射的に身を起こした。ソファで目を閉じていった家族も、雷に打たれでもしたように跳ね起きた。トイレに立っていた岩見が慌てて駆け戻って来た。朝になるのを待ち受けていたかのようなタイミングだった。

「来ました。逆探知をお願いします」

平松が小声でデジタル無線にささやき、合図を送った。桑沢もヘッドセットを構え、目を覚まして驚きに頰を震わせる良彰に向かって頷いた。この部屋にいる誰もが、もう電話の主に心当たりをつけていた。

良彰が立ち上がり、慎重に受話器へ手を伸ばした。

「はい、辻倉ですが」

相手は何も答えようとしない。かすかに車の走行音のような響きが聞こえた。間違い電話とも思いにくい。犯人からだ。

「おい、娘を電話に出してくれ」

良彰が言った瞬間、恵美の叫び声が鼓膜を打った。昨夜とまったく同じ叫びに思えた。またしても録音されたものだ。

「聞いているか、おい。恵美は無事だろうな」

良彰がすがるように言葉を継いだが、すでに電話は切れていた。

ヘッドセットを外し、直ちに無線のイヤホンと換えた。電話会社へ出向いていた応援部隊の捜査員からの報告が、無線を通して聞こえてきた。

『やはり恵美さんの携帯からでした。中継局は渋谷だそうです』

今度は都内か。犯人たちは昨夜零時半に電話をかけてきた浦和周辺から、今は都内へと場所を変えてきた。

息を詰めて見守る家族に、逆探知の結果を告げた。

「恵美も一緒なのでしょうか」

頼子が胸の前で両手を握った。桑沢は首を振る以外になかった。

「わかりません。ただ人質を連れて移動するメリットは犯人にないと思われます。おそらく、何度も同じ場所から電話をかけたのでは、中継局をしぼられてしまいかねないと考えているのでしょう」

「携帯電話の中継局が、そう簡単に突き止められるとは知らなかったよ」

政国が深く息を吐き、ソファに身を沈めた。犯人は周到な計画と、かなりの下調べをしてから犯行にかかってきている。

「かすかに車の走行音が聞こえたと思うのですが」

良彰が妻の隣に戻ってから言った。医師という職業柄、人の生死に立ち会っているために、少しは娘の安否以外にも気を回せる余裕があるのだろう。

「車で移動している可能性はあります。都内に戻り、永渕さんの死亡を確認するつもりでいるのかもしれません」

「では恵美は、最初に電話のあった浦和のほうに」

「どうでしょうか。恵美さんが家を出たのは昨日の四時前です。電話のあった九時半すぎまでは、五時間以上もの開きがあり、どこへでも移動できたと言えるでしょうね」

電話からの手がかりはあまりにも少なかった。家族の肩と視線が落ちた。桑沢はもう一度時計を確認した。

午前六時三十三分。タイムリミットまで、あと二十九時間と二十七分だった。


政国の提案で、頼子と耀子が朝食の用意に立った。桑沢たちは彼らの言葉に甘え、トーストとコーヒーをとった。パンの焼けた匂いと立ち昇るコーヒーの香りが、張りつめていた部屋の空気をわずかに柔らかくした。

恵美の生徒手帳とノートにあった名前や住所は、すべて本部へ伝えてあった。しかし、アルバムの写真はまだ手元にあり、一度本部に戻って来い、と成瀬からの無線が入った。

『病院はすでに周囲を固めた。しかし、出入りする者を、いちいち呼び止められやしないから、確認には限界がある。一応、工事車両に見せかけた車を手配中だ。改築と補修の見積りに人が来ると、院長から病院に伝えるよう頼め。会社名と連絡先は、今そっちへファックスで送る。彼らは何時に家を出る予定だ』

「七時半です」

『一緒に車に乗せてもらえ。尾行者がないことを確認したら、合流場所を伝える。病院に入ったら、まず従業員名簿の用意だ。それと、俺も病院を見ておこうと考えてる。何時に訪ねていいものか、二人に聞いておいてくれ』

着替えを終えた二人の医師と簡単に打ち合わせをすませた。係長の訪問は、回診の始まる午前十時の少し前がいいと言われた。

永渕孝治に協力を求めるのは、回診の時に検査の必要があると伝え、午後になってから検査室へでも移動してからのほうが自然だろう、と政国から提案された。一刻も早く永渕から話を聞きたかったが、あまりに急な検査を偽った結果、病院関係者に不審を抱かれたのでは困る。二人の提案を受け入れ、午後一時半に検査室で落ち合えるよう手配を進めることになった。

午前七時三十分。冷気のたまった地下のカーポートへ移動し、桑沢はメルセデスの後部座席に身をひそめた。

警官をともなうことに危惧を覚えているらしく、頼子と耀子は不安そうな表情を変えなかった。良彰が妻の肩をたたき、運転席についた。

「心配はいらない。うまくやるよ」

耀子は凍りついたように身動きひとつせず、夫を見ていた。あなたとお父さんの行動に恵美の命がかかっているのよ、と告げたそうな視線に見えた。

政国が鞄を手にドアを閉めた。

「じゃあ、行ってくる」

「今出ます」

桑沢は無線に告げ、シートの上に身を伏せた。良彰の運転で、メルセデスが慎重に動き出した。カーポートを出ると、寝不足の目に痛いほどの朝陽がフロントガラスを透してシートに射した。

「耀子のやつ、だいぶ参ってるな」

「お義母さんがついてくれていますから、大丈夫だとは思いますが、病院で鎮静剤でも用意してもらいましょう」

「薬か」

短く呟いた政国の声には、娘婿への棘がわずかに感じられた。

「君のほうこそ大丈夫だろうな。十時からの回診にはつきあえるな」

「ご心配なく。ただ、こんな時クランケの中にオペを要しそうな者が出てきたら、本当にミスなくこなせるのか、少し不安はありますが」

「無理はするな。疲れがたまっているからと正直に告げて、若い連中の手を借りたほうがいい。ミスは困るからな」

娘婿を案じての言葉ではなさそうだった。もし些細《ささい》なミスから医療事故を起こしたのでは、病院の名と経営に響きかねない、と言っているかのようにも聞こえた。それきり二人の会話は途切れた。

『尾行車はない。二つ目の信号を左に折れて、葬祭場の先を右だ。そこで待ってる』

桑沢は身をかがめたまま、進行方向を二人に告げた。

『その次の角を右だ』

指示どおりにメルセデスが右折し、静かに停車した。

『よし、いいぞ。出ろ』

首を伸ばし、ドアを開けた。二人の医師が振り向き、充血した目を向けてきた。彼らも、どこに監視の目があるかわからない病院へ行くのが心細いのだった。

「明日の正午まで、全力をつくしましょう。恵美さんのために」

固唾を呑むような頷きが返ってきた。いくら医師として人の生死に幾度も立ち会っていても、身内の命が肩にかかってくるとなれば事情は違う。

「慎重に行動すれば、大丈夫です。警察病院の者も、必ず成功すると言ってました」

今度はいくらか二人の頷きに力強さが増した。

「では、打ち合わせのとおりにお願いします」

短く言い、桑沢は車から降り立った。晴れ渡った冬空の下、成瀬たちの待つワンボックスバンを目指して駆け出した。

10

病院の玄関前にマスコミの車は見えなかった。保釈直後には、逮捕前と同じく三十名を超す報道陣が集まる日もあったが、窓から顔すらのぞかせない入院患者に記者を貼りつけていても無駄だった。裁判の日取りが正式に決まれば、いつ出廷するのかと、また病状を問うために嫌でも集まって来るに決まっていた。

駐車場に車を停めると、辻倉良彰は心して辺りに目を配った。朝から見慣れないバンが置いてあるのは、警察の車両だ。

義父のあとについて、早足に通用口へ歩いた。見慣れた病院の眺めなのに、犯人が身を潜める魔窟のようにも感じられてくる。

警備員の詰め所に挨拶をして通用口を抜けると、いつものように事務室へいったん顔を出した。日曜日とあって閑散とした室内では、休日担当の事務員が一人で朝刊を広げていた。

「おはようございます」

辻倉たちの顔を見るなり、直立不動の姿勢になった。院長がなぜ日曜日の早朝から出勤して来たのか、訝《いぶか》しがるような目を返してきた。

「野暮用がたまっていてね。日曜日でもないと、ゆっくりと仕事を片づけられそうにないよ」

テレビカメラの前だろうと臆せずに演技のできる政国だった。慣れたもので平然と言い訳を口にして微笑み、院長室へのドアへ歩いた。

自分も何か言ったほうがいいのだろうかと迷ったが、辻倉は言葉を思いつかず、昨夜からの救急搬送の数と患者についてまとめたボードの前へ歩いた。交通事故の患者がまた一名、深夜の三時二十分に運ばれて来ていた。

二人して院長室に入った。辻倉がドアを閉めると、政国は直ちに従業員のリストを打ち出すためにパソコンを立ち上げた。目で挨拶を交わして別れると、辻倉は医局へ回った。

当直の医師たちから昨夜の報告を簡単に受けた。容態の悪化した患者は今のところいない。胸をなで下ろして白衣をはおりながら、CCUの使用状況を確認する。

現在の収容者は一名。二日前に心筋梗塞の発作を起こして運び込まれた、七十三歳になる女性患者が入っていた。ベッドはまだふたつ空いている。もし明日までに、二人の患者が運ばれて来れば、永渕死亡の演技は行えなくなる。今いる患者の容態を診ておき、万一の事態には病室へ戻せるか、先に検討しておくべきだった。

若い医師たちに見送られ、医局を出た。彼らに、目の離せない患者がいると言い訳を繕った手前、まず二階のICUへ急いだ。

早朝の、冷え切った廊下の長椅子で、一人の老婆が小さな体を折り曲げて眠っていた。患者の家族なのだろう。

モニター機器の並んだサポートルームに看護師の姿はなかった。昨日の午後に手術を終えた患者のデータを見ていると、若い看護師が足早にやって来た。ここへ来てもう三年になるか。名前は、川井……下のほうは何といったか。

「おはようございます」

「廊下の人は？」

「木内さんのご家族です」

木内勝夫の容態は今も予断を許さなかった。体温、血圧ともに不安定で、呼吸数にも乱れがあった。依然として出血が続いている証拠に、ドレーンの先からはどす黒い血が今もわずかに滴り落ちていた。

「昨晩遅くになって東京へ着いたそうで。まだ面会は無理だと申し上げたんですが、廊下で待つといって聞かなくて。一度は中へ案内したんですけど、取り乱して大変でした」

若い医師の処置に不備は見当たらず、辻倉にも現状を打開する治療の手段は思いつかなかった。このまま持ち直し、生への細いロープを渡りきれるか、さらなる医師の手助けが必要になるのか。患者の体力を注意深く見守るしか今はなかった。

ＩＣＵを出ると、木内の母親が目を覚ましていた。辻倉の姿を見るなり、勢いよく立ち上がった。

「先生、勝夫は大丈夫ですよね」

皺《しわ》だらけの手を合わせると、頼りない足取りで、すがり寄って来た。

「依然として危険な状態です」

「息子を助けてやってください。おととしの暮れに嫁を癌で亡くしてね。二人の子どもを残して初めての出稼ぎに出たんですよ。なのに、こんなことになるなんて」

老婆は辻倉の腕をつかんで揺すぶった。

「お願いです、息子と話させてください。わたしが話しかければ、少しはあの子も」

「非常に危険な状態が続いていますので、面会はまだ……」

「冷たいこと言わんでください。息子が死にそうだってのに、手も握ってやれねえなんて、悔しくってね」

「お気持ちはわかります。ですけどね、お母さん、息子さんは手術を終えて非常に体力が落ちています。抵抗力も弱まっている状況では、部屋の外から元気づけてあげる以外にはないんです。そのほうが、息子さんのためでもあります。もうしばらくの辛抱ですよ。息子さんも今、懸命に戦っているんですから」

月並みな励ましを残し、立ち去ろうとした。老婆が思いがけない力強さで、辻倉に取りすがった。

「先生、お願いします。息子をどうか助けてやってください」

あとは同じことのくり返しだ。患者の家族はただ頭を下げ、医師は説明をするしかなかった。こういう時、辻倉はいつも医師と患者の間の微妙なすれ違いを感じる。

患者と家族にとってみれば、医師は命を託す唯一の存在だった。ところが、医師から見た自分たちは、多くの患者の中の一人にしかすぎない、という不安がつきまといやすい。病院の組織が大きくなると、医師がチームプレーで手をつくしていても、勤務時間がすぎたら患者を忘れてしまうようにも映るのだ。

息子の身を案じ、必死なのはわかる。親身になって声をかけてやるべきなのも、理解していた。しかし今は、辻倉のほうこそ誰かに救いを求めたかった。老婆のひと声ごとが、手足を縛るツル草のように疎ましく感じられた。

「木内さん、冷静になってください。我々は全力をつくしていますから」

老婆の腕に手をかけ、押しやった。まだすがってきそうな目を向けられ、恐怖に近いものを覚えて足早に歩き出した。先生。老婆の声が背中を追いかけて来た。辻倉は軽く後ろに手を振りながら廊下を歩いた。今は娘のために病院内でやっておかねばならないことがある。

階段横で振り返った。薄暗い廊下の先で、老婆が小さな体を折って一礼するのが見えた。ああして誰かに願い、祈るしかない彼女の姿は、今の自分自身とよく似ていた。

「我々は全力をつくしますから」

恵美にも聞こえてほしいと思いながら、辻倉は廊下の奥に向かって声をかけた。老婆がまた深々とお辞儀を返すのが見えた。

後味の悪さを覚えながら階段を駆け上がった。

担当する外科病棟のナースステーションに立ち寄った。引き継ぎを終えたばかりの看護師たちが一斉に辻倉を振り返った。

「おはようございます」

看護師を代表するように、宮鍋師長が進み出て来た。

「何かありましたでしょうか」

「いや、気になる患者さんがいてね」

棚に置かれたカスケードを手にして、眺める振りを続けた。視線の先は、壁に貼られた看護師のローテーション表を盗み見ていた。

なぜ副院長は看護師の勤務予定を気にしていたのか。あとになって永渕の急死を聞かされた時、彼女たちは何を思うだろうか。しかし、人質を取られた家族の行動がおかしいのは当たり前で、たとえ犯人に情報が伝わったとしても、不審を抱かれる心配はない。

辻倉を煙たく感じたのか、若い看護師たちが仕事へと出て行った。もう下手な演技の必要はないと、ローテーション表に目を走らせた。溝口弥生の今日の勤務欄には「夜勤」のマークが書かれていた。つまり、犯人の指定したタイムリミットである明日の正午は、夜勤明けの非番に当たり、彼女は病院にいない。永渕の死亡を直接に確認はできない。

やはり思いすごしにすぎなかったか。

辻倉はひとまず自分を納得させた。

「宮鍋君、このローテーションはいつ作られたのかね」

振り返って尋ねた。彼女は副院長が看護師の勤務表になぜ注目しているのかという疑問を顔には出さなかった。

「うちの科に溝口さんが配属されてから、わたしが新しく作り直しました」

「この表のとおりに動いているわけだね」

「だいたいはそうです。ただ休日の都合をつけたりするために、勤務に差し支えのない範囲で、ローテーションを交代し合ってはいますが」

「明日の勤務に変更はあるかね」

少し尋ね方が性急すぎただろうか。師長はいくらか不思議そうに目をまたたかせた。

「今のところはなかったと思います」

「そうか、ありがとう」

もう一度ローテーション表に目を戻した。宮鍋師長の明日の勤務は今日と同じく「日勤」だった。臓器摘出の演技をするには、手術に立ち会う看護師が必要になる。宮鍋師長なら、必ず手を貸してくれるはずだった。

協力を依頼する外科病棟の看護師は決まった。

11

自分の言葉を裏づけるために、気になる患者の様子を見てから医局に戻ると、わざわざ政国が待ち受けていた。若い医師との雑談を終え、辻倉を廊下へと誘い出した。

「院長室に盗聴器はなかった。桑沢さんたちが待っている」

小声でささやき、先に立って歩いた。

院長室のドアを開けると、奥の応接セットに桑沢ともう一人の刑事が座っていた。足元にはスーツが入れられそうなほどに大振りなアタッシェケースが置いてある。中には盗聴器の電波を調べる道具が入っているのだ。二人ともサラリーマン然とした格好で、医療機器のセールスだと誰もが信じるに違いなかった。

桑沢の隣にいた五十年配の男は、成瀬と名乗り、警視庁捜査一課の特殊犯捜査係を担当する係長だと小声で言った。盗聴器の調査は終えていたが、ドア一枚隔てた隣は事務室で、誰が聞き耳を立てているかわからなかった。

「いかがでしたか。新しく入った看護師の勤務時間帯は」

桑沢がまず確認してきた。

「二名とも、明日の正午は勤務時間から外れておりました。一人は夜勤明けの非番で、もう一人が四時からの準夜勤です」

「打ち合わせたとおり、駐車場に三台、車を置かせていただいています。改築と補修工事の見積もりだと言っていただけましたでしょうか」

「ええ、急なのでちょっと驚いたようですが」

政国が忙《せわ》しなく足を揺らしながら答えた。

成瀬が前屈みになって低く言った。

「許可をいただいたとはいえ、我々が病院の中をそう歩き回るわけにはいかないかと思います。我々は病院内を見て回ったあと、工事車両のほうにひかえております。また、出入り業者と見舞客は、これまでどおり受付のノートに記入してもらい、我々が一時間ごとに見舞客を装って確認します。怪しい者があれば、可能な限り身元確認の作業を行ってみますが、明日までしか時間がないため、あくまでこちらは補足的な捜査だとお考えください。で、永渕さんのほうはいかがでしょうか」

「まだ顔を出していませんが、担当医と打ち合わせて、検査の手配はすませました。良彰君――」

「はい」

「一時三十分に、永渕さんを胸部内科の第二検査室へ運ぶ。あそこなら階段に近いから、人目につかず移動ができるはずだ。君はあとから桑沢さんたちを案内してくれ」

辻倉が返事をするより先に、桑沢が軽く頭を下げた。

「お願いします。わたしは三十五分に、工事関係者を装った部下とともに、階段下へ参りますので」

「わかりました」

成瀬は一度手帳に視線を落としてから、顔を上げた。

「恵美さんの銀行口座を調べたところ、三日の日曜日に五万円、六日の水曜日に三万八千円と、ＡＴＭから引き出されているのですが、最近何か大きな買い物をしたでしょうか」

日曜日と水曜日。恵美の帰宅が遅れた前日にもまとまった現金が引き出されていた。辻倉は首を傾けた。

「わたしは気づきませんでしたが、あるいはうちのやつなら」

「心当たりはないそうです。もう一度恵美さんの部屋を見てもらったのですが、新たに増えた洋服やアクセサリーもないようです。身につけて家を出たのかもしれませんが」

二日に分けて計八万八千円を引き出していた。十七歳の娘には、そこそこまとまった額になる。

帰宅が遅れて家族と言い争いになっていたこと。家族の目を盗んで自ら家を出たとしか思えないこと。二日に分けて引き出された八万八千円。これらの状況から、警察はひとつの推理をしていた。現金は男と旅行に出かけるための資金で、だから恵美は連休前に家を出たのではないか。男との旅行を口実に誘い出された可能性はないか。当然ながら、男が犯人の一味ではなかったのか、と。

デスクの上のインターホンが鳴った。回診の時間が近づいていた。

「今行く」

受話器を取って短く答えると、政国は刑事たちに向かって頷いた。


日曜祝日の回診は、その日の担当医師が看護師とともに病状を診て回る比較的簡単なものになる。

辻倉は若い医師の後ろについて歩いた。副院長が休日にまで出て来ると聞いていなかった若手の医師は、患者と会話を交わすごとに辻倉の反応をうかがうそぶりを見せた。治療は間違っていないか、患者への呼びかけに誠実さは見られたか。わざわざ副院長が来たのはなぜか。落ち着かずにいる様子がはっきりと見て取れた。

辻倉はただ頷き、若い医師の回診を見守った。看護師の差し出すカルテに視線が定まらず、平静さを保つだけで精一杯だった。特に若い女性の患者の前では、恵美の顔が思い出されて胸が苦しくなった。

最初は不安げだった若い医師も、廊下に出たところで別の意味で辻倉の顔色をうかがう目を向けてきた。

「お疲れのようでしたら、あとはわたしに任せていただいても……」

心配されるほどに精気がなく見えたらしい。宮鍋師長も怪訝《けげん》そうな顔で辻倉を見ていた。どうせ黙って頷くだけなのだから、青い顔をしてついて回られるだけ迷惑なのだ。

「昨晩《ゆうべ》遅くまで調べものをしていてね。なに大丈夫。さあ、続けようか」

空元気に言って次の病室へ向かいかけた時、廊下の右手に人影がよぎった。

階段を駆け上がって来た患者が、辻倉たちの姿を見てトイレの中へ駆け込んだように見えた。

気のせいだろうか。病院で用意した治療着を着ていたのだから、患者の一人だとしか思えなかったが、この時間帯はどの病棟でも回診が行われている。首の後ろには、腕を吊った三角巾の結び目があったように見えたが……。

回診車を押す宮鍋師長を振り返った。

「腕の骨折で入院していたクランケはいたかね」

「はあ……？」

何を言い出すのかと真意を疑う目を返された。外科以外にも、手術を要しそうな患者はすべて辻倉のもとへ報告が入ってくる。総ベッド数二百のうち、外科へ回されて来た者もふくめると、辻倉の診る患者は七十名近い。すべてを把握しているに越したことはないが、病状の軽い者ほど印象が薄くなる。しかし、腕の骨折程度で入院中の患者はいなかったはずだが。

「どうかしましたか」

若い医師に顔をのぞき込まれた。

まだ先ほどの患者が気になっていた。階段を上がって来たからには、ほかの科の患者なのか。しかし、この回診時に、病室を出て慌ててトイレに駆け込むというのが解せない。

先生。呼びかけは聞こえたが、辻倉はトイレへと歩き出した。どう考えても、おかしい。あの患者は何者なのか。なぜ階段を上がり、トイレへ身を隠したのか。

足音を立てないように近づき、素早く中をのぞいた。男の姿は見えなかった。個室へ入ったらしい。扉に歩み寄り、軽くノックをした。中からノックで返事があった。

「失礼だけど、どこの患者さんかな」

またノックが返ってきたが、声での返事はなかった。

「名前と病室を聞かせてくれないかね」

なおも扉をたたこうとした時だった。

急に内側から扉が開いた。と思った瞬間、白い影が飛び出して来た。治療着を来た男が体当たりを食らわすようにして駆け出したのだ。

肩に衝撃を受けて、後ろへ突き飛ばされた。男が身を翻し、トイレから走り出て行こうとする。

「待て!」

あの男を逃がしてはならない。肩と腰を嫌というほど壁にぶつけていたが、辻倉は男へ叫び、走り出した。

トイレを出ると、事態を理解できない看護師と医師が、あっけに取られたような顔で見ていた。男はもう階段へと走っていた。

逃がすわけにはいかなかった。あとを追って走った。男は三角巾で吊った右手を力強く振って階段を駆け下りていく。

一段飛ばしに追いかけた。すぐ目の前で男の背中が激しく揺れている。恵美を誘拐した犯人の一味が、永渕の病室を見張ろうと人を送り込んで来たのか。

トイレの壁に打ち据えた腰が激しく痛み、足が震えかけた。息がもう苦しくなり、悪夢の中を走っているかのように体の動きが鈍かった。男の後ろ姿が離れていく。

待て。誰かあいつを。叫んでみたが、階段を通りかかる者はいない。頼む。誰かあの男を捕まえてくれ。

男の背中を見失いかけた時、階下で樽を転がすような音が響いた。男のうめきと女の叫びが下から駆け上がってきた。

一階と二階の間の踊り場で、男と看護師が倒れていた。転倒した男めがけて、階段を蹴った。立ち上がろうともがく男の背中に飛びかかった。

「何する。痛い、あんたそれでも医者か！」

男が体を震わせて叫んだ。何と言われようと、絶対にこの男を放すものか。包帯の巻かれた右腕をつかみ、後ろ手にねじろうとしたが、反対に振り飛ばされた。

物音を聞きつけたらしく、下から若い医師と看護師が駆けて来た。

「こいつを捕まえろ。不審者だ」

身を起こした男に立ち向かった。医師の一人が階段下で身構えた。前をふさがれた男が、仕方なく辻倉を振り返って、再び突進して来た。

逃がしはしない。立ちふさがり、体ごと受け止めた。顔を横から張り飛ばされた。男の腰めがけて突進する。

背後から、誰かが男にしがみついた。階段の後ろから追いかけて来た若い医師だった。二人がかりで男を床に倒し、組み伏せにかかる。

男が獣のような声を発して、全身を揺すった。辻倉たちを振りほどこうと腕を振った。勢いあまった右手が床に衝突し、金属音が鳴った。包帯がほつれ、手の先から四角い金属の箱がのぞいた。

「これは……」

若い医師が男の手を後ろからねじり上げた。階段へと金属の塊が転がり落ちていった。箱の中央にレンズが見えた。手の中に隠れてしまいそうな小型のカメラだった。

「おい、この病院じゃ医者が暴力を振るうのかよ。訴えてやる」

男が何か叫んでいた。全身から力が抜けた。

自分の非を省みず、相手を罵《ののし》って事をうやむやにしようとする。犯人の一味ではない。この手の輩は、人の不幸や悩みを暴き立てておきながら、知る権利を振りかざして居直る連中と決まっていた。どこかの安っぽいカメラマンが、最上階に入院中の永渕を狙おうと潜入して来たのだ。

下から警備員が駆けつけて来た。辻倉はあまりの馬鹿らしさに声を失い、男に背を向けた。看護師と医師たちが、記憶にない男を見るような目で、辻倉を遠巻きにしていた。


男はやはり写真週刊誌のカメラマンだった。

いつのまにか事務員が警察に通報したらしく、パトカーがサイレンを鳴らして到着した。病院を監視しているであろう犯人たちの目にどう映るのかと、辻倉は心臓を絞られる思いで立ちつくした。

新たに現れた警官は桑沢たちとすでに連絡を取り合っていたのか、すみやかに男を不法侵入の疑いで逮捕し、パトカーで連れ去った。

辻倉と政国は回診を途中で切り上げ、新たに駆けつけた警官と院長室へこもった。私服刑事はやはり警視庁の特殊班の者だと名乗った。

「どうも見舞客を装って受付を通り、病棟の廊下の棚に置かれていた治療着ですか、あの衣類をかすめ取ってトイレの中で着替えたようです」

「カメラマンに間違いはないのですね」

政国が勢い込んで訊くと、刑事は静かにあごを引いた。

「確認が取れました。写真週刊誌と契約している者で、永渕さんの姿を狙っていたようです」

ずいぶんと昔になるが、被告人となった元首相の病室での様子をスクープした週刊誌があった。病院に身を隠す被告人の姿を暴き出してやろうという魂胆で潜入してきたのだ。

「あの男はまず今回の事件とは無関係だとは思いますが、念のために一晩こちらで身柄を拘束します。署でゆっくりと頭を冷やしてもらいますよ。しかし、覚悟はしていましたが、病院を出入りする者のチェックは、予想以上に難しいものだと痛感しました」

名簿に名前を書かせたところで、すべてが正直に書かれているかどうか、瞬時に確認はできなかった。犯人の目を考えると、警察も病院内を自由に歩き回ってまでの警戒はできず、おのずと出入りのチェックには限界があった。

「今後、もし不審な者や気がかりなことに気づかれた時には、まず携帯電話で我々に連絡をお願いします。よろしいですね」

心して頷き返した。辻倉の取った行動は軽率すぎた。もしあの男が犯人の一味だった場合、仲間が捕まったらしいと知った共犯者が、素直に恵美を解放してくれるという確証はなかった。警察の捜査によって追い詰められた犯人が人質を始末して逃走する例は、過去の誘拐事件にも見られたからだ。

工事関係者を装った桑沢たちと挨拶を交わすこともなく、刑事は話を終えると帰って行った。

警察の覆面車を玄関で見送った。政国が思い詰めるなと言うように、背中を軽くたたいてきた。

「永渕さんのほうはどうでしたか」

「検査は一応納得してもらった。日曜日だってのに、本社から秘書室長が通って来てて、やいのやいのと言ってたから、下手をすると検査室の前までついてくるかもしれんな」

永渕の秘書室長を務める坂詰史郎の顔が思い出された。日曜日にまで病院へ足を運んで来るとは思わなかった。

まさか彼が来るべき理由が、会社とは別に……。

「もしかしたら、家族がこちらに来るのですかね」

「そのまさからしい。弁護士をともなって来ると言ってた。裁判の打ち合わせでもあるのかもしれない」

辻倉は頭を抱えたくなった。ここ最近ちっとも顔を出さないでいたくせに、よりによってこのタイミングで、家族が弁護士をともなってくるとは……。死亡の演出を実行する際、最も引き離しておきたい相手が、どうしてこんな時に来てしまうのか。今日中に話し合いが終わり、明日は誰も来てくれなければいいが。

特に、永渕の妻である登喜子《ときこ》は、バッカス・グループが設立した財団の理事に就任しており、この病院への発言権をも有する立場にあった。かつて財団からの援助が入ったおかげで、病院は経営危機を回避できたという経緯があり、政国さえも頭の上がらない存在になっていた。辻倉などは、まともに口を利いてもらえず、いまだにひよっこ扱いだった。

看護師や医師らの言葉遣いから、廊下の清掃具合まで、永渕登喜子は病院を訪れるたびに、口うるさく職員を指導していく。永渕への急な検査が入ったと知れば、立ち会いたいと言い出す恐れもあるかもしれない。

「いざとなったら、事務員のほうから彼女に相談事でも持ちかけて、足止めをさせるさ」

政国が悩ましげに眉を寄せて、渋い顔をなで回した。家族に感づかれたのでは、せっかく練り上げた計画もだいなしになってしまう。

ロビーへ戻りながら、腕時計に目を走らせた。十一時五分。タイムリミットまで、あと二十四時間と五十五分だった。

昼食はのどを通らなかった。コーヒーで気休めの栄養剤を飲み干したが、昨夜からの疲れが重く体に溜まっていた。明日も病院に出るための布石を打つため、こまめにＩＣＵへ顔を出し、木内勝夫という患者の容態を見守った。彼の母親はまだ廊下を動こうとせず、祈りを捧げるポーズをかたどった彫像のように息子の身を案じ続けていた。

念じる長さと強さで祈りが伝わってくれるのなら、辻倉も一緒に手を合わせたかった。病院には数え切れない祈りが満ちている。けれど、否応もなく多くの患者が息を引き取り、医師はそのたびに我が身の力不足を甘受するほかはなかった。辻倉も過去に何人を看取ってきただろうか。

細い藁にすがるような、人工心肺装置に頼った心許ない呼吸がガラスの向こうで続いていた。今、辻倉たちが見限れば、木内という患者は間違いなく死を迎える。年老いた母親の祈る姿は、神へ向けられたものではなく、悩み苦しみ迷い続けるごく普通の人間である辻倉たち医師に向けられたものだった。

頼りない脳波計の振れを見つめながら、辻倉は思う。

娘が誘拐され、人の治療どころではないというのは言い訳にすぎない、と。廊下で手を合わせる母親は祈ることしかできなかったが、医師である自分にはその祈りを形に変える可能性が残されていた。祈る以外にもできることがある。

恵美のためにも、この患者の命を何としても救いたい、と思った。卑劣な犯人に負け、患者を救えなかったのでは、たとえ娘を助け出せたところで、心から喜べるだろうか。今目の前で怪我と戦う患者の姿は、解放の時を信じて恐怖と向き合っている娘の姿と変わりはなかった。この患者だけは助けたいと思った。人の親として、廊下で手を合わせる母親の祈りに応えてやりたい。

疲れはまだ重く体を縛っていた。しかし、明日までは意地でも働いてみせる。いや、この患者を助けるまでは、負けてたまるか。気力が甦ってきた。よし。あと二十四時間。絶対に恵美を助け出してみせる。

辻倉は看護師を呼んだ。昇圧剤を増やす準備を進めた。抗菌衣をひとそろい用意してくれ、と頼んだ。廊下へ出ると、皺だらけの手を握りしめた母親に向かった。

「五分だけですが、一緒に息子さんを元気づけてあげましょう」

母親の目から涙が一粒、こぼれ落ちた。

12

病院の空気には独特の重みがある。

宝寿会総合病院の図面を手にしながら廊下をめぐり、桑沢遼一は肌に差し迫ってくるほどの気配を感じ取った。病院という場に慣れた者にとっては当たり前の清潔さが、たとえ暖房が行き届いていたにしても、なぜか冷ややかさを喚起させる。行き交う患者や家族は抱える病のために、曇りがちの表情が多い。憂鬱さを引きずった思念が確実に辺りの空気を重くしている。それでも笑顔を絶やさないように心がける医師や看護師たちにつのるストレスは、並大抵のものではないだろう。

桑沢たち特殊班の刑事も、彼らと同様に人の命を預かる場合がある。通常の捜査一課員は、殺人や強盗致傷などの事件が発生してからでないと仕事は始まらず、被害者の惨状に怒りを覚えることは多くとも、人の生死を左右しかねないという緊張感とは無縁でいられる。冷静に事件を見つめ、腰を据えて犯人に立ち向かう余裕が持てる。

しかし、誘拐事件や爆破事件を扱う特殊班の刑事は、残された手がかりから犯人という病巣を探り出して、人や状況の治療に当たる。医師とよく似た立場にあると言えた。

ひるがえって言うならば、病院は医師たちにとっての捜査本部も同じだ。しかし、これほど外部に開かれた本部はなかった。患者の家族、薬品メーカーのプロパー、医療機器のメンテナンス担当者、廃棄物処理業者、給食の運搬員……。朝から夜までひっきりなしに無数の関係者が出入りする。

病院の出入り口もあきれるほどに多かった。正面玄関、緊急搬入口、本館裏にある通用口、機材の搬入扉、夜間受付。昼間は裏庭へのドアもあり、患者でなくとも出入りは可能だ。午後六時以降は通常、夜間受付と通用口の二カ所に限定され、それぞれ警備員が置かれるが、昼間の出入りを密かにチェックするなど不可能に近い。

「主任、時間になります」

遊軍の部下が、腕時計を気にして小声でささやきかけた。時刻は一時三十一分。犯人の標的となった永渕孝治は、もう検査室へ移動したころだ。

「カメラの隠し場所に気をつけろ。鉢植えはポイント以外にもダミーを置いておけ。永渕の病室と手術室前の廊下にだけ鉢植えが増えていたんじゃ、犯人側に感づかれる。いいな」

最後の指示を出し、桑沢は特殊班の部下二人を連れて通用口の前を離れた。

新館南の階段からいったん二階へ上がり、北の非常階段へ歩いた。日曜日ということで手術の予定は入っていないらしく、手術室前の廊下は照明が落とされ、霊安室さながらの静けさを保っていた。

集中治療室の前に置かれた長椅子に、一人の老婆が、まるで置き忘れられたかのように座り、じっと目を閉じているのが気になった。患者の家族だろうが、土気色をした彼女の顔のほうが病人に見えた。

足音に注意しながら、北の階段を一階へと下りた。途中の踊り場から下を確認したが、まだ辻倉良彰の姿は見えなかった。患者の家族につかまりでもしたのか。腕時計に目を走らせた時、廊下の奥から足音が近づいて来た。

「どうぞ、こちらに」

緊張のためか、照明のせいなのか、廊下からのぞいた良彰の顔が白衣にも負けず白く見えた。一人が監視のために残り、若手の海老名健二とともに第二検査室のドアをくぐり抜けた。

白いカーテンをめくって中へ入った。広さは四畳半もない。心電計のような医療器械がまず目に飛び込んでくる。

政国は操作パネルの置かれたデスクの前に座り、診察台のような長椅子に白髪の痩せた男が腰かけていた。慌ただしく人が駆け込んで来た気配に、男が体ごとゆっくりと振り返った。

永渕孝治は、テレビで見慣れた映像よりも、だいぶ痩せて見えた。鷲鼻に尖ったあごが猛《もう》禽類《きんるい》の顔立ちを思わせる。頬がこけ、テレビでの印象よりもかなり体が小さく見えるのは、病気と逮捕による勾留の影響か。

明らかに医師や看護師とは見えず、設計会社の縫い取りの入った揃いのジャンパーを着た男たちの訪問に、永渕は状況を理解できず、政国へと疑問の視線を振った。

「申し訳ない。検査だと偽って、こんな場所へお呼び立てして」

苦渋に満ちた顔で政国が頭を下げると、永渕は再び桑沢たちを眺め回した。

「この方たちは？」

ただならぬ気配を感じているのだろうが、永渕の態度は、末端の捜査会議をのぞきに来た国家公安委員長のように落ち着き払っていた。財界で不況の荒波や多くの修羅場をくぐり抜けてきた経験がものをいっているのだ。

「まずこんな形でお呼び出しをしなくてはならなかった非礼をお詫びします。警視庁捜査一課の桑沢です」

名乗りを上げた瞬間、永渕が裏切り者を見るような厳しい眼差しを政国に向けた。

「申し訳ない、永渕さん。しかし、こうするしか我々には」

「誤解しないでいただけませんか、永渕さん。こうしてお呼び立てしたのは、株譲渡事件とは関係なく……」

後ろから進み出た良彰が言いかけ、そこで言葉を詰まらせた。

「いや、本当に関係ないのか事情はまだわかりませんが――少なくとも永渕さんをここで取り調べたり、質したりしようというわけではありません」

「わからないな。なぜこんな形で警察の前に引き出されるのか。わたしは入院中の身じゃなかったかね、辻倉さん」

皮肉をふくんだ言い回しで、永渕は再び政国へ抗議の視線を振り向けた。

言葉に迷い、政国の顔がうつむいていく。代わりに桑沢が言った。

「これしか方法がなかったのです。おそらくあなたも、辻倉さんたちと同じ状況に置かれたなら、こうしていたはずでしょう、必ずね」

「桑沢さん、とおっしゃいましたな。わたしは検察での取り調べも終え、今は裁判を待つ身です。なぜあなたに、こうまでしてわたしと会うべき理由があるのでしょうかね」

刑事を前にして、まだ永渕は冷静だった。

「ですから誤解しないでいただきたいと言ったのです。我々は辻倉さんのお手伝いをしているにすぎません。本当に今困っておられるのは、辻倉さんたちのほうなのです」

ようやくただならぬ気配を悟ったらしく、永渕が遠くを見据えるような目になった。

良彰がまた一歩、永渕に迫った。

「恵美が――わたしの娘が、誘拐されました。助けてください、永渕さん。犯人の要求は身代金じゃない。永渕さん、あなたの命なんです」

自覚症状もなく余命の告知を受けた患者はどんな顔をするものだろうか、と桑沢は考えた。きっと今の永渕の表情は、それに近いものではなかったろうか。下手な冗談を聞いたように顔をわずかにしかめたあと、一切の表情が消えた。

桑沢は事件への憶測を交えず、永渕に事実のみを手短に伝えていった。理解が及んでいるのか、いないのか、永渕の表情は分厚い氷を透して見るかのように反応が急に頼りなくなった。

「お願いです、娘を救うために協力してください」

鼻先に立たれ、永渕はようやく良彰に焦点を据えた。

「しかし、わたしに何ができると……」

「恵美が解放されるまで、死んだものとさせていただきたいのです」

横から政国が身を乗り出した。

「明日の正午まで、あと二十二時間と少ししかありません。警察が今懸命に捜査してくれていますが、犯人の指定した時間までに恵美を救い出せなかった場合、要求を呑んだと思わせる必要があります。それには、まず何をおいても永渕さんの協力がなくてはなりません」

「わたしに、死んだ振りをしろ、と？」

頭の中で言葉の意味を反芻《はんすう》しているらしく、永渕は何度も忙しなく目をまたたかせた。ようやく事態を把握しつつある。

政国が夜明け前に考え出した計画を、また一から永渕に説明した。彼の表情が極端に曇ったのは、家族にも打ち明けず計画を進める必要がある、と告げた時だった。

「まさか警察は、わたしの身内に犯人がいると思っているわけではないのでしょうね」

不愉快さを絵に描いたような目つきで見つめられた。桑沢は苦笑を返した。

「我々はあなたの家族に具体的な疑惑を抱いているわけではありません。家族と非常に近いところに、犯人が監視を置いている危険性もあり得るのでは、と見ていますが」

「わたしは刑事被告人ですよ。世間の少なからぬ注目を浴びている身だ。その死亡を、警察がでっちあげようというわけですか」

遠回しな批判を承知しながら、桑沢は永渕の目を見つめた。

「ほかに方法があれば、知恵を借りたいぐらいですよ。たとえ相手が刑事被告人であったとしても」

桑沢の皮肉にも、永渕は動じることなく笑みを返してきた。

「わたしが今死亡すれば、会社は大混乱に陥るだろうね。例の事件の影響から、初の前年比マイナス成長で赤字転落もあり得る状況に会社はある。そんな中、創業者である会長がいなくなれば、社内での見えない綱引きが始まるのはさけられない。きっと息子や娘婿を巻き込んだ後継者争いが勃発するだろう。そうなった時の尻ぬぐいを、警察が手伝ってくれるわけではないのですよね」

身から出た錆じゃないですか、と本音は言えなかった。

今は会長の身に退いているとはいえ、依然社内での永渕の影響力は計り知れないものだと聞く。創業者であるカリスマ会長という重石が外れた時、社内に張り巡らされていた力関係のバランスは崩れ、ロープの引き合いに乗じて不穏な動きを見せる者が出てくる恐れはある、と彼は見ているのだ。

「永渕さん、どうか恵美を助けてください。あの子を救い出すことができるのは、あなただけなんです」

良彰が姿勢を正して頭を下げた。政国も椅子から立って、娘婿と並んで深々と腰を折った。

「頼みます。あまり時間がありません。腎臓バンクの登録をすませておきたいのです。どうか、ここにサインを……」

用意してきた承諾書を、政国が両手で永渕の前に差し出した。親としての心を持つ者なら、はねつけられるはずはなかった。

永渕の痛ましそうな視線が、辻倉親子を離れて桑沢に向けられた。

「少し無茶ではないですかね。いくら犯人の要求がわたしの命でも、死んだ振りをしたぐらいで本当に信じてもらえるものでしょうかね」

「必ず成功します。永渕さんの死体を警察が調べているとわかれば、犯人だって信じるほかはない。ねえ、お義父さん」

良彰がすがるように言い、政国に同意を求めた。

「ご迷惑は重々承知の上です。ご家族まで裏切れというようなものですから、悩まれるのは無理もありません。しかし、これしか恵美を救う方法はないのです」

「娘を救えるのは、あなたしかいません。お願いします」

頭を下げるしかない親子を見ているのがつらいらしく、永渕の視線は桑沢たち刑事にそそがれた。

「誰にも相談できないわけだね。わたしの一存で決めろと言うんだよな」

「しかも、早急にご決断をしていただきたい」

桑沢が重ねて言うと、永渕の目が鋭さを増し、片頬に笑みが浮かんだ。

「警察が脅迫する気かね。おまえが断れば、人質に取られた恵美ちゃんは帰って来ないかもしれない。あんたが殺したも同じことになる。そう言いたいわけだな、君は」

「ご決断をお願いします」

皮肉の棘をまぶした言葉遊びをしている時ではなかった。

永渕はゆっくりと天井を見上げてから、政国へ視線を戻した。

「恵美ちゃんは、いくつになったかな」

「十七歳です」

「ついこないだまで、よちよち歩きをしてたあの子が、もう十七歳か。……わたしも歳をとるわけだな」

吐息とともに永渕は一度目を閉じ、首筋をなで回した。

「一度——自分の葬式を見てみるのも一興かもしれないな」

「永渕さん！」

「ありがとうございます」

辻倉親子が深々と頭を下げた。永渕が腰を浮かせて二人に言った。

「やめてくれないかな。どうか頭を上げて。わたしはあなたたちに命を助けてもらっているようなものじゃないか。今度はわたしがお返しをする番が来たんですよ」

政国の手から承諾書を受け取ると、永渕は立ち上がり、デスクのペンを手にした。そこで急に桑沢を振り返った。

「ただし、条件があります。事件が解決したら、警察の方々の会見に、わたしも同席させてください。すべては辻倉さん一家のためだという説明を、わたしの口からさせていただきたい。迷惑をかけるであろう人たちへのお詫びもしておきたいのでね」

永渕の狙いは読めた。刑事被告人の立場でありながら、人命救出のために自ら進んで警察に協力した、と強くアピールをしておきたいのだ。来るべき裁判と、世間への心証をよくするために。

したたかな男だ。転んでもただでは起きようとはしない。この逞しさが、一代にして業界トップを狙う位置まで会社を飛躍させてきた原動力になったのだろう。桑沢は姿勢を正した。

「残念ですが、その条件は呑めそうにありません」

辻倉親子が憤然となって桑沢を見るのがわかった。

「我々は捜査によって明らかになった事実を発表はしますが、被害者や被疑者など、事件の関係者のどちらか一方に肩入れする立場にはありません。過去にも民間の方と同席しての会見は行ってきておりません。どうかご理解ください」

警察という組織のためではなく、あくまで正論を返したまでである。

永渕は冷静さを崩さず、当然の答えだと思っているように見えた。

「刑事被告人と同席はできないというわけだね」

「警察の立場をご理解ください」

「いざとなったら冷たいものだな。利用するだけして、あとはほおかむりだ」

「永渕さん、あなたは記者会見を一緒にできないのでは人命救助に手を貸せないと言われるおつもりでしょうか」

「我々に任せてください、永渕さん。必ず病院で事情説明のための会見を開きますから」

政国が執り成すように言い、間に入った。彼らなら、これまでも永渕の病状説明のため、病院内で幾度も会見を開いていた。

「警察も役所なんだな。体面ばかりを気にしたがる」

「事件が解決したあとで、必ず感謝状を贈らせていただきましょう。我々の意地にかけても」

「その言葉をよく覚えておこう。なあ、辻倉君」

永渕は余裕たっぷりに微笑んでみせると、承諾書に手早く署名をすませた。辻倉親子がまたそろって頭を下げた。

こうやって人から頭を下げられるのが当然だと、永渕は信じている。身代金代わりに命を要求された者とはとても見えないほどの穏やかな表情に変わり、二人の医師の腕をたたいて励ましてみせた。

「ご協力を感謝いたします。つきましては恵美さんを救い出すためにも、あなたを恨んでいそうな人物の心当たりを、ぜひとも思い浮かべていただきたいのです」

桑沢が話を核心へ進めると、永渕は再び診療台に腰をかけた。

「刑事さん。わたしの父は真面目だけが取り柄の男でした。大学の講師をしていて、明日の日本のためだと信じて技術者仲間と軍用飛行機の研究に打ち込んでいた。ところが、父が開発に手を貸した飛行機に乗って、多くの若者たちが死んでいった。あげくは米軍機の空襲を受けて研究施設は破壊され、日本は敗戦国となった。父にすれば何のために家族を犠牲にして働いてきたのかわからなかったんでしょうな。食料が手に入りにくい時でもありましたが、父は一切食べ物を口にしようとしなくなったと言います。父はわたしが十歳の誕生日を迎える前に死にましたよ。父なりの自殺だったのかもしれません」

なぜこの場で昔話を始めたのか。芝居がかった永渕の顔を桑沢は見つめた。

「あなた方にはきっとわからないでしょう。わたしは金を儲けたいと思ったことはない。ただ家族がそろって楽しい食事を手軽に楽しめる場を提供したかった。利益はあとからついて来ただけでね。わたしも父と同じように家族を犠牲にしてきた面はあります。会社のためになら、人から恨まれようともかまわなかった。わたしには支持してくれる多くの客がいる。それを心の支えに働いてきた」

「要するに、心当たりがありすぎてわからない、とおっしゃるのですね」

桑沢の皮肉を聞き流し、永渕は遠い目を作り続けた。

「取引先を変えようと、正当な商行為に則《のっと》っていれば、本来なら誰に恨まれるものでもないはずだ。しかし、裏切りだと騒ぎ立てる者が時に出て来る。経済行為の範疇であっても、とやかく言いたがる者はどこにでもいる」

未公開株の譲渡も、あくまで正当な経済行為の範疇だったと言いたかったらしい。

「ご高説は承りました。しかし永渕さん、どうかよくお考えください。犯人はあなたの命を標的にしてきた。今回はたまたま誘拐という間接的で卑劣な手段を採ってきています。しかし、次にはもっとストレートで暴力的な手段に出てこないとも言えないのです。あなたが経済行為を隠れ蓑に何を隠したがっていようと、被害がご自身のみに降りかかってくるのであれば、ある意味あきらめもつくでしょう。しかしご家族や、今回の辻倉さんたちのように、あなたの周囲にまで被害が及んだ場合、あなたは何の責任も感じないで見ていられるのでしょうか」

「殺される側にも理由がある。命を狙われるようなことをしたのだから、たとえ殺されたとしても仕方がない。そうあなたは言いたいのか」

「違います。おかしなたとえ話で責任逃れをするのはやめてもらいたい。もし人から命を狙われてもおかしくない立場にいるのだという自覚があるのなら、防犯にも尽力すべきだ、と申し上げているのです。火の粉をまき散らしながら走られたのでは、周囲の者が迷惑します」

「だから勝手に降りかかってきた火の粉だと、言ってるんだ。あなた方の怒りは、火の粉を巻き起こした側に向けていただきたいものだ」

永渕は頑として自らの非を認めようとしなかった。いくら傘下にある病院の関係者だろうと、永渕からの火の粉が落ちてきたのでは、迷惑このうえないという事実を見まいとしていた。

いや……。株譲渡先のリストに、辻倉政国の名前も入っていた。病院への資本参加に、濡れ手で粟の譲渡益まで提供され、捜査の手が伸びそうになった時は入院させて外部から身を守らせる。永渕と政国は一蓮托生の間柄とも言えそうだった。だからなのか、孫娘を誘拐されながら、永渕への怒りを彼らが抱いているとは思いにくいところがある。現に今も政国は、永渕に機嫌を損ねられては困ると言いたそうな顔で、桑沢のほうを睨んでいる始末だ。

「永渕さん。もしかしたらあなたが言うように逆恨みめいた動機があるのかもしれない。しかし、あなたがかかわってきた何かのせいで、罪なき十七歳の少女が誘拐され、今も恐怖に打ち震えているんですよ。もし道義的な責任を人並みに感じられているのなら、どんな些細な心当たりでもかまいません。あなたを逆恨みしそうな者、あなたにこの先何かを喋られては困ると考えている者、そういう心当たりは本当にないでしょうか。あなたにだって、お子さんがいますよね。辻倉さんたちの不安は想像できるはずだ。もう一度よく考えてみてください、永渕さん」

親としての情に訴えて、言葉を重ねた。

たとえ裁判で有罪になろうと、彼が受けるであろう判決はたかが知れていた。長くとも三年の懲役ですむ。初犯で、しかも部下が罪を被ってくれた場合、執行猶予もあり得るのだ。

しかし、彼以外の関係者に与える影響のほうが大きい、というケースは考えられた。つまり、株譲渡事件の裏事情を表ざたにした場合、彼自身と家族へ降りかかってくる火の粉がもっと多くなる危険性もある。となれば、彼が素直に口を開くはずはなかった。

無表情を取り繕う永渕は、辻倉親子の眼差しをさけるかのように、桑沢だけを見て胸を張った。

「残念ですが、思い当たるふしは何ひとつありませんね。あとは警察に任せるしかない。どうか恵美ちゃんを助けてください、わたしからも頭を下げてお願いしますよ」

13

言葉どおりに永渕は、刑事たちの前で頭を下げてみせた。それは彼ら警察に協力はできないと告げるために詫びる姿にも見えた。

永渕の悪びれないどころか高慢にも映りかねない態度を見るうちに、辻倉良彰は身を焼かれるような焦燥感に襲われた。

明らかに刑事は誘拐事件と株譲渡事件の関与を信じており、一方、永渕のほうは話をすり替えようと腐心し、無味乾燥な言葉のやりとりが続いていた。もし桑沢が信じるように、株譲渡事件の真相が動機の裏に横たわっているとすれば、永渕としても裁判を前に口を割るはずはあり得なかった。彼自身の罪状にも響きかねないし、新たに罪を暴かれる有力者がまだいる可能性も考えられるからだ。

この病院の最上階で、看護師や関係者に守られている限り、彼の身は安全だった。ましてやこの事件を契機に、今後は警察による監視がつく。家族も同じだ。彼らの身の安全は保障される。

裁判であくまで秘密を守りぬけば、彼と家族に及ぶ危害は食い止められる。そう考えれば、たとえ心当たりがあろうとも、警察にすべてを打ち明けずにいたほうが得策なのは目に見えていた。子供にでも想像できそうな計算だ。

しかし、今も恵美は犯人の手の内にある。

なぜ義父は黙って見ていられるのか。永渕に土下座してでも、警察への協力を要請しようとしないのか。いくら大事なスポンサーであり、未公開株まで譲渡されていたからといっても、恵美の命がかかっているのだ。

「永渕さん、お願いです。犯人の心当たりがあるのなら思い出してください」

辻倉は我慢できずに永渕の前へ出ると、冷たいリノリウムの床にひざをついた。

「よしてくれないか、良彰君。わたしだって恵美ちゃんのため、力になりたい。でも、本当に思い当たるふしがない。わたしだって人の親だから、君の気持ちは痛いほどにわかる」

「しかし、裁判の前になってこんなことが起こるなんて……」

永渕が腰を上げ、辻倉の前にかがみ込んだ。

「検察や警察は捜査のプロだよ。わたしが隠し事をしたくても、すべて調べつくしてしまう。銀行口座から株の譲渡先まで、すべてだ。わたしは何ひとつ隠していない。裁判で争うというのも、株の譲渡と見返りの有無に関してだけだ。本当だ、信じてくれないか、良彰君」

肩に置かれた手に力がこもった。と思うと、永渕がその場で立ち上がった。

「桑沢君と言ったな。見たまえ。君が誤解を与えるようなことを口走るから、良彰君までがこうして苦しむんだ。マスコミが騒ぎ立て、わたしの家族が今どういう思いで暮らしていると思う。商品の質に問題はないというのに、利益優先の不衛生がまかり通っているとかデマを好き勝手に流して平然としていられる連中がいる。社員がどれほど悔しがってるか、君にわかるか？　だからわたしは、すべて事実を打ち明けた。家族のため、社員のために、な。それなのに、まだとやかく言う連中ばかりだ。どうせ汚い手段で金を貯め込んでたに違いないと、勝手な憶測をもとに、川へ落ちた犬をたたきつけるのが正義だと誤解して、な。君もでたらめな記事を書いて恥じないマスコミと同じだ。いいか、絶対に犯人を捕まえろ。恵美ちゃんを救い出せなかったら、おまえらの責任を追及してやるからな」

「もういい。やめてください、永渕さん」

急に激高して叫び出した永渕の腕を、政国がつかんで制止した。

「あまり興奮をしないで。心臓に負担がかかります」

「おれが何をしたっていう。賄賂代わりの株譲渡だなんていいかげんなこと言うな。正式な売買だろうが。安定株主を捜して何が悪い」

桑沢はあっけに取られたような表情で永渕を見ていた。辻倉も驚きを隠せなかった。

父親の死を子供ながらに見つめ、彼はただ食と健康のために邁進してきた。法律との境界線を巧みにまたいで歩みつつ会社を成長させ、財界での今の地位を手に入れた。しかし、気づいてみれば刑事被告人となり、家族と会社は窮地に立たされ、あげくは命まで狙われている。

初めて永渕孝治という男が哀れに思えた。

六十五歳になって、彼は何を手に入れたというのか。家族は見舞いに来ようともしない。来ても弁護士につきそわれて、裁判の打ち合わせで終わってしまう。身近でかしずくのは給与によって身分を保障された社員ばかりだ。

永渕は薄い胸を押さえ、荒く呼吸をくり返した。政国が彼を診療台の上に寝かせて脈を取った。もう大丈夫、落ち着いて深く息を吸って。耳元で励まし、辻倉のほうに目配せしてみせた。

今まで遠い存在に見えた永渕孝治が、初めて身近に感じられた。彼も自分と同じく、多くの悩みを抱える、どこにでもいるごく普通の男なのだ。

彼は時に、若い医師や看護師を怒鳴りつけることがあった。しかし、プロならば恥ずかしくない技術を提供すべきだという信念からの言動なのだ。未熟を悟られて恥じない者を見ているのが耐えられないのだろう。きっと彼は、今日まで自分の未熟さと向き合い、克服し、ここまで歩いて来たのだ。

永渕が落ち着きを取り戻したところで、明日の計画についての詳しい打ち合わせに入った。家族との対面は耐えられそうにない、と永渕は言った。自分の死を前にして、家族がどんな反応を見せるのか、じっと目を閉じたまま聞いているのはつらすぎる、と。

確かにそうだろう。彼はすでに家族の中で孤立しているように映る。妻と二人の子がいたが、夫と父を見る目は厳しい。あとで実は死んでいなかったとわかった時、家族にとっても彼にとっても、つらい事態を招きかねない。

薬で静かに眠ってもらう方法はあった。ただし、呼吸を気づかれては計画にほころびが生じる。脈と呼吸数を一時的に低下させることは可能だが、永渕の心臓に負担を与える。政国が悩みを顔に出すと、永渕が無理したような笑みを頰に刻んだ。

「遠慮せんでくれないかな、辻倉君。恵美ちゃんの命がかかってるんだ。死なない程度になら、どんな薬でも使ってくれてかまわない。多少寿命が縮んだり、あとで苦痛に見舞われたところで君たちを責めたりは決してしない。ただし、このまま死んでしまうのはちょっと困る。わたしにはまだ会社を復活させるという仕事が残されているからね」

桑沢刑事が驚いたように目を見張った。永渕は本気で言ってくれていた。彼も人の親なのだ。政国が深く頭をたれた。辻倉も心を込めて礼を告げた。

永渕がまたしても戦いを挑むかのように桑沢を見上げた。

「刑事さん。必ず助け出しなさい。あなたたちプロの仕事を見せてもらおう、頼むよ」

桑沢が踵を合わせ、力強く頷き返した。


第二検査室を出たあとは、身を隠すようにＩＣＵへ引きこもり、辻倉は一人で木内勝夫の容態を見守った。

永渕孝治から協力を取りつけてしまえば、あとはもう計画をスタートさせるまで、辻倉にできることは残念ながらない。恵美の無事をただ祈って無為に時間をつぶすより、木内勝夫という一人の死線をさまよう患者に力をそそぎたかった。

なぜこの患者に入れあげるのか、看護師たちは疑問を覚えているかもしれない。過去にも死線をさまよった患者は星の数ほどいたし、木内勝夫に関してもあらゆる手はつくしていた。今までなら、多少は経過を気にかけながらも、たまの休日をつぶすほどではないと早々に病院から引き上げていた。医師としての仕事に、それで何の不足もない。しかし、どこかで納得できずにいる自分がいた。

納得とは何か、と辻倉は考える。

どんな患者だろうと、手を抜いて治療に当たってきた覚えはない。だが、娘を誘拐され、あの子のために何もできずにいるという立場に置かれた今、懸命に自分なりの納得を探していた。医師として患者にできることはないか。死の淵から救い出す方法をよく考えてみろ。親として誇れそうになかった今までの自分に目をつぶるため、せめて医師として恥ずかしくない仕事をしておきたい、と考えていた。

仕事に逃げるのではない、と自分への言い訳の玉を胸の中で懸命に磨こうとしている。患者の命を預かる医師なのだから、多少は家庭が犠牲になっても仕方はない、という逃げ道を残すために。

妻を思った。

耀子に逃げ道はあったのだろうか。彼女が逃げ道としていたのは、息子の伸也ではなかったか。その彼も、辻倉が妻のそばから引き離した。そうすることが、妻と息子のためなのだと信じていた。

今の今まで、妻の孤独を想像もしなかった。

一人娘しか持てなかった政国には、手術の確かな技術とともに国立大とのパイプを持つ後継者が手に入り、人づきあいが下手なために大学の医局で苦汁をなめさせられていた南田良彰には、新たな展望と確かな将来が転がり込んでくる。どちらにとっても悪い話ではなかった。耀子にも愛情を感じた。しかし、計算のほうが勝っていた。辻倉家では家族よりも病院の事情が、すべてにおいて優先された。伸也も医師としての道を求められ、今から彼なりに自覚もしていた。

不思議な一家だった。それぞれが道を決めようとする前に、まず病院があった。すでに医療法人として辻倉家とは独立した立場を得ていながら、今なお家族を縛りつけている。いや、縛りつけているのは病院という組織ではなく、病院が一家にもたらす利益にすぎない。病に苦しむ人々のためだと言い訳を作りながら、病院経営者の既得権を手放したくないと考えていた。

妻の本音はどうなのだろう。

彼女はただの一度も、病院への恨み言を口にしたことがない。犠牲になっているという意識はないのか。口に出しても無駄だとあきらめているのか。

看護師に名前を呼ばれた。

「副院長はここか、と廊下に男の人が」

「名前は?」

「それが、永渕さんの関係者だとしか」

弁護士や家族なら、まず主治医でもある院長と話をしそうなものである。

廊下に出ると、木内勝夫の母親が今なお座る長椅子の横で、秘書室長の坂詰史郎が挑むような目つきで待ち受けていた。日曜日だというのに、本当にご苦労なことだ。

「副院長、検査で会長に何をしたんです。検査内容を詳しくご説明いただけないでしょうか」

近寄るなり、詰問口調でまくし立てられた。木内の母親が何事かと視線を上げた。

「明らかに会長の顔色が昼すぎと違い、極端に悪くなっておられる。弁護士の先生やご家族が何を話しかけても、反応は鈍い。院長は打ち合わせだとかで部屋から出て来ようともしないし、どうなっているのでしょうかね」

自分の命と引き替えにするため、十七歳の少女が誘拐されたと知らされ、普段と変わらぬ態度を保てというほうが無理だった。もしかしたら永渕は、自分が死んだと偽った場合の、家族や会社へ与える影響に気を取られているのかもしれない。今回の〝死の演出〟が、自分にもたらすであろう損益を、今から胸の中で秤にかけている。

辻倉は坂詰を廊下の先へ誘った。検査は通常のものと変わらず、心臓や体力への負担はほとんどない、と説明した。検査結果の詳しい解析は明日にも出るが、実は少し気になる兆候も見られた。もちろん、明日の演技に真実味を持たせるためでもあった。だから、今はさらなる安静を心がけてもらいたい。

「会長の心臓が思わしくない、というのですか」

坂詰が目に驚きを浮かべ、半信半疑に首をひねった。

「疲れがたまっているのは間違いありませんね。年齢もあるでしょう。裁判を控えて緊張状態にあるのかもしれません。これ以上、永渕さんに負担をかけないよう、心がけたほうがいいということです」

「本当に、それほど悪いのですか」

坂詰は明らかに辻倉の話を信じていなかった。永渕の近くに張りつく秘書室長が、医師の言葉を信じようとしないのだから、社内で永渕の病状がどう伝えられているかは明白だった。永渕本人も、彼らに詐病だと認めていたに違いない。

マスコミが書き立てたように、政国はスポンサーである永渕を病院でかくまっていたにすぎなかった。誰もが睨んでいたとおり、すべては演技で、義父は金のために医師として恥ずべき行為に手を貸し、テレビカメラの前で深刻ぶった下手な演技を続けてきた。

恵美が家族の目を見なくなっても仕方はない。辻倉自身、強く確信しながら、義父を問いただそうとしたことは一度もなかった。大人の世界に蔓延《まんえん》した、見え透いた演技を身近で見せ続けられていれば、恵美でなくとも家族を信用できなくなるだろう。

嘘と知りながら、目をふさいできた。病院のため。安定した生活のため。やがてはめぐって来るであろう院長という椅子のため——。

坂詰は、急に黙り込んだ名ばかりの副院長に用はないとばかり、挨拶もなく廊下を去って行った。会長の病状が悪化しつつある。初めて耳にした情報の裏づけを早く取り、所属する派閥の長へ報告しないといけない。現社長や重役たちの間で、新たな綱引きが水面下で動き出すのだ。しかし、明日にはもっと驚くべき知らせがもたらされ、バッカス・グループは一気に浮き足立つ。しかも永渕は、事件のあとでその収拾にも当たらないといけない。

収拾を図るべきなのは、辻倉家も同じだった。恵美を救い出せても、事件がすべて解決したことには、おそらくならない。あの子が感じている疑念に応え、辻倉たち家族は嘘偽りなく非を認めていくしかないだろう。

この誘拐事件を、家族が絆を取り戻す――新たな絆を築く契機にしなくては、苦しんだ意味がなくなる。

「副院長。院長先生から内線です」

若い看護師に呼ばれた。ＩＣＵのサポートルームに戻り、受話器を取った。

「良彰ですが」

「たった今、頼子から連絡が入った。またうちのほうに電話があったそうだ」

心臓が疼いた。恵美の泣き顔が瞼の裏をよぎった。

「何かあったのですか」

「耀子が倒れたそうだ。こっちはいいから、帰ってやってくれ」

恵美ではなかった。全身から力が抜けた。緊張が解けて安堵に変わり、やがて鉛のようなしこりが胃の奥で固まっていった。誰もがつらいこの時に、一人だけ倒れてしまい、人の助けを求めてしまう妻がやりきれなかった。人に頼るしかない不甲斐なさが、恨めしく思えてくる。

家族を取り戻したいと思うのなら、まず夫婦の間を見つめ直すことが先なのかもしれない。

義父にあとを任せてタクシーを呼ぶと、辻倉は一人で帰宅した。

玄関を入ると、頼子が申し訳なさそうな顔で迎え出た。

「ごめんなさいね。都合を考えもせずに電話して」

「いえ。どうです、耀子の具合は」

「貧血だと思うけど、ずいぶんまいってるみたい。昨日から食事も睡眠もろくにとってないから無理はないけど。今はもう意識も戻って、寝室で横になってる」

辻倉はいったん居間へ顔を出した。待機していた二名の刑事が立ち上がって会釈を返した。辻倉が深く頭をたれると、長身の刑事は無精髭の伸びた顔をゆがめてうつむいた。若い女性刑事も、赤く充血した目の先を床へ落とした。まだ何の進展もないらしく、無念の気持ちが表れていた。彼らのその表情だけで、辻倉には充分だった。

長身の岩見が視線を上げ、口元を引きしめてから言った。

「二時十八分にまた犯人からの電話が入りました。今回の電話は今までのものと少し違い、何とも悪趣味な音楽が後ろに流れてました」

音楽が……？

「葬送曲とでもいうのでしょうか、気が重くなるようなクラシック音楽で、受話器を取るとまずそれが流れ出て、最後に恵美さんの叫び声が聞こえました」

「それでも耀子は頑張ったのよ。電話の向こうの犯人に何度も呼びかけたの。でも、恵美の叫び声を聞いたとたんに……」

葬送曲に娘の叫び。嫌がらせにもほどがある。

拳を固めていると、平松という女性の刑事が悔しそうに告げた。

「おそらく葬送曲は、周囲の音を遮断するためなのだと思われます。今までの電話は、いずれも深夜か早朝でした。犯人がどこから電話をかけてきたにしても、周囲の騒音はそれほどでもなかったと予想できます。しかし、今回は昼の二時すぎで、周囲の生活音を拾ってしまう可能性もあります。犯人は電話の微妙な雑音から、発信場所を探られては困ると考え、予防策を採ってきたものと思われます」

「用心深いやつですよ」

「すると、恵美はその電話をしてきた近くに……」

期待を込めて訊いたが、岩見の言葉は慎重だった。

「可能性はあるでしょう。現在、本部のほうでテープの内容を解析中です。逆探知の結果、国分寺、国立《くにたち》方面から発信されたことがわかっています。またも恵美さんの携帯からでした」

最初の電話が確か浦和で、次が渋谷、今度は国分寺か国立方面。犯人は用心深く移動し、所在をつかませまいとしている。

　刑事に礼を述べてから居間を出た。すると、後ろから頼子に呼び止められた。

「わかってるとは思うけど、耀子を責めたりしないでやってね」

　玄関を上がった時から、妻への気持ちが顔に出ていたのか。心して頷くと、頼子はもう一度、お願いしますよ、と念を押すように言ってから刑事たちの待つ居間へ戻った。

　重い体を引きずるように二階へ上がった。

　恵美の部屋のドアが気になり、立ち止まった。八万八千円が銀行口座から引き出され、また耀子の手によって中が確かめられたはずだ。恵美は両親たちの手によって部屋を探られたと知り、何を思うだろう。

　寝室のドアに手をかけ、強張りそうになる頬をなであげた。静かにドアを押した。

　耀子はベッドの上で天井を見つめていた。辻倉に気づき、そのまま壁際へ寝返りを打った。

　優しい言葉をかけてやるべきだった。辻倉には想像するしかないが、こんな時に言葉のいらない夫婦もあるに違いなかった。

「大丈夫か……」

　あれこれ思いをめぐらせ、口をついて出た言葉がそれだけだった。

　妻への言葉を思いつけない自分をごまかすために、ベッドの端へ腰を下ろすと、布団からのぞいた妻の手を取った。つい脈を診ようとして、慌ててその動きを止めた。今、耀子が必要としているのは、医師としての自分ではない。辻倉は妻の冷たい手を握った。

「ごめんなさい……」

耀子が手を引き抜いて、顔を枕に押しつけた。

「あなたとお父さんが恵美のために頑張ってるのに、わたしは足を引っぱるだけ」

「聞いたよ。葬送曲をかけてきたそうじゃないか」

「慰めなんか言わないで。わかってるのよ、足手まといにしかなってないって。あなただって、いつもそういうふうにわたしを見てたでしょ」

声が震えたように聞こえたのは、気のせいではなかったろう。

「ばかね……。こんな時に何言ってるんだろ。ごめん」

耀子とは十近い歳の開きがあった。自分よりまだ若いと思っていたが、髪には白いものがまじり、かすかな老いが目元や首筋に忍び寄っていた。昨日からの心労が、歳をよけいに浮かび上がらせている。

「考えたんだが、伸也を呼び戻さないか」

声もなく、耀子が枕から顔を起こした。

「あいつがいれば、少しはおまえもお義母さんも心強いだろ」

耀子は静かに首を振ると、壁を見つめた。

「反対か？」

「あの子によけいな不安を押しつけたくない」

「よけいなものか。伸也も家族の一員だぞ。一緒になって不安を抱え合うのは当然じゃないか。おれたちのほうこそ、あいつによけいな気遣いをしているとは思わないか」

耀子はまだじっと壁を見つめていた。目元がかすかに光って見えた。

「姉が誘拐され、両親が思い悩んでいる時に、自分一人が何も知らされず、友達とただ遊んでいたとあとでわかった時、伸也のやつ、どう感じると思う。一人前の男として、家族の一員として認められなかったのか、と悔しがるんじゃないだろうか」

「そうかもね……考えもしなかった」

「うちには、そういう遠慮が少し多すぎた気がしてきた。娘の機嫌を損ねたくない。お義父さんには逆らわないでいるほうが得策だ。妻には好きにさせていればいい。相手を尊重するのが一番だと胸に言い訳を用意しながら、本当は下手な干渉をしてあとで揉めるのは嫌だと手をこまねいていた。感情をぶつけ合わず、大人を気取って無関心をごまかしていた。そうじゃないかな。少なくとも、おれはそうだったと思う。すまない」

耀子が固く目を閉じ、涙が頰を伝った。辻倉はベッドの間に置かれたナイトテーブルの上の子機を手にした。

時刻は五時になろうとしている。伸也の携帯の番号を押した。政国たちがあとで異論を唱えるかもしれないが、今は辻倉たち夫婦の意見が同じであれば電話をすべきだった。

「もしもし。どうかした？」

自宅からの電話だとわかったせいなのだろう、伸也の声は素っ気なかった。友達と一緒にいるところなのだ、と想像がついた。

「おれだ、父さんだ。今友達と一緒か」

「そうだけど、なに？」

「ちょっと問題が起きた。母さんが倒れて今横になってる」

「どうしたのさ。病気なわけ？」

「体のほうは、そう心配いらない。けど、ずいぶんと心細がってる。父さんとおじいちゃんは仕事で家を空けなきゃならないし、おばあちゃんは女性だしな。家に男がいたほうがいい」

「ちょっと、ねえ、何があったわけ。昨日、母さんからおかしな電話があったけど、関係ある？」

「電話では言いにくい。帰って来たら説明する。おまえが必要なんだ。今すぐ帰って来てくれないか」

「脅かすようなこと言わないでよ」

「頼む。お母さんやおばあちゃんには、おまえがついていてやってほしい」

「……何だかよくわからないけど。帰るよ。なあ、父さんの声、少し震えて聞こえる。気のせいじゃないだろ？」

「そうだ、頼む。おまえしか頼れそうにない」

「これから帰るよ。こないだも話したと思うけど、今友達の家へ遊びに来てて、成田のほうなんだ。ちょっと遅くなるかもしれないけど、母さんにはすぐ帰るって伝えてくれる」

「直接言ってやってくれよ。今代わる」

横になったままの耀子に子機を差し出した。震える手で受け取ると、耀子は短く「伸也」とだけ名前を呼んだ。見る間に妻の目から、涙があふれ出した。

14

政国院長の車に身を隠して再び辻倉邸へ戻ったのは、午後六時二十三分だった。頼子の手により夕食の用意が進められており、ダイニングテーブルには野菜を盛っただけの簡単なサラダの皿が置かれていた。

岩見と平松から詳しい報告を受け、桑沢も本部の指示を手短に伝えた。捜査の進展具合は無線で二人にも伝わっていたため、あらためて説明をくり返す必要はなかった。

「よろしいでしょうか」

着替えをすませた政国を待つと、桑沢は辻倉家の面々を居間に集めた。

耀子一人がまだベッドで休んでいたので、良彰が二階へ呼びに上がった。彼らの長男である十四歳になる仲也も、今自宅のほうに向かっているところだと教えられた。

政国も帰宅してから初めて聞いたらしく、十四歳の少年をあえて呼び寄せたことに疑問を隠せないでいるようだった。

「まずかったですかね」

妻を連れて戻った良彰が、桑沢の顔色を見るように言った。

「いえ。ご家族の問題ですので、わたしどもでは何も。ただ、仲也君からもあとで話を聞かせていただくことがあるかもしれません」

「お願いします」

妻の耀子も一緒になって頷き返した。のけ者にされたとでも思ったらしい政国一人が、依然として仏頂面を作り続けていた。

娘が誘拐されるという家族の危機を前に、良彰夫婦には今まで見ることのできなかった信頼感のようなものが戻り始めているのかもしれない。

仲也の到着を待ったのでは遅くなるので、桑沢は先に話を進めることにした。

「ここまでの経過を、簡単ながらご報告します。現在、先月二十九日の夜に発生した恵美さんの襲撃未遂事件、誘拐当日の恵美さんの足取り、永渕さんへの動機を持つ者、病院関係者の背後関係、おもに以上の四方面から慎重な捜査に動いております。ただし、犯人に我々警察の関与を悟られてはいけないため、思うような捜査員をさけずにいるのが現状です」

捜査本部の幹部をのぞけば、実動部隊は二十五名程度しかいなかった。自宅と病院の周囲を固めるため、それぞれ四名と九名を割いていた。残る十名強で四方面からの捜査に当たっているのだから、上がってくる情報にも限界があった。

「まず、二十九日夜の件ですが、恵美さんの叫び声を耳にしていた者が、新たに三名見つかっております。ただ、犯人につながりそうな情報はまだ得られておらず、駅周辺から付近一帯の不審者へと捜査の輪を広げていくつもりです。誘拐当日の足取りについては、なにぶん土曜日の夕方でＪＲやバス等の利用客が多い時間帯であり、その中から恵美さんだけを特定していくのは非常に困難だと言わざるを得ません。以上のように足取りに関してのめぼしい情報はつかめていませんが、恵美さんの同級生から少し気になる話がいくつか出てきました」

家族の視線が期待に熱を放ち始める。

「二十九日の事件についての捜査だと称して動きましたので、誘拐の事実は伏せたままです。後ろから首を絞めた手口が悪質であり、殺人未遂も視野に入れて捜査中だと告げてありますので、彼女たちには少し恐怖心を与えたかとも思いますが、非常時ですのでやむを得なかったでしょう」

「何がわかったのです」

政国が焦れたように肩を揺すった。

「最近の恵美さんの様子に、明らかに変化があったという証言が、複数の同級生から得られました」

「男ですね」

本来なら言いにくそうな孫娘の異性関係を、決めつけて訊いてきた政国の態度に、余裕のなさと不安の深さが表れていた。

「昨年の暮れあたりから、友人たちとの輪の中に入ろうとしなくなった、一人で鬱《ふさ》ぎ込むことが多くなった、というのです。何か悩みでもあるのかと尋ねても、体調が少し悪い、と言うばかりで、精神的なものではないと強調したがっていたようだといいます」

「つまり……その時期に、恋人とうまくいかなくなった、というわけでしょうか」

頼子がいくぶん夫より落ち着いた口調で質問をはさんだ。

「いや、お義母さん。もしかしたら、あの件が影響していたんじゃ……」

遠慮がちに異を唱えたのは、良彰だった。妻へと視線を転じ、同意を求めた。

「なあ、そうじゃないかな」

耀子が頼りなさそうに夫を見返し、政国が小さく頷き返した。

「そうだったな。暮れといえば……。あの子が亡くなったのは、十二月に入ってからだったな」

「あの子、とは？」

予想外の反応に、桑沢は手帳を開いてメモの用意を調《ととの》えた。

良彰が言葉を選ぶように言った。

「以前うちの病院に入院していた、ある施設の子供が、心臓病のために亡くなりました。恵美は、その子がいた施設に、一時期ボランティアとして通っていたことがあるのです」

初めて聞く話だった。十七歳の少女が施設でボランティアをしていた。親としては喜ぶべきことであろうに、良彰の表情は硬く、唇さえ噛みしめていた。

詳しく話を聞き、桑沢は納得できた。

ボランティアとは名ばかりで、娘の素行に不安を感じ始めた家族が、半ば押しつけのようにして施設へ通わせていた、というのが実情だったのだろう。しかし、長続きせずに、娘の足は施設から遠ざかっていった。

それでも、自分が通っていた施設の子供が死亡したと知り、恵美は十七歳の娘ながらに責任感のようなものを感じていた可能性は充分にあった。親から押しつけられたようなボランティアでも、よく知る子供が病に倒れて急死したのだから、彼女の受けた衝撃は想像できる。

桑沢は素早く情報と照らし合わせた。そのほうが辻褄もあってくるように思われる。もう一点、同級生からは非常に重要な情報を聞き出していた。

男の存在である。

ただし、情報をありのまま家族に伝えていいものか、本部のほうでも迷いがあった。恵美の同級生たちは、彼女の交際に危惧を覚えていた、と口をそろえるように証言したのである。彼女たちは刑事の訪問を受け、絶対に自分の口から話が出たとは言わないでくれと条件をつけたうえで、恵美の交際していた男性について話し始めたという。

見るからに遊び人ふうで、恵美には合いそうもない。だから、何度も忠告したが、彼女は耳を貸そうとしなかった。渋谷のゲームセンターで知り合った男だと教えられたが、フルネームは誰一人として聞いていなかった。ただ「トモ」とだけ恵美は呼んでいたという。あんな男に振り回されるなんて、本当に恵美らしくない。彼女は去年の暮れから、明らかにおかしくなった。申し合わせたように、同級生たちの証言は一致していた。

辻倉家の者も、男の存在に見当をつけていながら、特定はできていなかった。彼らから、交際相手の情報をこれ以上聞き出すことは期待できない。同級生がみな危惧を覚えていた相手と交際中だったと、今家族に告げる意味がどれだけあるか。不安を与えるだけになりはしないか。

問題は、恵美がいつからその交際相手とつきあい始めたか、である。

永渕孝治が保釈され、宝寿会総合病院に再入院したのが一月二十一日。同級生たちによると、恵美がその男と知り合ったのは、一月の二十日すぎだったと思う、というのである。

偶然なのだろうか。

男は永渕が保釈されるのとほぼ時を同じくして、恵美に近づいて来たとも思えるのだ。そのタイミングが、あまりにも符合しすぎていた。

本部では今、男の特定を進めている。しかし、情報があまりに少なく、残された時間もなかった。恵美の部屋から見つかった写真の中に、男の姿はなく、住所録に「トモ」という呼び名と合致しそうな男名前も見つかっていない。

同級生のうちの二名が、街中で「トモ」を目撃していた。彼女らの証言をもとに似顔絵が書かれたが、桑沢はまだ目にしていなかった。今ごろ渋谷の繁華街で捜査員が情報の入手に動き回っているはずである。

この事実を家族に打ち明ける意味がどこまであるか。

告げれば、誘拐犯人の一味が恵美に近づいていたと思い込む。彼らに下手な期待を与える危険性はあった。似顔絵まで作りながら、タイムリミットまでに探し出せなかった場合、彼らの怒りは警察へ向かいかねない。

もし男にたどり着けたとしても、恵美をタイムリミットまでに救出できるかどうかは不明だ。〝死の演出〟は実行する以外にないのだ。となれば、家族に期待を抱かせかねない情報は、正直には打ち明けにくい。

去年の暮れ、恵美は出入りしていた施設の子供が急死したことを知り、それ以来、精神的にやや不安定な時期にあった。ちょうどそこに、男が接近して来た。

犯人一味は、施設の子供が死亡した事実まで事前につかんでいたのだろうか。施設の名前と住所を聞き出してメモに控えた。あとは本部の働きいかんだった。

桑沢は話をもとに戻した。

「次に、動機の面からの捜査ですが、肝心の永渕さんに心当たりがまったくないと言われては、正直なところほとんど手の出しようがありません。バッカス社内の情報を集めてはいますが、組織が大きく、取引先も多岐にわたっています。企業家である永渕さんに恨みを抱きかねない者のリストアップにも着手したのですが、その作業だけで明日のタイムリミットを迎えてしまうのは確実でしょう」

「すると、やはり今は計画を進めるしかない、と」

良彰が疲れの浮き出た顔をさらに曇らせた。

「捜査はぎりぎりまで続けます。と同時に、計画を進めたいと考えています」

「看護師に協力は求めてくれたのかね」

腕組みを続けていた政国が、両手を腰の前に置き換えて訊いた。

「紹介されたCCU担当の渡辺祐子《ゆうこ》さん、外科病棟師長の宮鍋久子さん、ともに身辺調査は終わり、不審者との接点があるようには見えませんでした。それぞれ了解をいただき、捜査員が今夜から二人に張りついています」

「そうか。協力してくれるか」

政国が大きく肩を上下させた。ほかの三人の張りつめた表情にも、わずかな安堵のようなものが降りた。

「犯人が指示してきたタイムリミットは明日の正午ですが、演技に多少の時間を要しますので、計画のスタートは九時前後にしたいと思います」

心臓発作、CCUへの搬送、死亡の確認、臓器の摘出と、踏まなくてはならない手順が多く、それぞれ相応の時間が必要になってくる。正午までにすべての手順を終えなくては、犯人が永渕の死亡を確認できないケースも考えられた。計画は余裕を持って進めておきたい。

明日の担当医には、政国が五日後に一人で出かける予定になっていた大学との打ち合わせに同行してもらいたいと告げ、先に休日を振り替えてもらうよう、手を打っていた。永渕に発作が起きれば、まず院長である政国に連絡が入る。たとえ担当医が呼び出されても、彼が駆けつけて来た時には死亡の確認が終わっている、という算段である。

「病院内の調べはどうなのでしょう」

良彰が緊張を崩さず、前屈みになって訊いた。

「今も確認を続行中です。ただ――」

言いかけた時、テーブルに置かれた電話が鳴った。

耀子が耳をふさぎ、良彰の胸にしがみついた。時刻は午後七時をすぎた。タイムリミットまで十七時間弱。またも犯人からの電話か。

平松が素早く動き、録音装置のレバーをひねった。無線に向かった岩見が、大きく手を上げると早口に言った。

「病院からです」

電話の呼び出し音と同時に体を硬直させていた辻倉家の人々が、胸をなで下ろすのがわかった。政国がためていた息を吐き、受話器を手にした。

「辻倉だ」

間の悪い電話に、政国が不機嫌そうに応えると、ゆるみかけた緊張感が再び彼の顔を埋めていった。

「そうか。連絡はつかないのか。……容態はわかるか」

妻の手を取っていた良彰までが顔色を変えた。病院からの電話は、患者の急変を告げるためのものだったようだ。

「ちょっと待ってくれ」

政国が電話を保留に切り替え、良彰を振り返った。

「急患だ。消防からの緊急連絡が入った。マンションの建築現場で転落事故があり、収容先を探してる。重傷者三名、そのうち二名が意識不明だ。一人は内臓破裂の危険もあるらしい。西田君は奥さんの実家で、駆けつけるのに二時間はかかる。佐藤君への連絡はついたが、寺西君が君にも応援を頼みたいと言ってる」

義父の問いかけに、良彰は両手で青白い頬をさすり上げた。

桑沢は驚きに声を失った。娘が誘拐され、精神的にも肉体的にもつらい立場にある娘婿に、政国は医師として働けるか、と訊いていた。

女性二人の視線が、迷いを見せる良彰にそそがれた。桑沢の目にも、彼は迷っているように見えた。迷うからには、人を救いたいと考えている証拠でもある。

自分に医師としての務めが果たせるか。不安と意気を秤にかけて、自分自身を見極めようとしていた。

彼がもし断った場合、重傷者二名のうち一名は、ほかの病院を探すことになるのだろう。収容先が決まらず、搬送に手間取れば、確実に危険は増していく。

「行けるか。もしだめなら、理由はどうにでもつける。どうする」

「患者はもう向かっているのですね」

良彰が震え声で尋ねた。政国が小さく頷き返した。二名の重傷者は同じ救急車に収容され、今も病院へ向けて搬送中なのだと想像できた。

「行けるか」

政国がなおも尋ねた。やめておけ、と言うつもりはないらしい。

憔悴《しょうすい》した娘婿に、人の命を左右しかねない仕事につけるかどうか、なぜ訊けるのだろう。一刻を争う患者であるのは理解できたが、少し残酷すぎる問いかけではないか。

耀子が良彰の手を握りしめた。

「良彰さん。どう、行けるの？」

頼子までが、まるでうながすかのように訊いた。良彰がなぜか桑沢のほうを見つめ、立ち上がった。

「刑事さん、明日の朝までには必ず体をあけます」

許可を得ているのだとわかり、桑沢は息を呑んだ。信じられなかった。たとえ娘が誘拐されている時であろうとも、彼は医師としての務めを果たそうとしている。

政国が電話に向かい、今から行かせる、と伝えていた。妻も止めようとはしない。

「携帯電話を使わせていただきます」

良彰がダイニングテーブルへ歩き、そこに置かれていた携帯電話を手にした。頼子が立ち上がり、決然とした表情で言った。

「わたしが送っていくわ」

「頼みます」

良彰はもう携帯のダイヤルボタンを押していた。病院の救急担当者との連絡なのだろう。つい数秒前まで弱々しくソファにもたれかかっていたはずの耀子までが、もう玄関へ向けて歩き出していた。

これが彼らにとっての日常なのだ。これまでにもおそらく、こうして何度も父や夫を送り出してきたのだ。救いを求める電話を受け、急に四人が力強さを取り戻していた。プロの姿を見た気がした。プロ意識を持って医療に携わる一家が、ここにある。

彼らの姿を前に、桑沢も新たな闘志をかき立てられた。

15

耳元で誰かの泣き声が聞こえたように思えて目を開けた。瞬時に恵美の泣き顔が胸をよぎった。とっさに上半身を起こすと、辻倉良彰はわけもなく辺りを見回した。

薄暗い医局のソファの上だった。誰がかけてくれたものなのか、毛布が床に落ちていた。泣き声と聞こえたのは、ドアのきしみらしく、廊下を足音が遠ざかっていくところだった。落ちた毛布をひざに戻した。二度三度と頭を振った。寒さはそれほど感じなかったが、額に当てた手の先が血の流れを意識できないほどに冷たくなっていた。

当直の若い医師とともに重傷者の手術を終えたのが、午前二時になろうとする時刻だったと記憶している。娘のためにもこの患者の命を救いたいと願って受け入れ準備を進めたが、搬送されて来た患者は、救急車からの報告を越えて一刻の猶予もならない事態にあり、いつしかまた娘への祈りをくり返していた。恵美は今も死の恐怖と戦っている、その強さをどうか弱気な父に貸してくれ、と。

綱渡りのような手術に近かったかもしれない。しかし、スタッフの尽力により成功と呼べるものになった。医局へ戻り、ひと休みしたままでは覚えていた。どうやらそのままソファで寝入ってしまったらしい。手術後の疲労感がなければ、昨日と同じく眠れぬ夜をすごしたはずだ。

壁の時計を見上げた。午前五時四十六分。犯人の指定してきたタイムリミットまで、あと六時間と少し。恵美は今どんな思いで朝を迎えているのか。

立ち上がり、デスクの上の受話器を手にした。ダイヤルボタンに指をかけてから、思い直して伸也の携帯の番号を押した。自宅にかけたのでは、妻や刑事たちにいらぬ緊張を強いる。

二度目のコールで、張りのある声が聞こえた。

「もしもし。父さん？」

「よくわかったな」

「だって、こんな朝からなんて、ほかにかけてきそうなあてはないじゃないか」

親ばかだろうか。とっさに父からの電話だと判断できた息子が誇らしく思えた。

「お帰り。もう目を覚ましていたのか」

「おじいちゃんから聞いたよ。父さんがあと三十分遅く出かけてたら、会えたんだけどね。遅くなってごめん」

「母さんはどうしてる」

「おばあちゃんと一緒に朝食を作ってくれてる。どうせ寮でろくなもの食べてなかったろうって、昨日もたらふく食べさせられた。残すと悪いからさ。姉ちゃんが大変な時だってのに、まるで拷問だよ。あまり大きな声じゃ言えないけどね」

伸也は無理して明るく言っていた。そんな気遣いができる年齢になったのだと辻倉は驚かされ、胸の奥が熱くなった。

「ねえ、父さん。今度どこか温泉でも連れてってくれる？　ここんところ旅行なんてしてなかったろ」

「家族で行くなんてみっともないから嫌だって言ってたのは誰だ」

「姉ちゃんだろ、それ。おれ、そんなこと言ってないって」

「必ず行こう。約束する」

「決まりだからね。あ――今、おじいちゃんと代わる。ちょっと待って」

携帯電話を手渡す気配のあとに、政国の低い声が聞こえてきた。

「今どこからだ」

「医局ですが」

「誰もいないな。――そこの電話なら大丈夫だそうだ」

忘れていた。この病院内に犯人の監視の目があってもおかしくはなかったのだ。手術を終えて眠り込んだため、つい油断していた。

「成功だったそうだな。寺西君から電話があった」

「すみません。こんなところで眠ってしまって」

「気にするな。眠れたのなら、それに越したことはない。今日が肝心だからな」

そう口にした義父の声は昨日よりも弱々しく、今日も眠れぬ夜をすごしたのだとわかる。義母も耀子も同じだったろう。自分だけが、医師としての仕事に力をつくした結果、つかのまの安眠という貴重な報酬を得ていた。

「昨日は訊きそびれてしまったのですが――」

部屋には誰もいなかったが、辻倉は受話器を口元へ引き寄せ、声を落とした。

「病院の関係者はどうだったのでしょう。怪しい人物は見つかっていないのですね」

「それなんだが……」

政国の声が急に鋭さを増した。

「実は、本部で気になる人物がいるというんだ。その人物の履歴書から不審な点が見つかった」

「誰です」

「――溝口弥生という看護師だ」

心臓が大きく脈動した。熱くもないのに全身の汗腺が開くのを感じた。

「彼女は高校を留年していたらしい。それを履歴書では隠していたんだな。恥に思ったのなら大した問題ではないが、その理由というのが、どうも気になる。実家の近所に住む人の話によると、一時期学校へも通わず、よくない連中とつき合っていたというんだ。全寮制の看護学校へ親が無理やり入れたのは、厄介払いだったたっていう噂もある」

にわかには信じられない話だった。今の彼女は髪も染めていなければ化粧もほとんどしていない。看護に携わる者なら当然の心構えではあるにしても、かつての非行を感じさせるような面影はまったくなかった。いや、移って来たばかりで古手の看護師とやり合えるだけの気の強さは持っていたが。

「彼女が以前勤めていた病院は、うちよりだいぶ条件がよかったという。もとの同僚も、彼女がなぜ辞めて、うちの病院に移ったのか、理由が思い当たらないと言っていたらしい」

心臓の疼きは治まりそうになかった。さらに彼女は、辻倉良彰という副院長に、不可解なほどの接近を図ろうとしているようにも見える。

「しかし、彼女は今日、夜勤明けで八時までの勤務になってます。犯人が指定してきた正午には、もう病院を離れているはずで……」

「それは桑沢さんたちも承知している。しかし、警戒しておくに越したことはない。一応、注意しておいてくれ。彼女は君の科の所属だったよな。顔は覚えているか」

覚えているどころではなかった。

「彼女が今どうしてるか、わかるか」

昨夜は救急室へ直行し、手術のあとはＩＣＵや外科へ顔を出す余裕もなく、この医局で寝入ってしまった。彼女と顔を合わせる機会はなかった。

「宮鍋君たちはそろそろ家を出るころだ。昨夜の引き継ぎの時点で、勤務ローテーションに変化がないことはわかってる。なるべく早いうちに最後の確認をしてくれ」

「わかりました」

「確認したら、すぐに報告を頼む。正式な計画スタートの時間を決めるそうだ。わたしも早めにそっちへ向かう。あと六時間、恵美のためにもうひと踏ん張りしようじゃないか」

政国の話を聞きながらも、絶えず誰かに見られているのではという不安が背中に貼りついていた。受話器を戻すと、振り返って部屋を見渡した。

もちろん誰の姿もない。それでも不安は消えず、背中を見えない手によって押されるように、気持ちより体が先走って医局を出ていた。

あと六時間で、恵美の命運が決まる。いや、必ず成功させてみせる。この六時間は、親として生きて来た十七年間の集大成と思え。

三階の外科病棟へ上がった。エレベーターの前には配膳車が並び、朝食の準備が進められていた。

抱えた不安を表情に出すまいと気をつけながら、ナースステーションに顔を出した。

溝口弥生はいなかった。朝の検温に出向いているのか。おはようございます、昨日はお疲れさまでした。ノートに向かっていた若い看護師が顔を上げた。

「変わりはないかな」

名前は何といっただろうか。外科の看護師はすべて名前と顔を覚えていたはずなのに、ちっとも思い出せなかった。辻倉はいくつか無理やり入院患者について質問を重ねてから、さもついでのようにつけ足して訊いた。

「みんなにも変わりはないね。内科のほうでは風邪がはやってるそうじゃないか」

若い看護師は、小さな花がほころぶような微笑み方で辻倉を見返した。

「今のところは大丈夫みたいです。これからも気をつけます」

「そうか、休んでる者はいないわけだな。その調子で頼みたいね」

勤務ローテーションに変化があれば、今の会話の中でそう告げそうなものだ。溝口弥生は夜勤に就いている。あと二時間で勤務は明け、病院をあとにする。彼女ではない。大丈夫だ。犯人と通じている者ではあり得なかった。

ナースステーションを出たところで、溝口弥生の後ろ姿を見かけた。検温表を手に病室から出て来たところだった。

とっさにナースステーションへ体を戻した。彼女に見られたくなかった。大事な計画を前に、おかしな重圧を受けたのではたまらない。夜勤明けでまもなく病院をあとにするとわかっていながらも、恐怖心にも似た気持ちに突き動かされ、身を隠していた。

弥生の姿が隣の病室へ消えた。それを見届けると、辻倉は忘れ物をしたような振りをしてから、看護師に笑いかけて廊下へ歩き出した。まともな笑顔になっていたかどうかはあやしい。

逃げるように足が速まる。エレベーターの前でこらえきれずに振り返った。

北風に襟首をつかまれたかのように、背中が寒くなった。足が止まり、全身が強張った。

廊下の先に、溝口弥生が立っていた。検温表を胸に抱き、ゆっくりと辻倉に向けて一礼するのが見えた。

なぜあんなところに……。

さきほどの後ろ姿は弥生ではなかったのか。意識するあまり、別の看護師の後ろ姿を見間違え、慌てて身を隠していた自分が臆病者に思えてくる。

体が動かなかった。しかし、彼女はこうして今も夜勤に就いている。だから永渕の死を確認できる時間帯には病院から去る。彼女ではあり得ない。そう何度も苦い納得を腹の底へ収め、無理やり腕を上げて彼女に小さく手を振った。

それから一目散に階段へと歩き出した。

ＩＣＵ前の廊下に、木内勝夫の母親はもういなくなっていた。さすがに疲労を覚えて近くに宿でも取ったのだろう。彼女まで体調を崩されたのでは、つきそいの意味がなくなってしまう。


昨夜、ともに手術に当たった寺西和人が、無精髭の伸びた顔のまま患者の容態を診ていた。

「昨日はお疲れさま。どうだい、様子は」

辻倉が話題を振ると、寺西は晴れがましそうな顔を作った。二人ともに経過は順調だった。一人は建築現場に立てなくなるかもしれないが、体に負担をかけない限り、日常生活には困らないだろう。電話を受けた時に自分がためらっていたら、どうなっていたか。

きっとこの若い医師なら、一人でも患者を救えた。自分はちょっとした手助けをしたにすぎない。正直な思いを彼に告げた。まだ二十代の医師は照れくさそうに笑ってみせた。命を救えたという実感と仕事をやり遂げられたという手応えに支えられた、いい笑顔だった。

「ありがとう。毛布をかけてくれたのも君だよな」

「いえ。僕が戻った時には、もうかかってましたが」

笑顔が凍りつきそうになった。

一人の看護師の姿が目の前に浮かび上がって、消えた。

16

本館の地下にある職員食堂で簡単な朝食をとって時間をつぶし、洗面所で髭を当たった。

政国が到着する予定の七時二十分までが長かった。

正午のタイムリミットまで、あと五時間弱になった。胃が縮み上がり、ろくに食事はのどを通らなかった。腕時計を睨んで十九分まで待つと、辻倉は一階の院長室へ歩いた。

二日続けての休日出勤になるが、理由は昨日のうちに作ってあった。ただ、こんな早朝から足を運んで来る理由がどこにあるのかと事務員たちに思われてはことなので、辻倉は廊下で政国を出迎えると、昨夜の手術についての説明をくり返しながら、二人で院長室へ閉じこもった。

部屋には二人しかいないとわかりきっていたが、政国は見えない監視者を警戒するかのように視線をめぐらせてから、辻倉に顔を寄せた。

「スタートは八時四十五分と決まった。永渕さんには、これからおれが話してくる」

あと一時間と二十五分。すでに秒読みは始まっている。

「わたしはどこにいれば」

「できるだけ医局にいてくれ。おれはここで仕事をこなす振りをしてる。どうしても出る時には、連絡を頼む」

「わかりました」

「薬や細工の手はずは、宮鍋君たちがすべて準備してくれている。こちらが手順さえ間違えなければ、ことはうまく運ぶ。桑沢さんたちは駐車場だ。それと昨日に引き続いて、九時半には建設会社の扮装をした警官が中へ入る。十時半には制服警官も駆けつけて来る予定だ。頼むぞ」

額をつき合わせ、小声で細かい打ち合わせを終えた。計画の手順を何度もくり返し、入念な確認を重ねた。娘を助けるためには、誰にも怪しまれず、とどこおりなく演技をすませなくてはならない。自分の役割を頭にたたき込ませていくそばから、不安がわき起こって目や耳をふさごうとする。

政国は最後にメモを灰皿の上で燃やした。

「いいな。そろそろ行こう」

政国が白衣を手にして立ち上がった。永渕にスタート時間を伝えるため、廊下に出て行こうとした。ドアノブを握ったところで、あとに続こうとした辻倉を振り返った。

「伸也のやつ、ずいぶんと逞しくなったな。君の期待していたとおりになったじゃないか」

「早くこれを終えて、恵美を一緒に待ちたいですよ」

「必ず助けられる。自信を持ってこそ、医師は患者と病に立ち向かえる。いいな」

気合いを入れるかのように、政国が腕を強くたたきつけてきた。計画がスタートする。恵美を救い出すための計画が、今——。

再び頷き合ってから、ドアを開けた。この先はもう計画の展望について、一切顔に出してはならなかった。

腕の時計を見つめた。七時五十分。そろそろ各ナースステーションでは引き継ぎが行われている。

廊下の先で政国と別れた。辻倉は医局へ戻って書類仕事の演技を続けた。休日担当の医師たちが次々と顔を出し、白衣に着替えて朝のひと時を思い思いにすごす。ほとんどが大学からの派遣の若者たちだ。挨拶はしてきても、辻倉に話しかけようとする者はいない。いつもの風景であり、自分の病院での立場を表していたが、今は彼らの無関心がありがたかった。休日の医局は静かなものだ。申し送りが終わってしまえば、患者に変化がない限り回診までは平穏な時間が流れていく。

八時をすぎて、当直を務めていた寺西和人が戻って来た。ＩＣＵの患者にはまだ注意が必要なので、寺西をふくめて若い医師とカルテを前に、考え得る容態の変化と治療法について打ち合わせた。

外科の担当は研修を終えたばかりの若者で、心細そうな顔をしていた。仕方なく医局を出てＩＣＵへ足を運び、患者の容態を確認しつつ、処置方法の復習をさせた。頭で知識を理解していながら、経験が浅いうちは誰もが戸惑いやすく、不安になりがちだった。計画を滞りなく進めれば絶対に成功すると信じたくても、娘の命を左右しかねない計画に不安と重圧を覚えている今の自分と、さして変わりはなかった。

ＩＣＵでの打ち合わせを終えると、辻倉は迷いながらも五階へ上がった。

時刻は八時二十分になろうとしていた。溝口弥生はもう勤務が明け、病棟を離れたころだろう。それを確かめておきたいという誘惑に逆らえなかった。

ナースステーションの前で、宮鍋師長とすれ違った。彼女は踵《かかと》をそろえて姿勢を正すと、目配せをするような顔で一礼してきた。すべては承知している、必ず成功させましょう、という彼女の意思が伝わるような仕草だった。

「ありがとう。頼みます」

小声でささやきかけた瞬間、宮鍋師長がそそくさと目をそらして歩き出した。

どうしたのかと振り返ったところで、息が止まった。ナースステーションの前に、三人の看護師が立っていた。その中に、溝口弥生の姿もあった。

「どうして……」

つい疑問が口から洩れた。彼女の勤務時間はもう終わっていた。なぜまだ白衣を着て病棟にいるのか、理由がわからなかった。

「宮鍋君」

立ち去りかけた師長を呼び止めた。弥生から逃れるように、宮鍋師長の肩を押して階段方向へ誘いながら小声で訊いた。

「なぜ溝口君がまだここにいる」

宮鍋師長が一瞬、怪訝そうな目を作ってから声をひそめた。

「彼女、五〇四にいる村岡のおばあちゃんのお気に入りなんです。彼女がついてくれるなら、内視鏡検査を受ける、と我が儘を言いまして」

彼女は警察が弥生の経歴に注目している事実を知らないのだ。だから、辻倉の慌てぶりの理由がわからず、戸惑っている。

「村岡さんにはわたしからも強くたしなめてみたんですが、どうにも聞いてくれずに」

「検査は今日なのか」

今にも叫び出したかったが、懸命に自分を抑えて声を低めた。

「検査課の先生と相談して。報告はしてあったと思いますが」

失念していた。いや、報告は受けていたのだと思う。しかし、村岡という患者が特別に日曜日の午前中、内視鏡検査を受けるという表面的な報告だったに違いない。どの看護師がつきそうか、という情報まではふくまれないのが普通だ。

「溝口さんは時間外勤務になりますが、ボランティアでかまわないと言うので許可したのですが。まずかったでしょうか」

まずいどころの騒ぎではなかった。

溝口弥生が夜勤明けを迎えたあとも病院に残っている。予想もしていなかった事態だった。警察もまだ、このことを把握していない可能性が高い。

どうしたらいい。頭の中が一瞬、真っ白になった。

「だめだ、今日はまずい」

理由を知らない師長の顔に、初めて不安が広がった。

背中に強い視線を感じた。まだ弥生が後ろに立っているのだ。きっと、そうだ。どうすべきなのか。この事実を早く桑沢たち刑事に知らせなくてはならない……。

「だめなんだ。彼女はまずい」

悪寒が全身を包んだ。怖いもの見たさという誘惑に勝てず、辻倉は後ろを振り返った。

やはり、弥生がこちらを見ていた。不思議そうな目で、じっと。演技にしては非の打ちどころがない表情で。

弥生だけではなかった。急に狼狽《ろうばい》し、廊下であたふたとし始めたおかしな医師を、看護師や廊下に出て来た患者たちが何事かと見ていた。

背中に何かが当たった。廊下の壁だった。いつのまにかあとずさっていた。

弥生が一歩、こちらへ歩み寄った。

「副院長、顔色が……」

優しげな言葉で近寄ろうとして来る。

「君はなぜ――」

どうしてここに残った。何を企んでいる！

危うくのど元まで出かかった言葉を呑んだ。疑問を放ったのでは、犯人の一味かと問うも同じことになる。今は警察だ。桑沢たちに知らせなくてはならなかった。

腕時計を見た。もう三十五分になろうとしていた。あと十分で、計画がスタートする。タイムリミットまで三時間二十五分。

なおも近づこうとする弥生から目をそらした。辻倉は廊下を蹴って走り出した。人にどう思われるか考えているゆとりはなかった。

一刻も早く警察に、という思いにとらわれていた。階段を駆け下り、一階の院長室へノックもせずに駆け込もうとした。鍵がかかっていて、ドアはびくともしなかった。

「わたしです、良彰です」

もどかしさに焦れてドアをたたいた。鍵の開く音が聞こえた。

「どうした、いったい」

計画のスタートを前に慌ただしく駆けつけて来たことを咎《とが》めるように、政国は厳しい眼差しをそそいだ。

「溝口弥生が残っています」

できる限りの小声で打ち明けた。驚く義父に説明を続けたが、自分でも要領の得ない話し方になった。

「検査がなぜか今日入っていて。彼女がつきそうことに。報告は来ても、誰がつきそうかまでは。だから気づかずに……」

「どうして気づけなかった」

政国が顔色を変え、デスクへ急いだ。受話器を取り上げ、番号を押した。時刻はもう四十分になろうとしている。

「辻倉です。少し気になることがあります。例の溝口弥生という看護師が……」

政国も慌てているため、声が少し大きくなっていた。隣の事務室に聞こえたのではまずい。辻倉は口の前に手を当て、声を落とすようにと身振りで伝えた。政国がわかってるとばかりに手を大きく振り返した。

「そうです、予想外の出来事で。……はい、お任せします。そうですか、わかりました」

受話器を置いた政国が、部屋を埋めそうなほどの深い吐息をついた。

「彼女に監視をつける方法を考えると言っていた」

「じゃあ、計画はこのまま」

「今さら動かせるものか」

苛立ちを隠そうともせず、政国は散らかったデスクの上に手をついた。

時刻は八時四十二分になった。まもなく計画がスタートする。最上階の病室では、永渕が時計の針を睨み、じっと時を待っている。我が家でも耀子と頼子が祈りながら時計を見つめている。

溝口弥生が夜勤明けのあとも病棟に残ると決められたのは、いつのことだったろう。今から宮鍋師長や検査課の担当医を質しにいったのでは、その間に計画がスタートしてしまう。あとは警察がうまくやってくれる。そう信じる以外に今はなかった。

壁の時計の針が八時四十五分を指した。

永渕が心臓発作の演技を始め、ナースコールのボタンが押される。看護師が廊下を急ぎ、特別室のカーテンをくぐって永渕に声をかける。急な苦しみように、まずは脈と血圧を確かめるだろう。しかし、苦しみ方がひどいのを見て、主治医である政国を呼ぼうとする。

見つめる先で、電話の内線ランプが光を放った。

来た。

恵美を救うための計画が今、スタートした。

政国が素早く電話に手を伸ばした。わずかな躊躇のあと、目顔で辻倉に頷き、受話器を取った。

「わたしだ。……そうか、今行く。念のために酸素吸入とジギタリスの用意を頼む」

受話器を置くなり、政国は大股に歩き出した。院長室のドアを開け、小走りにエレベーターへ向かった。辻倉もあとを追った。二人とも自然と駆け足になっていた。

落ち着け。手順は何度も打ち合わせ、すべて頭に入っている。ミスなく運べば絶対に成功する。

待っていろよ、恵美。もうしばらくの辛抱だ。

忍び寄りそうになる不安に目をつぶり、心の中で娘に呼びかけた。待っていろ。必ず救い出してみせる。

エレベーターを降りると、ほかの病室の患者が廊下の奥を見守っていた。特別室のドアから永渕のうめき声が小さく洩れ、辺りの空気を震わせている。

政国に続いて特別室へ走り込んだ。

ベッドの上で苦しむ永渕の演技はなかなかの迫力だった。呼吸困難を真似てのどを鳴らし、胸やシーツをつかんで体を揺すった。過去にも発作を起こしているのだから、多少大げさに演技するだけで充分な説得力がある。

彼の口元には酸素吸入のマスクがあてがわれていたが、慌ただしい動きのせいで半分ずれかかっていた。ベッド横には血圧計と心拍計が置かれ、循環器科の師長が永渕の額を押し、下あごを上へ向けさせた。意識を失った時、舌根が沈下して気道をふさいでしまうのを防ぐためだ。

「どうしました、永渕さん。いいですか、気を静めてゆっくりと呼吸をくり返して」

政国がベッドに駆け寄り、呼びかけた。胸を押さえようとする永渕の手を取りつつ、脈を確認する。

いつも影のように張りついていた秘書室長の姿は見えなかった。祝日とあって、今日は出向いて来ていないらしい。

「落ち着いて深く息を吸って」

「胸が、胸が……」

永渕はぜいぜいとのどを鳴らし、体をのけぞらせた。政国が看護師に亜硝酸剤の投与を指示する。

「院長、このままCCUに移したほうが」

辻倉が横から決められた台詞を告げた。

「そうだな。堀君、CCUに移送だ」

「手配します」

堀と呼ばれた師長が特別室を飛び出して行った。若い看護師が、ストレッチャーを運び入れた。

別の看護師が亜硝酸剤を政国に手渡した。手の中で単なる栄養剤とすり替えてから、永渕に与えられた。

「今から心臓疾患専門の病室に移ります。もうしばらくの辛抱ですから」

政国の呼びかけに、永渕があごを揺らして頷いた。迫真の演技に、辻倉は感謝の意味も込めて永渕の手を握りしめた。

ストレッチャーに永渕を移し替え、慌ただしく特別室を出た。

点滴を持った看護師が先に立ち、政国が横についた。辻倉がストレッチャーを押し、用意されたエレベーターに乗る。

三階へ下りると、もうCCUの準備はできていた。担当看護師の渡辺祐子がドアを開き、辻倉たちに頷いてみせた。すべての用意は調っている。

CCUの室内はICUほどに広くはない。三つのベッドが置かれ、ナースステーションに近いAベッドに七十三歳になる老女が心肺機の助けを借りて横たわっていた。ひとつ置いたCベッドに永渕を収容し、直ちに心電、呼吸、脈拍等の各計器が接続される。これらのデータは、入り口横に置かれたモニターに直結され、担当看護師が一括して注視する。

「院長！」

渡辺祐子が打ち合わせたとおりに、モニターから顔を上げて政国を呼んだ。

辻倉も義父と一緒になって、モニターを隠すように彼女の両隣に立った。計器類は平常値の範囲内を示しているので、ほかの看護師に画面をのぞかれては困る。

「まずいな」

政国が室内に響き渡る声を作り、辻倉を見た。

「心室性の期外収縮ですね」

「リドカインの点滴だ。それとレスピレーターを」

渡辺祐子が準備に走った。辻倉は手空きの看護師をつかまえ、レスピレーターの準備にかかった。政国は心筋シンチグラムの用意を始めた。冠状動脈にあると思われる血栓を探し出そういう演技のためだ。

渡辺祐子が薬瓶を手にベッドへ張りつく。ラベルはリドカイン溶液でも中身は単なる栄養剤に替えられている。

処置の演技を続けながら、辻倉は急患が来ないことを祈った。ベッドはもうひとつの余裕がある。しかし、発作に苦しむ本物の患者が搬送されて来れば、そちらの治療を優先しないわけにはいかない。心臓発作は初期治療が肝心だ。実際の患者への治療を進めながら、同時に〝死の演出〟をうまく運べるものか、不安は大きい。

永渕ののどに表面麻酔薬を噴霧し、レスピレーターの準備を進める。新たな点滴が施されると、永渕はいったん息を静めた。特別室からつきそって来た看護師たちに、いくらか安堵の表情が見えた。

「家族や会社の関係者に連絡を」

政国が深刻な顔つきで指示すると、看護師は表情を引き締め直して頷き、ＣＣＵから出て行った。

Ａベッドの患者は小康状態を保っている。新たに迎えた仲間に関心があるようで、時折首だけ向けて様子をうかがっていた。

彼女の視線は気になるが、辻倉たちは演技の手を休めてひと息ついた。たとえ不審を抱かれたとしても、ＣＣＵにいる限り誰にも伝えようはなく、まずは心配ないはずだった。

渡辺祐子が用意しておいたアンプルを注射器にセットし、政国に差し出した。

「では、よろしいでしょうか」

政国が永渕の耳元で告げた。意識を奪うための薬である。

気管内挿管の真似事をしているために返事のできない永渕は、ゆっくりと目を閉じ、同意を示した。睡眠導入剤を使用したのでは、深く眠りすぎて鼾《いびき》をかく危険性もあった。そのために、寝てもらうのではなく、永渕自らが意識を失わせる方法を選択していた。

三分もすると、永渕の全身から力が抜けた。次に彼が目を覚ます時は、すでに自分の死亡がニュースとなって全国に伝わっているだろう。

渡辺祐子が内線でナースステーションに指示を出し、看護師を呼び寄せた。永渕から採取した血液を、検査に回すためである。酵素の活性状況を測定し、数値が高くなっていれば、心臓の壊死《えし》が裏づけられる。白血球数も極度に増加する。

昇圧剤や利尿剤、抗凝血薬の用意も進めた。政国が直流除細動装置をベッド際へ運んだ。心停止に近い長期の不整脈が発生した際、電気ショックで心臓の機能回復を図るためのものである。

これらの演技を目にすれば、多少の経験を持つ看護師ならば、永渕の容態がかなり悪いのだと想像できる。

今回の計画で、最も意見が分かれたのは、死亡をいつ発表するかだった。

家族が病院に駆けつける前に、永渕を手術室へ運んだのでは、いくら腎臓提供の承諾書があったとしても、少々急ぎすぎの方法だと言えた。承諾書の件を知らされていない家族が騒ぎ出すに決まっていたし、死者との対面もできないのでは、最も警戒すべき想像をされないとも限らなかった。遺体が誰の目にもふれていないとなれば、犯人側が演技だという予測をつけてしまう恐れもあった。

そこで、一人でも家族が病院に到着次第、死亡を告げることになっていた。永渕の自宅は渋谷区の松濤にあり、休日の午前中なら、三十分ほどで駆けつけられる。

ＣＣＵに移ってから三十分もすると、循環器科の師長が様子を見に来た。

「院長、ご家族の方が見えましたが」

政国が直流除細動装置の端子を手に振り向き、辻倉が決められたとおりに進み出た。

「わたしが行こう」

看護師とともにＣＣＵを出た。

廊下の長椅子に、まるで辻倉の自宅で待つ頼子と耀子をそっくり写したような、二人の女性が寄りそいながら座っていた。年かさのほうが妻の登喜子で、若いほうが長女の睦子《むつこ》である。

「副院長……」

登喜子が先に椅子から立った。化粧気はなく、皺に囲まれた目が不安を映して見開かれていた。何が起こったのだと、目が強く訴えている。セーターの上にストールを羽織り、知らせを聞いて着替えもせずに駆けつけて来たのがわかる。娘のほうもコーデュロイのパンツにセーターという軽装だった。

「院長先生は手が放せないのですか」

おまえでは役に立たない、と登喜子は言いたかったのだろう。辻倉は強い眼差しをさけて廊下へ目を落とした。

「非常に危険な状態です。冠動脈の狭窄《きょうさく》は昨日の検査によって確認はできていたのですが」

「昨日は、あくまで確認のための検査だったと聞きましたが」

夫の急変を認めたくないためなのか、辻倉たちを責める響きが感じられた。

「あるいは自覚症状があったのかもしれません。我慢強い方ですから、我々にも隠していたのでしょうか。昨日、ご主人は胸の痛みがあるとか、何か心臓に関する不安を口にされてはいなかったですか」

登喜子が悔しそうに口をつぐみ、娘と顔を見合わせた。家族の誰一人として、病人の変化に気づけなかったのか、と批判を受けたのだと思ったようだ。

「昨日の検査では何も見つからなかったのでしょうか」

娘の睦子が眉間をせばめ、わずかに責めるような口調で訊いてきた。

「狭窄の部位を特定する検査であり、冠動脈の造影検査――つまり造影剤を直接血管内へ入れて中の様子をみる詳しい検査は、もう一度水曜日に行う予定でした」

「副院長」

ころあいを見て、ドアの奥から渡辺祐子が辻倉を呼んだ。失礼、と頭を下げてからCCUの中へ急いだ。登喜子がなおも何か言いかけたが、聞こえなかった振りをしてドアの奥へ身を隠した。

時刻は午前九時五十分。犯人の指定してきたタイムリミットまで、あと二時間十分。計画はまだ半分を終えたにすぎなかった。

政国がベッドの下に隠しておいた胸当てを取り出した。昨夜のうちに政国が、薄いコルセットを切り貼りして造ったものだ。永渕の胸の上に載せ、上から毛布をかぶせれば、ちょっと見には呼吸しているとはわからなかった。

首の脈動は、気管切開をしたのだとカモフラージュするため、輸血用の血液をたっぷりと湿したガーゼとテープで隠した。唇はチアノーゼを真似て、紫色に近い薄化粧を施してある。

政国が最後の確認を終えると、辻倉たちに視線を配した。

「よし、これでいい。あとは、とにかくストレッチャーを止めないことだ。良彰君、家族が抱きつきそうになったら止めてくれよな」

「わかりました」

「いろいろとありがとう。あと少しで終わる」

院長から頭を下げられ、渡辺祐子は静かに黙礼を返した。彼女は計画後も、しばらくは警察の監視下に置かれる。

「じゃあ、行こうか」

政国と二人で神妙な顔を作り、ＣＣＵを出た。

いつのまにか、関係者の数が増えていた。睦子の隣には、夫の佐原忠志が肩を抱くように座っていた。先ほどは、駐車場に車を停めている最中だったのかもしれない。株式会社バッカスの副社長を務める長男の拓也も駆けつけ、母親の肩に手を置き立っていた。会社の重役連中もちらほらと顔を見せている。

「先生、主人は……」

政国の顔色を読み、登喜子が立ち上がって声を詰まらせた。

「残念ですが、九時五十三分でした」

「そんな……昨日まであんなに元気だったじゃないか」

佐原忠志が声をとがらせて腰を浮かせた。睦子が夫の腕の中に顔を埋めた。

「死因は、病理解剖に回さないと正確なことは言えませんが、おそらく冠動脈の閉塞による心筋梗塞にともなう心不全だと思われます。最善はつくしましたが……」

「今まで何度も検査をして、何もわからなかったのか」

佐原がまた一人で憤りの声を上げた。

「保釈後の検査で、狭窄の部位は特定できていました。しかし、病状から見て、また新たな狭窄がどこかで発生したものと思われます。おそらく自覚症状を隠されていたのでしょうね。永渕さんはいつもご家族や会社の者に迷惑をかけてすまない、と言ってましたから」

「じゃあ、本当に会長は悪かったのだと……」

休日の午前中からスーツを着込んだ重役の一人が、驚き顔になって言った。

「わたしどもも、永渕さんにはくどいほど忠告をしていたのですが、仕事ができる限りは、と笑い返されるばかりで……」

睦子が顔を両手で覆った。登喜子はまだ予想外の事態を呑み込めずにいるのか、目元を赤く染めて、夫を救えなかった二人の医師を睨み続けていた。まだ三十代に見える長男の拓也が、政国の前に進み出て頭を下げた。

「お世話をおかけしました。父の最期の顔を見せていただいてよろしいでしょうか」

政国が一度意味ありげに視線を落とし、それから顔を上げた。

「大切なご家族を亡くし、お気落としの時に大変心苦しいのですが……。永渕さんのご遺志でもありますから、直ちに腎臓の提供をさせていただきたいと思っております」

「腎臓って何の話です」

驚きに拓也の語尾が跳ね上がった。

「永渕さんからお聞きになっていたと思うのですが、あの方は昨年末――ちょうど逮捕の少し前になると思うのですが——臓器提供の意志を固められ、承諾書にサインをなさっております」

「母さん、聞いてるか？」

拓也が登喜子に向かい、姉にも視線を移した。登喜子が決然と首を振った。

「わたしは聞いてませんよ、院長」

政国が驚いたような演技で登喜子を見た。

「しかし、奥様の署名も確かに……。どなたもお聞きではなかったのですか」

「相談も受けてませんが」

登喜子が目元に当てようとしていたハンカチを握りしめた。辻倉は後ろから政国に話しかけた。

「しかし、もう移植ネットワークセンターに連絡を」

「待ってください。父は脳死になったわけじゃないですよね。だったら、どうして臓器の提供など」

少しはドナーカードについて知識を持っていたらしく、拓也が疑問を口にした。

「永渕さんは心臓に持病を持っておられました。だから、脳死の際の提供だけではなく、心停止の際にも腎臓と角膜の提供をしたい、と」

「しかし、我々は何も聞いてないいんだ」

佐原が長椅子から立ち上がると、ちょうどうまいタイミングで、廊下の奥に宮鍋師長が現れた。渡辺祐子からの内線を受け、昨日永渕がサインしたばかりの承諾書を持って来たのである。

政国がそれを家族に示し、恐縮しながら説明を続けた。

「永渕さんの遺志でもありますし、すでに移植ネットワークセンターへ連絡ずみですので、今ごろはもう移植を待つ患者さんにも連絡が行っているかと。大変心苦しいのですが、移植を心待ちにしている患者さんのためにも、直ちに腎臓と角膜の摘出手術を行いたいのです」

「あんたは死んだ者の体をもう切り裂くつもりか」

佐原が大柄な体を揺すって声を張り上げた。妻の家族の前で、奮闘しておかねばならない理由でもあるのか、と勘ぐりたくなるほどの過剰反応だった。

「どうかご理解ください。臓器の摘出は早いほど移植の成功につながります」

「院長、どうしてわたしに相談してくれなかったのです」

はっきりと政国を責めて、登喜子は言った。

「まさか家族の署名まで勝手になさるとは思いもしなかったものですから……。手術は簡単ですので、一時間もあれば終わります。傷も最小限度ですみます。体をいたずらに傷つけるわけではありません」

登喜子が拒否の姿勢を表すかのように、政国の前で顔を背けた。

「お気持ちはわかります。しかし、永渕さんの無念の死が、病気に苦しむほかの患者さんの命を救うのです。永渕さんのご遺志を無駄にしないでいただけませんか、登喜子さん」

「あんたはまだ言うのか」

後ろから進み出ようとした佐原の前で、拓也が登喜子の横に近寄った。

「父とはそれまで会えないのでしょうか」

母親の腕を抱き、拓也が静かに言った。佐原と比べるなら、頼りない声と態度だったが、それだけに深い悲しみが垣間見えた。

「申し訳ないですが、CCUの中にご家族をお入れするわけにはまいりません。かといって、これから最上階の特別室に場所を移したのでは、少し時間がかかりすぎてしまいます。できれば、今すぐ手術室のほうに移したいと考えています。摘出は早いほどいいのです。お願いです。どうか永渕さんのご遺志を無駄にしないでください。今こうしている間にも、移植を待ち望んでおられる患者さんがいるのですから」

言葉を返す者はいなかった。誰もがわき起こる感情をこらえるかのように、うつむいていた。

「母さん。父さんの最後の願いじゃないか」

息子にささやかれ、登喜子が決然と顔を上げた。政国に向かって腰を伸ばして言った。

「わかりました。主人の遺志です。どうか役立ててやってください」

辻倉はひざから力が抜けるような安堵を覚えた。これで永渕を手術室へ運べる。

「ありがとうございます。永渕さんもさぞや喜んでいることだろうと思います。――宮鍋君、手術室の用意を」

政国が指示を出すと、いよいよ出番が来たかというような力強い眼差しが返ってきた。彼女は近くにいた看護師を呼び止めると、廊下をふさぐように立っている会社関係者をかき分け、階段へと駆け出した。

「手術は頼めるな」

「わかりました」

政国に頷き返すと、辻倉はいったんCCU内へ戻り、渡辺祐子とともに永渕の体に施された計器類の端末を外した。

これからが最大の難関である。

家族を引き連れながら手術室まで移動するのだ。ストレッチャーを止めずに押し、まずはエレベーターまで緊張を強いられる時間が続く。

廊下に出ると、待ち受けていた家族がストレッチャーの両脇に群がろうとした。抱きついたり、すがりつこうとする者があれば、すぐにでも制止できるように身構えながら、ストレッチャーを脇から押した。

廊下の奥に、一人だけぽつんと離れて立っている男がいた。

秘書室長の坂詰史郎だった。家族への配慮もあったのだろうが、会社の重役たちとも距離を置いて、まるで遠くから眺めていたほうが医師たちの態度を見極められるとでも考えているかのようだった。

坂詰の視線を意識しつつ、ストレッチャーを押して歩いた。登喜子と睦子は永渕の顔を見ているのがつらいのか、やがて足取りが遅れた。妻を支える佐原も足を止めた。拓也だけが父親のそばを離れまいと、横について歩いた。

看護師が扉を開けて待ち受けていたエレベーターにストレッチャーを押し入れた。政国が拓也の前に立ち、隣のエレベーターを示した。ついでに若い看護師も制してから、最後に辻倉がケージに乗った。

扉が閉まると、期せずして三人の口から吐息が洩れた。ここまでは順調だった。あと十メートルほど廊下を進めば、永渕の身柄を関係者の目から隠すことができる。

二階に到着した。

扉が開き、知らせを聞いて集まって来た看護師と医師たちが出迎えた。辻倉は目眩《めまい》を感じた。ストレッチャーを押そうとした手がすべりかけた。

待ち受けていた看護師の中に、溝口弥生の姿があったからだ。

まだ彼女は病院にいた。

内視鏡検査などもう終わっていて当然だったが、まだ彼女は帰ろうとしていなかった。しかも、永渕の遺体をわざわざ手術室の前で待っていた。

政国は弥生の顔を覚えていなかったらしく、ストレッチャーから手を離した辻倉へ注意をうながすような目を向けてきた。

きっとどこかで警察が彼女を見張っている。気を取り直してストレッチャーを押した。隣のエレベーターから家族が歩み出て来て、永渕に近寄ろうとした。そこへ政国が器用に体を割り込ませて接近を防いだ。

「準備、できています」

手術室から宮鍋師長が現れた。彼女はもう手術着をまとっていた。休日なので手術科の看護師は出勤していない。執刀医にメスなどの用具を手渡す役目を〝機械出し〟と呼ぶが、緊急手術で担当看護師の手が足りない場合、経験豊富なベテランが務めることになっていた。この場にいるベテランとなれば、宮鍋師長になる。

永渕を乗せたストレッチャーを、第二手術室のサポートルームに通じるドアの前で、いったん停めた。

「では、摘出手術に入らせていただきます」

「よろしくお願いいたします」

登喜子が丁寧に腰を折ると、家族がそれにならって頭を下げた。会社関係者がいつのまにか減っているのは、葬儀の手配に向かったのだろう。

「ぼくが手伝いましょうか」

若い派遣医師が進み出て来た。

「いや、手間取る手術ではないし、副院長一人で充分だろう。君は待機していてくれ」

政国がそつなく制止し、辻倉に向かった。

「あとは頼むぞ」

政国には、やがて押しかけて来る警察と報道陣に向かうという難事が残されていた。

目を見交わしてから、辻倉は永渕のストレッチャーを押した。登喜子が名残惜しそうに歩を進めかけた。睦子の泣き声がひときわ大きくなった。

辻倉の胸に、少なからぬ後ろめたさがわいた。患者の生死を偽るなど、医師としては絶対に許されない行為だった。自分は今、親であるために医師としての規範を踏み越え、過去の経歴と永渕の家族の感情を傷つけようとしている。固く目を閉じた辻倉の背後で、サポートルームの自動ドアが閉まった。

「どうにか突破できましたね」

待ち受けていた宮鍋師長が険しい表情を変えずに言った。

「もう少しだ。最後の仕上げにかかろう」

永渕を第二手術室へ運び入れた。手術着を羽織り、手袋をはめた。貴重な輸血用の血液を使い、メスを始めとする用具類やガーゼなどを汚していく。あとで看護師が始末をする時、血が付着していなかったのでは、永渕の体にメスを入れなかったことが露見する。

慎重に、手術で使うはずのものすべてに血液を付着させた。消毒のための薬液も使った。臓器保存用のユーロコリンズ液も用意した。手術着やシーツにも、それらしい汚れをつけることを忘れなかった。

摘出した腎臓や角膜を収めるための保冷器も用意してある。これはあとで警察が押収するので、細かな細工の必要はなかった。

「これで終わりですね」

宮鍋師長が、緊張のためか、紅潮させていた頰をほころばせて辻倉を見た。

「ありがとう。君たちには何とお礼を言っていいかわからない」

「わたしたちは看護師ですよ。人の命を救う手助けをするのが仕事じゃないですか。きっと恵美さんは帰ってきます。わたしは信じてます」

そう、信じるしかない。あとは犯人が永渕の死を確認し、恵美が解放されるのを。

しかし、同時にそれは矛盾に満ちた思いでもある。

誘拐という卑劣な手段を使ってきた憎むべき犯人を信じるしかない。邪魔者を消そうと罪なき十七歳の娘を誘拐してきた犯人に、ひとかけらの良心が残されていることを……。

――恵美。父さんたちはやるだけのことをやった。だから、あともう少しの辛抱だ。

病院は多くの祈りに満ちている。辻倉も今、ただひたすら祈りを捧げ、時を待つしかすべを持たない無力な一人になっていた。

17

十時四十五分を超えたところで、手術室の外がにわかに騒がしくなった。予定どおりの動きだった。

永渕死亡の知らせを受けた警察が病院を訪れる、という最後の仕上げが始まるのだ。

十時五十分まで待ち、辻倉はもう一度最後の確認をすませてから、宮鍋師長と頷き合った。

どこにもミスはなかった。この手術室の様子を見れば、腎臓を摘出したのだと誰もが思う。たとえ病院の内部に犯人の目があろうと、必ず欺ける。

サポートルームに入ると、待ち受けていたかのように正面のドアが開いた。

政国のすぐ後ろに、見たこともない二人の男が立っていた。特殊班の刑事だ。その後ろには、何が起こったのか理解できずにいる永渕の家族の姿が見えた。

刑事たちはすでに、永渕の死に不審な点が見られるとして、遺体を預からせてもらうという申し出を伝えている。刑事被告人という立場にあるため、永渕の病状は警察も注目していた。発作の兆候が見られず、死因に疑問があるのではという通報も入った。そう説明がされたはずだ。

「院長、このおふた方は？」

決められた台詞を告げると、年輩のほうの男が近寄り、警察手帳を提示した。

「警視庁の光丘《みつおか》です。実は、永渕孝治さんの死亡に不審な点が見られるという通報を受け、確認をさせていただいております。院長先生からお話を聞こうとしたのですが、どうも曖昧《あいまい》な点が見られますので、遺体を調べさせていただきたいと思います」

「いったい何の話です。不審な点とはどういうことです」

もう一人の男が光丘の横に並んだ。

「警察病院で永渕さんを診察させていただいた春日《かすが》といいます。院長がカルテの開示をしてくださらないので、十時二十五分、裁判所に鑑定処分許可状と証拠保全の手続きを申請しました」

「捜索と証拠物件押収の令状が出ましたので、永渕さんの遺体とカルテ類は我々に提出していただきます」

「何を言ってるんだ、あなたたちは。お義父さん、これはいったい……」

「わけがわからんよ。何かの間違いに決まってる」

永渕の家族や周囲を取り巻く看護師たちに聞かせるための演技だった。保冷器を手にした宮鍋師長がサポートルームに顔を出した。

「動かないで」

すかさず光丘刑事が声をかけた。

「摘出した臓器も預からせていただきます」

「待ってください。今もこの腎臓の到着を心待ちにしている患者がいるのですよ。どこに不審な点があるのか知らないが、腎臓まで差し押さえられたんじゃ、何のために摘出したのかわからなくなる」

「移植ネットワークセンターには、すでに我々のほうから話を通してあります」

別の刑事が廊下から現れ、驚きに身をすくませる宮鍋師長の手から保冷器を押収した。

「院長、あんたは父に何をしたんだ」

また佐原が廊下で何か言っていた。ほかの家族はまだ事態をよく呑み込めず、茫然《ぼうぜん》と成り行きを見守っている。

光丘刑事が手で合図を送ると、警官たちが次々と手術室へ入っていった。

永渕を乗せたストレッチャーが運び出された。家族がそれに取りすがろうとしたが、刑事たちに制止された。

休日には顔を見せることのない事務長が、廊下の奥から駆けて来た。永渕の死亡を聞きつけ、すぐに報道陣が詰めかける。そう言って政国が呼びつけたのである。彼はストレッチャーを押す刑事たちに気づき、驚きに視線を奪われ、廊下の途中で立ちつくした。

「院長、これはどういう……」

「わからん。何かの間違いだろう」

「下で報道陣が会見を開いてくれと騒ぎ出してますが」

「知るか。警察に聞いてくれ。おれは何も喋らないぞ」

永渕を乗せたストレッチャーがエレベーターの中へと消えた。家族や関係者が階段のほうへと移動を始めた。

この先は、政国と二人で事情聴取を受ける真似事をしないといけない。記者会見を開いて辻倉たち病院の責任者や警察の口から、永渕の死を告げるわけにはいかないからだ。

事務長はまだ政国に何か言い続けていた。警官によって手術室が閉じられ、現場保存のために黄色いテープが貼られていく。看護師が宮鍋師長のもとへ集まり、何事か相談を始めていた。

滞りなく、すべての芝居が終わった。

もう自分たちにできることはない。

辻倉は軽い虚脱状態に包まれながら、ぼんやりと警官たちの様子を眺めやっていた。

「大変な騒ぎになりましたね」

背中から男の声がかけられた。後ろに誰かが近づいていていた。

慌てて振り返った。秘書室長の坂詰史郎が無表情に辻倉を見ていた。てっきり家族と一緒に下へ降りて行ったものと思っていたが。

坂詰は辻倉の視線をとらえ、ゆっくりと一歩間合いを詰めた。

「やけに警察の動きが早かったですね」

「……何を言いたいのかわからないが、言いがかりにもほどがある」

「そう、わたしにも警察がなぜこれほど早く動き出したのかはわかりません。ですが、納得のいかない点は、わたしにもあるんです。どうしても腑に落ちない点が、ね」

いわくありげに言葉を切り、坂詰は反応を確かめるように辻倉を見た。

「君まで、何を……」

「わたしはどうも人より鼻が利くのか、昔からにおいには敏感でして。もう三年前になりますか、わたしの母が胃の摘出手術を受けたことがあるんです。癌におかされましてね。その時、消毒のための薬品のにおいがやけにきつく辺りに漂っていて、ずいぶんと鼻についたのを覚えてます。——ところが、今日はまったくと言っていいほどに、におっていない」

心臓を鷲づかみにされたような痛みが胸を走り抜けた。全身から血の気が引きそうになる。

「血のにおいに消されたというのなら、話はまだわかります。しかし、会長の心臓はもう止まっていて、体にメスを入れても出血はそう多くなかったのでしょうね。副院長の体から血のにおいはそれほどしていませんから。摘出した腎臓は、別の患者の体内に移植されるのだから、無菌状態を保ちたいはずで、消毒をしないわけがない。ところが、あの独特のにおいが、ほとんどしていない」

「君の母親がどこの病院で手術をしたのか知らないが、病院によって使用する消毒剤には違いがあるものだよ」

「忘れたんですか、先生。母もこの病院で手術を受けたじゃないですか」

あまりにも迂闊な答えを返してしまった。スポンサー企業であるバッカス・グループの社員なら、うちの病院を利用していて当然だった。

「昨日の急な検査。その直後から会長がなぜか目に見えて鬱ぎ込むようになった。さらには薬品のにおいがまったくしない手術といい、不可解なことだらけだ」

足元からすべてが崩れていく気がした。体が揺れたように思い、ひざに力を込めた。「においい」にまでは考えが及ばなかった。無香性のクロルヘキシジンを手術時の手洗いに使っていたが、患部や器具に使用する消毒液には独特のにおいがあった。血液とともにガーゼを浸しはしたが、使った総量は多くない。

「副院長、あなた方は会長に何をしたんです」

綱渡りのロープが切れ、宙に投げ出されたみたいだった。廊下の壁に手をつき、体を支えた。

「さっき来た刑事の中に、昨日工務店か何かのジャンパーを着て病院内をうろついていた男がまぎれてましたよ。となると、警察もあなたたちと組んでいたことになるのか。まったくわけがわからない。会長は本当に……」

「坂詰さん」

 肩をつかまれ、坂詰が後ろを振り返った。政国と並んで見慣れない男が険しい表情で立っていた。

「お話は我々が聞きましょうか」

男が警察手帳をかざして小声で言い、坂詰の腕を取った。

「何する気だ」

「どうぞ、お静かに。ゆっくりとご説明をさせていただきます。ですから、どうか我々とご同行ください」

「おれが何したって言う。あんたらこそ何を企んでる」

「騒ぎ立てると逮捕しなくてはなりません。人の命がかかっているのでね。どうかご理解を願います」

有無を言わせぬ口調で坂詰に迫ると、廊下の奥から二人の制服警官が近づいた。たじろぐ坂詰を囲むように詰め寄った。

「大丈夫だ。あとは彼らに任せよう」

政国が辻倉たちの様子に気づき、刑事を呼んでくれたのだった。

「だいぶ顔色が悪いぞ。先に院長室で休んでいていい。ただ、下は騒ぎになってるから、ロビーはさけて通れと言われた。見つかったらことだからな」

連行されていく坂詰の後ろ姿を見送ると、辻倉はエレベーターと正面階段をさけ、第二病棟に近い北階段へと回った。すべてをやり遂げたはずなのに、不安が胸をむしばんでいた。あの坂詰にも気づけたのだから、看護師の中にも「におい」から不審を抱く者がいたとしてもおかしくはなかった。昨日の検査もデータはすでに偽造してあったが、院長と副院長が自ら慣れない検査を行うのは異例で、永渕の突然の発作と結びつけて考える者が出てくるかもしれない。

犯人は〝死の演出〟を本当に信じるだろうか。もうニュースは伝わったか。彼らはどうやって永渕の死を確認するつもりでいるのか。

次々と不安が手足にまとわり、柔らかいものの上でも歩いているかのように足元が頼りなかった。手すりに身を預け、リハビリに向かう老婆のような足取りで階段を下りた。一階までが遠く感じられた。

ふいに、背後を足音が追いかけて来た。

刑事だろうと思って顔を振り上げた。階段の途中だったら、その場から転げ落ちていたかもしれない。白衣の下からのぞく細い女の足が、目に飛び込んできた。

「お疲れさまでした」

彼女は笑みさえ浮かべ、辻倉に優しげな声で告げた。

「君は……まだ、帰っていなかったのか」

「永渕さんが突然お亡くなりになったと聞きましたので。わたしに何か手伝えることがあればと……」

溝口弥生が、まさに天使を感じさせるような無垢で清楚に見える微笑みを浮かべ、辻倉に近寄って来た。

警察が監視しているのではなかったのか。

階段を見上げた。どこに刑事がいる。なぜこの女はしつこく病院に残り続けようとしているのだ。

「先生、顔色がずいぶんと……」

女が浮かべていた笑みを消し、心配そうな顔に替えて細い眉を寄せた。

この顔にだまされてはいけない。演技に決まっている。そうでなければ、なぜ自分にだけ優しげな顔で近づこうとするのか、理由がわからなかった。

「よせ」

あとずさり、近づこうとする女から顔を背けた。

「あの、本当に大丈夫でしょうか。顔色が……」

辻倉の声が耳に入らなかったかのように、女がまた階段を下りた。

「ほっといてくれと言ってるんだ」

抑えようとしたが、声がほとばしった。疑心が不安を呼び、ひた隠しにしていた怯えをあおっていった。

「先生……」

手ひどい裏切りを受けて悲しむ少女のように、女が顔をゆがめた。だまされるな。取り繕った仮面の下で、したたかな計算を抱くのが女なのだ。

「なぜなんだ？」

言ってはならない、と叫ぶ声が聞こえた。しかし辻倉は自制できず、女に向かった。

「どうしておれに近づく」

「ただ、先生の手助けができれば、と……」

まだこの女はごまかそうとしていた。許せなかった。いじらしく優しげな笑顔で近づけば、病院内での地位に汲々として鬱屈を抱え込んだ中年男など手玉に取れる、と思い込んでいる。

「嘘を言うな。誰に頼まれてこの病院に来た！」

言ってはならない。この女が犯人の手先だった場合、取り返しのつかない事態に陥る。しかし、これほど疑わしき女を、このまま放っておくことはできなかった。

「前の病院のほうが、うちより条件はよかったそうじゃないか。なぜわざわざうちに移って来た。どうしておれに近づこうとする」

女の見開いた目から大粒の涙がこぼれ落ちた。言葉でごまかせないと悟り、今度は泣き落としにかかってきたか。

「なぜ黙ってる。どうして答えない」

女の腕をつかんで揺すぶった。女の体から力が消え、その場にくずおれていった。泣いて無垢な女を演じれば、男の追及を逃れられると計算している。

「立て。どうしてここへ来た」

「副院長、やめてください」

後ろから誰かに突き飛ばされた。白衣を着た看護師だった。

弥生しか見えていなかった視界が、急に広がっていった。

廊下に人が集まっていた。階段の上からも、刑事らしき男が駆け下りて来るのが見えた。

辻倉と弥生の間に割って入ったのは、救急外来のベテラン看護師だった。彼女は弥生の名前を呼んで肩を抱くと、横から支えて立ち上がらせた。はたから見れば、若い看護師を一方的に責め立てているとしか見えなかっただろう。

羞恥《しゅうち》に身を焼かれた。ここまで来て、失敗につながりかねない軽はずみな行為に出てしまった自分が悔しく、唇を噛んだ。人々の視線が我が身への非難となって突き刺さった。

同僚に肩を抱かれた弥生が、一切の感情も読み取れないような虚しさに満ちた目で、辻倉の姿をとらえ、通りすぎていった。

彼女の力ない目が、辻倉の記憶の根を揺さぶった。

今の目に、自分は見覚えがある。あれは、いつだったか。よく似た眼差しで見つめられた記憶が、ある……。

忘れかけていたある場面が水底からわき上がるように甦り、記憶の泡が胸で大きく弾け飛んだ。

18

院長室へこもり、光丘刑事とただすぎていく沈黙を見つめた。永渕の死因に問題があるので事情聴取を受けているという演技のためだ。

すでに永渕は警察病院へ移送され、家族と関係者もそちらへ向かった。ただ一人、坂詰史郎だけは地元の野方署へ同行してもらい、詳しい事情説明をしている最中だから安心してもらいたい、と教えられた。

報道陣は今も病院を取り巻き、警察と病院関係者からの正式なコメントを引き出そうと躍起になっていた。続けざまに内線が鳴ったが、政国は受話器を取らなかった。院長と副院長が警察から話を聞かれているのだから、マスコミの騒ぎようは想像にあまりある。

すでに病院関係者から永渕死亡の証言を取りつけたテレビ局が、臨時ニュースを流したという報告も、光丘刑事の無線を通じて入ってきた。少なくとも〝死の演出〟は狙いどおりの効果を上げ、死亡のニュースが独り歩きを始めていた。

いつまでこの院長室に留め置かれるのか。辻倉は疲れきった体をソファに預け、焦燥感に耐えた。政国も祈りを捧げるようにじっと目を閉じ続けていた。

犯人が指定してきた正午を迎えた。

五分がすぎても、朗報はもたらされない。タイムリミットになったからといって、犯人が直ちに恵美を解放するという裏づけはなかった。ひたすら時を待つだけ。恵美が解放されるか、犯人からの新たな指示が入るか、を——。

一時が近くなると、辻倉たちの吐息をためてその場の空気が確実に重みを増した。恵美はまだ犯人たちのもとにいるのか。永渕の死を確認した犯人は、いつどのような方法で恵美を解放するつもりなのか。

無線で本部と連絡を取っていた光丘が、辻倉たちに視線を戻した。その目に期待していた高ぶりはうかがえず、術後の経過を見据える医師のように深刻そうな表情を崩さなかった。

「あとは犯人の出方を待つだけになります。念のため、あなた方の聴取をまだ続けているという形を取ったほうがいいだろうということになりました。お疲れでしょうが、院長先生にはまた我々とともに野方署のほうへご同行いただきたいのです。お願いできますでしょうか」

警察はまだ演技を続け、少しでも犯人に与える信憑性を高めようとしていた。そうすることが恵美の身の安全につながるのであれば、政国としても拒めるものではなかった。

「君は家へ帰り、耀子のそばについていてやってくれ。頼むぞ」

光丘たち刑事に先導されて、通用口へ向かった。警官たちが駐車場を囲んでいたが、こちらの動きに気づいた報道陣が押し寄せていた。通用口を出たとたんに、ライトが浴びせられ、フラッシュが一斉に焚かれた。

「院長、死因を教えてください」

「警察からは何を訊かれました」

怒号にも近い質問が飛び、警官もろとも、もみくちゃにされた。すべてが演技だと知らされた時、彼らはどんな反応をするのか。今から恐ろしさがつのってくる。

政国とは別の車に導かれた。パトカーのクラクションが連打された。フラッシュの明滅の中、車が動き出した。あとをつけようとする車があったが、警官に制止されていた。

安堵感は微塵もなかった。もしかしたら事件の幕はまだ上がったばかりではないか、という予想もしなかった思いが、辻倉の胸を冷やしていった。

途中で義父の乗ったパトカーは見えなくなった。おそらく野方署にも報道陣が駆けつけているのだろう。

自宅の前にマスコミの車は待ち受けていなかった。地下駐車場から刑事とともに玄関へ上がると、伸也が廊下に飛び出して来た。

「うまくいったみたいだね。お昼のニュースで見たよ」

憔悴した父を気遣い、無理して笑顔を作っていた。寮生活を始めたこの二年で、伸也は驚くほど大人になった。

息子に背中を押されて居間へ向かった。耀子と頼子がテレビを食い入るように眺めていた。ちょうど昼のワイドショーで永渕死亡のニュースに切り替わったようだ。

「お疲れさま」

頼子が視線を振った。電話の前にひかえていた二人の刑事も黙礼を送ってきた。耀子だけが、そこに娘の消息が流れるはずだと信じるように、画面から目を離そうとしなかった。病院の前でレポーターが何やら大事件の発生をあおり、視聴者の関心をかき立てようと思わせぶりな言葉を並べていた。

画面が切り替わり、ロビーで報道陣に取り囲まれる事務長の姿が映し出された。

「永渕さんの死因に不審な点があるそうですが」

「そんなことは断じてありません。警察はあくまで確認のために見えられたのです」

「しかし、警察が永渕さんの遺体を押収したんですよね」

「永渕さんが刑事被告人であったために、警察のほうでも確認をする必要があるのだと聞いています」

「確認のためだけに、わざわざ司法解剖までしますかね」

「言葉は正確に使っていただきたい。永渕さんは行政解剖に回されたのです」

必死になって取り繕う事務長の姿を見ているのがつらかった。何も知らない彼は、懸命に病院を守ろうと奮闘を続けているにすぎなかった。

「着替えてくる」

辻倉ともうあまり背の変わらなくなった息子の肩をたたき、居間をあとにした。

二階へ上がると、書斎のドアを押した。二時間前から気になってならないことがあった。

棚の中から過去の診療記録を抜き出した。

カルテのように正式な記録ではない。医療に関する簡単な日記のようなものだ。病院で感じた雑感から治療上の注意書きまで、気になったことをすべて書き残しておけばあとで必ず財産になる。学生時代の恩師から必要性をたたき込まれたせいで、医師になってからというもの、今日まで欠かさずに書き続けてきた。すでにノートは三十冊を超えている。

記憶をたぐり寄せてノートを開いた。患者名はほとんど記されていない。医師は患者を名前よりも病名や病状で覚えているケースが多い。病院以外の場所で、時にかつての患者から声をかけられることがあるが、名前を言われて思い出せなかった場合でも、病名を言われたり、手術の痕を見せられたりすると、不思議なほど鮮やかに当時のことが思い出されるのだった。

やはり、目指す箇所にも患者の名前は書かれていなかった。ただ「少女」とだけ記されていた。

辻倉はいったん駐車場まで階段を下りた。そのまま地下の通路を歩き、政国宅へ向かった。

一階北側の十畳間が、資料室になっていた。この地に辻倉診療所が開設されて以来の、すべてのカルテが保存されている。

医師法により、カルテは五年の保存義務が課せられている。患者の過去の病状を知るために必要とされる以外にも、万一の医療事故が判明した時に備えるためでもあった。

保存期限のすぎたカルテは、処分してもかまわないのだが、政国はここにあるカルテこそが自分たち夫婦と病院の歴史だと言い、大切に保存を続けていた。地域に根ざした医療を目指すからには、親族の過去の病状まで把握し、治療に役立てたほうがいいという政国の考え方は理解できた。

室内は、カルテの詰まった袋の並ぶ棚で埋められている。あいうえお順の男女別に分けられ、毎年期限の切れたカルテを病院から持ち帰っては、辻倉も義父母とともに整理をし直していた。

辻倉は、「ま行」の棚を調べていった。

溝口弥生のカルテはなかった。少女時代と名字が変わっているのだろうか。

時間はかかるが、調べ出すには「あ行」からすべてを見ていくしかなかった。「弥生」という名前だけを頼りに、カルテを最初から順にひっくり返していった。何万枚がここに収められているだろうか。

内線電話で、自宅の居間にいた刑事に場所を告げた。どうせ今は待つしかないのだ。

途中、「か行」に乱れがあったのは、最近になって政国が調べものをした跡だろう。こうして今も古いカルテが患者の治療に役立っている。

目指すカルテは、「さ行」に入ったところで見つけられた。

三枝《さえぐさ》弥生。

大腿部の打撲と――陰部裂傷。

間違いなかった。弥生という名前を覚えていなかったとしても仕方はない。もう十二年も昔になる。

十二年前、辻倉たちの前で決して心を開こうとしなかった十五歳の少女。残酷な現実を受け止められず、固く心を閉ざし続けた少女が、最も傷つき苦しかった時に手を貸してくれた医師と一緒になって働くため、看護師となり、わざわざ条件のよい病院を辞めて移って来ていた。

すべてが納得できた。高校時代の留年も、あの時の事件が尾を引いていたのだ。名字が変わらざるを得なかったのも、おそらく彼女の事件が影響していた。父親と離れて暮らすようになった彼女は、母方の姓に変わったのだろう。

彼女の不可解な行動も、純粋な気持ちからだったのだ。辻倉良彰という、十二年前の自分を懸命に力づけようとしてくれた医師と一緒に働きたい、少しでも手助けをしたい、だから辻倉に特別な目を向け、優しく接してきていた。

以前治療した患者が、看護師となって自分を手伝いに来てくれた。医師としてこのうえない喜びのはずだ。しかし、辻倉は気づかなかった。それどころか、彼女の気持ちを踏みにじるような行為を返していた。

娘の誘拐に気を取られていた、というのは理由にもならない。言い訳にすぎないのは、辻倉自身が理解していた。

自分は、大人の薄汚れた視線で弥生を見ていた。彼女を看護師としてではなく、なぜか自分に近づこうとする不可解な若い女としか見ていなかった。だから、彼女の本当の気持ちが読み取れなかった。

目を閉じると、十二年前の弥生の視線と、辻倉たちを冷ややかに見る恵美の視線が、瞼の裏で重なった。

第二章　十九歳の誘拐

1

二〇〇二年二月十一日（月）夜

フロントガラスの前方を、三浦半島へ向かう私鉄電車が通りすぎた。

国道が再び私鉄に沿って走るようになると、右手になだらかな丘陵が広がり、住宅地の窓明かりが星のようにきらめいて見えた。距離を置いたあの宅地の上からなら、港の夜景もたぶん美しく眺められるだろう。

いや、県警本部の窓から見える夜景も捨てたものではない。何しろ横浜港の大桟橋に近い運河沿いに、神奈川県警本部は建っている。ランドマークタワーやベイブリッジは目と鼻の先で、山下町のネオンだって眼下に見下ろせる。恵まれた環境には違いなかった。

現場へ向かう覆面車の助手席で、加賀見幸夫《かがみゆきお》は首の後ろを揉みほぐした。港の近くに住みながら、もう何年も夜景を楽しむような心のゆとりとは無縁に生きてきた気がする。饐《す》えた臭いの漂う倉庫裏、赤錆の浮いたコンテナ、運河に浮く魚の死骸、酒に酔った男たちの怒号……。加賀見の知る港の夜は、殺伐とした暗い輝きを放っていた。

景気は二月の夜明け前より冷えきり、港湾労働者は仕事を奪われて殺気立ち、監視を強化しているにもかかわらず不法滞在外国人は増える一方で、よってたかって犯罪発生率を押し上げている。しかし、取り締まる側の増員は、たとえ図られても後手に回り、検挙率の低下となって加賀見たちの尻をたたき続けた。

今日も県内の信用金庫に脅迫状と青酸ソーダに見せかけた胃腸薬の錠剤を送りつけてきた無職の男を挙げ、久しぶりに我が家でくつろげそうだと思っていたところに、またもや出動指令が入ったのだった。

『……こちら小橋《こはし》。金沢署に捜査本部が開設された。そっちは今どこだ』

加賀見は我に返ってデジタル無線のマイクを手にした。事件の発生と同時に、県警に割り当てられたＶＨＦ帯の中から専用の周波数が決められ、通常のパトカーなどには交信内容が伝わらないようになっていた。

「金沢区に入りました。あと十分ほどで被害者宅へ到着できます」

『金沢署が裏の家に話をつけた。川上洋吉宅だ。呼び鈴を押して県警の者だと名乗ればわかるようになってる。ただし、暴力団による商店街の脅迫事件だからな、そのつもりで口止めをしておけ。いいな』

「詳細は確認できたのですか」

『通報者の携帯を、こちらに回してもらった』

デジタル携帯電話なら、よほど技術に長けた者でない限り、傍受はまず不可能だった。

『通報者は、根本俊雄《ねもととしお》、四十五歳。住所は南区中里二の十八の……』

後ろの席で、大熊加世子が手帳にメモを書き込み始めた。

『株式会社全日物流に勤める会社員だ。確認は取れた。最初に犯人からの電話を受けたのは、彼の妻で文江《ふみえ》、四十一歳。午後五時に被害者と店番を交代して、そろそろ店じまいにしようかと考えていた八時五十分ごろに電話があった。不安になって夫を呼び寄せたところに、例の品がバイク便で到着した』

「両親はどうしてるのです」

『家族は入院中の祖父だけだそうだ。両親ともに死亡している。根本夫妻は、死んだ母親の妹夫婦に当たり、同居はしていない』

「すると、今は一人暮らしだった、と……」

『そういうことだ』

相づちを返す小橋警部の声にも同情の念がまざっていたように聞こえた。

加賀見の胸にも人質への同情心はわいた。と同時に、なぜ、という疑問のほうが強く胸に浮かんだ。

両親を早くに亡くし、たった一人の身内である祖父は入院中。しかも、被害者は十九歳になる大学生の青年で、自宅は駅近くで書店を経営している。誘拐のターゲットにされるような家とは思いにくい。

小橋警部から事件の一報を耳打ちされた時、加賀見は手足の先の血管までが脈動するのを感じ取った。誘拐という大きな事件だったからもあるが、さらわれたのが十九歳になる大学生だと知らされたからだ。瞬間、加賀見は十七歳になる自分の息子を思い浮かべた。

自分も人の親なのだな、と加賀見は思う。警察官の息子には、独特のプレッシャーがある。父親も警察官だったために、加賀見は身をもって理解していた。警察官の息子なのだから、世間の規範となって当然、正義にもとる行為は許されない。面と向かって口にする者は少なくとも、暗黙の了解という見えない重圧が、いつしか子供を何重にも取り巻く。

かつて身をもって体験したからこそ、加賀見は孝典《たかのり》によけいなプレッシャーを与えないように注意してきたつもりでいる。しかし、身内より世間の眼差しのほうが影響力は強い。高校へ進学し、成績が下降線をたどっていくとともに、息子の服装が一変した。男のくせに、ピアスの穴を耳にいくつも開け、家族を見る目に力がなくなった。

法律に触れない限り、服装などは人を計るものさしにもならない。無理して加賀見は息子をたしなめずに見守ろうとした。たまたま捜査一課へ戻り、家にはただ寝に帰るような毎日が続いた。

息子と腹を割って話したのは、いつ以来になるか。進路のこともあった。妻からもうるさく言われていた。しかし、この事件でまた当分、家には帰れそうになかった。

「所轄は被害者宅に入ったのですね」

通常、所轄が事件を確認してから本部が置かれ、本格的な捜査に入る。被害者宅に送られてきたバイク便の中身から、誘拐はほぼ間違いない状況になっていた。

『今岡という警部補が、被害者宅で話を聞いている最中だ。彼らも裏から入ったから、まず心配はない。特捜車もそろそろ到着する』

「こちらも一度、被害者宅の前を流してから、入ります」

『了解。慎重に頼むぞ』

マイクを置き、運転席の矢島勝に指示を出した。県警本部をほぼ同時に出た特殊捜査車両は、先に現場へ到着していた。

誘拐事件の場合、犯人が被害者の自宅を監視しているケースがある。警察が事件に関与するかどうかを確認するためである。

今回の脅迫電話では、警察に通報するな、という指示はなかったと聞く。だからといって、警察の関与を歓迎する奇特な犯人はいない。被害者宅が監視されている可能性は捨てきれず、そのために不審な車両や人物が周囲にいないかどうか、暗視カメラをはじめとする録画機材を積んだ特殊捜査車が定期的に流して回り、付近の様子をビデオに録画することになっていた。何時間も駐車している車両、通勤とは思いにくい時間帯に何度も往復する人物等があれば、事件との関連性が予想される。

覆面車は国道を折れ、駅近くの商店街の中へ入った。

「そろそろ見えるはずです」

後部座席で地図を見ていた大熊加世子が、加賀見の横に指を差し出してきた。

国道から駅前へとななめに延びた道の先に、週刊誌の名前が書かれた古めかしい電飾看板が見えた。工藤書店、と文字が読める。

間口は八メートル近くあるか。店先のシャッターが下ろされ、そこにも薄緑色の背景に黒い文字で工藤書店と書かれていた。二階部分は、いかにもビルのように四角い壁が延びていたが、隣家との隙間からは瓦の載った屋根が見えた。

向かって右隣は美容室。左隣は最近店じまいをした文房具屋で、店の名が書かれていたらしいシャッターが趣味の悪い紫色のペンキで塗りつぶされていた。駅前商店街にも確実に、不況の波は押し寄せている。

工藤書店の前をゆっくりと流した。

店構えは古いが、町の書店としては広いほうか。人通りの多い商店街とあってか、違法駐車の数が多い。飲食店やレンタルビデオ屋の客だろう。

いったん国道へ出てから、工藤書店の裏へ回った。表通りの商店街とは打って変わり、街灯や通行人の数がめっきりと減る。途中、特殊捜査車とすれ違ったが、運転していた捜査員は覆面車のほうを見ようともしなかった。誘拐事件の場合、捕捉班や張り込み班の捜査員が、たとえ被害者宅の周辺で偶然同僚と出くわしたとしても、見知らぬ振りを通すのが普通だった。

教えられた川上家の前に車を停めた。加賀見は部下をうながし、車外へ降りた。海からの風が肌を刺すように冷たい。時刻は十時三十分。通報から四十分が経過しようとしていた。

呼び鈴を押すと、すぐに川上家の者が出て来た。

加賀見は警察手帳を提示して名乗り、ご協力感謝します、と頭を下げた。脅迫してきた相手は暴力団の者と思われますので、くれぐれも内密にお願いいたします、と本部からの指示どおりにつけ足した。軽々しく人に話されては困るため、ここは暴力団が相手なのだと強く意識させておくに限る。ずるい手だが、これも捜査のためだ。

録音装置と無線を抱えた部下とともに、川上家の庭を経由して裏へ回った。

加賀見はコンクリート塀の前に立って両隣の住宅を眺めた。駅に近い立地のため、建坪率が高く設定されており、隣家との隙間は一メートルもない。ただし、工藤家の裏にちょっとした庭が造られているらしく、塀の向こうには四メートルほどの距離があった。

工藤書店の隣の文房具屋が店を閉めていたが、裏三軒と両隣の住民は、もう何十年と変わっていないという話だった。家が建て込んでいるため、犯人も裏からの出入りを監視するすべはないだろう。

慎重に塀を乗り越えた。着地と同時に、古傷を抱えるひざが痛んだ。忙しさと冬の寒さで、あちこちの関節がきしみを上げ始めている。そろそろ三十代の半ばにさしかかっているはずの大熊は、普段の鍛錬がものを言っているらしく、さして苦もなく塀を越え、少しは女らしく服装の汚れを気にして手で払う余裕を見せた。

あまり陽の射しそうにない裏庭には、物干し竿とプレハブの物置が設《しつら》えてあった。庭に面した窓が開け放たれ、その前に体格のいい男が一人で立っていた。所轄の今岡警部補だった。

「こちらです」

塀から降り立った加賀見を見るなり、小声で近づいて来た。

挨拶はあとにして、とにかく縁側から部屋へ上がった。

居間らしき部屋に、小太りの男が不安そうな面持ちで待ち受けていた。顔を見るまでもなく、心細そうに立つ姿を見れば、受けている衝撃のほどはうかがえた。

通報者の根本俊雄だ。事件の渦中に放り込まれた戸惑いが尾を引き、立ち姿に疲労感が漂っていた。

二人の部下が靴を手に窓とカーテンを閉めた。加賀見は根本俊雄に警察手帳を提示した。

「神奈川県警の加賀見です」

矢島と大熊の二人も小さく頭を下げた。

いかにも祖父との二人暮らしを思わせる地味で質素な居間だった。いささか古めかしい木調のテレビと炬燵《こたつ》、くすんだ整理簞笥《だんす》。昭和という時代を感じさせる部屋だった。家の造りも負けずに充分年季が入っている。

「電話回線のモジュラージャックは、店のほうでしょうか」

矢島が早口に確認すると、今岡が体ごと頷き返した。警部補だと聞いたが、昇進からまだまがなく、誘拐事件の捜査は初めてなのかもしれない。根本俊雄のほうは、ただおろおろと廊下へ歩を進めた。

短い廊下の先が店だった。奥行きは五メートルほどか。正面の扉側をのぞいた三方向の壁が、すべて本の並んだ棚で埋められ、中央には二列の背の低い棚が置かれていた。レジは、廊下への扉の右横。ガラス扉の前が、雑誌を並べた低い棚でふさがれていたが、営業時には店の前へ出しておくものなのだろう。

レジ横の椅子に、肩からショールを羽織った根本文江が座り、その横でもう一人の所轄の捜査員が待ち受けていた。ストーブの熱によって店の中は寒さを感じないほどだったが、文江は間違いなく身を震わせていた。

まだ二十代に見える捜査員は、律儀に踵を合わせて、谷口巡査部長であります、と名乗りを上げた。彼もかなりの気合いが入っている。

レジの横にファックス電話が置かれていた。矢島と大熊がモジュラージャックを見つけて自宅用と店舗用の二回線に録音装置をセットし始めた。邪魔になりそうだと思ったらしく、文江がふらふらと立ち上がり、俊雄が横から彼女を支えた。彼女は先ほどから、ずっとガラス扉のほうを見まいとするかのように、横を向き続けていた。

「あれから電話はありましたか」

加賀見の確認に、今岡が短く首を振った。

「ありません。最初の電話は、八時五十分。ボイスチェンジャーを使ったらしく、電気的に細工をした声だったそうです。性別もわからなかったと言います」

今岡は手帳に視線を落としてから、簡単な説明をつけ加えた。

犯人はまず、お宅の大学生を誘拐した、とくり返して告げた。文江がいたずらはやめてくれと言うと、それなら証拠を見せよう、あと三十分もすれば誘拐の証拠がそちらへ届く、要求額は七千万円だ、と一方的に言って電話は切れた。

文江は不安になり、南区中里の自宅に電話を入れ、夫を呼び寄せた。根本俊雄は最初いたずらだろうと相手にしなかったが、文江の説得に応じ、子供たちを残して家を出た。店を早めに閉め、夫が駆けつけて来るのを待っていると、九時四十五分ごろにバイク便の若者が工藤書店のシャッターをたたいたのである。

「例のものは、もう本部のほうへ？」

「いえ、まだです。加賀見さんをお待ちしたほうがいいかと」

今岡が緊張気味に答え、中央の棚のほうへと加賀見を誘った。

ビニール袋に入れられた封筒と小箱が雑誌の上に置いてあった。

加賀見は白手袋をはめながら棚へ歩み寄った。文江が見まいとしてさけていた品を手にして、彼女を振り返った。

「手を触れたのは、お二人だけですね。バイク便の若者は、手袋をはめていたかどうか、覚えていますか」

夫が妻を見つめた。文江はまだ体を震わせながら、夫の視線に首を振った。

「覚えてません……」

「最初に中を確かめられたのは、どちらです」

「わたしが」

根本俊雄があごを引いた。のど仏が大きく上下に動いた。

「受け取りに印鑑などを求められませんでしたか。よく思い出してみてください。印鑑をバイク便の若者に渡したのか、それともご自身が押されたのか」

「あれ、受け取りはどこに……。おい、印鑑を渡したんだよな。印鑑はあるか」

急に印鑑の所在が不安になったらしく、根本俊雄が妻へ慌ただしく視線を振った。レジの横に、印鑑のケースだけが置かれていた。

「あれ、どうしたかしら……」

根本夫婦が自分のポケットをたたき出した。印鑑ばかりに気を取られていて、加賀見の質問など耳に入っていなかった。

　加賀見はビニール袋の中から、配達伝票の貼られた角封筒を取り出した。横でようやく根本俊雄がズボンのポケットから印鑑を見つけ出し、ほっと吐息をもらした。

　伝票には、書店の住所と受取人である工藤巧の名前が、定規で引いたような直線のやたらと多い文字で書かれていた。差出人の欄には、横浜市南区中里二丁目の住所と岡村健三という名前がある。

　ただし、去年の暮れから空き家になっていたとの報告が、出動直後に入っていた。バイク便会社の確認はまだ取れていなかったが、犯人は空き家に表札を勝手に掲げ、バイク便を呼び出したのである。

　ただし、バイク便の配達人が、犯人の顔を見ていた可能性はないだろう。これから外出してしまうが、至急品物を届けたい。郵便受けの中に封筒と代金を置いておくので、先に配達だけしてもらえないものか。精算にはあとでこちらから出向く。そう依頼しておけば、犯人は配達人の前に姿を現すことなく、品物を被害者宅へ届けられたはずだ。

　録音装置をセットし終えた矢島も近づいて来た。大熊は遠慮と気後れからなのか、録音装置の前に立ったままだった。

　角封筒の中に収められていた小箱は指輪のケースを少し平らにしたような大きさだった。予想していたような生臭さはなく、ほのかに甘い香りが漂ってくるのは、高級チョコレートでも収められていた箱だったからなのかもしれない。

加賀見は慎重にふたを開けた。

黒く染まった綿のようなものが丸められていた。今はもう赤より黒に近くなっている。

血だ。

ものが小さすぎるために、一見しただけではよくわからなかった。赤黒いぬめりに覆われた、ふたつの小さな白茶けた固まりが、血に染まった綿の中に身を沈めていた。直径は一センチかそこらしかない。

この大きさから見て、小指のものだろう。

人の爪に間違いなかった。犯人は、人質の爪をはがし、送りつけて来たのである。

文江が箱から顔を背け、夫にすがった。のぞき込んできた矢島も、とびきり苦い粉薬を口にふくんだような顔になった。

誘拐されたと見られる大学生の血液型は、すでに捜査本部に伝わっていた。科学捜査研究所に回すまでもなく、人の爪であるのは疑いようがなかった。血液型も、おそらく違ってはいないだろう。

科捜研の鑑識によって、生体からはがされたものなのかどうか、どこまで突きとめられるか。生きている被害者から、ふたつの生爪をはがしたのか。それとも……。

今岡が唇を引きしめ、根本夫婦から預かったと見られる写真を差し出した。

誘拐された大学生――工藤巧の写真だった。

最近のものを用意してほしいと伝えていたが、写真の被害者は学生服を着ていた。根本夫婦はこの家で暮らしているわけではないというから、写真の所在がわからなかったのだろうか。受験の願書用に撮ったものに思えた。

身長は百七十センチ、体重は五十五キロだというから、痩《や》せ気味のほうだ。切れ長の目が、叔母の文江とわずかに似ていた。となれば、巧は母親似だったと見える。ただ、目の先がカメラを睨みつけるようにしているため、表情が暗く受け取れた。よく言えば彫りが深く、眼窩《がんか》が落ちくぼんだように見えることも、印象の暗さに手を貸していた。

きっと孝典も、受験用の写真を今撮ることになれば、こんなふうに暗い表情で写ってしまうのだろう、と加賀見はいらぬ想像を重ねた。ただし、誘拐された工藤巧のように、現役で横浜国立大学へ進めるような頭脳は、残念ながら息子にはない。鳶《とんび》の子はあくまで鳶で、鷹に成長できる期待はなかった。

ほかに、私服姿の写真が三枚あった。が、どれも顔が小さく、工藤巧という人物の特定がつけられそうなのは、学生服を着た最初の一枚だけだった。七十歳ほどに見える老人が一緒に写っているのは、現在入院中の祖父、久夫《ひさお》なのだろう。

「被害者は今日の午後五時まで店番をしていたんですよね」

根本夫婦を見て訊いたが、答えたのは今岡警部補だった。

「平日は、彼が夕方から閉店まで店番をしていたそうです。彼自身が出かける前に、まず入院中の祖父を見舞い、それから友達と会う予定になっている、と言っていたそうです。残念ながら、その友達の名前はわかっていません」

「心当たりもないのですか」

根本文江の目を見て訊くと、かすかな首振りが返ってきた。横から夫がつけ足した。

「巧は最近、わたしらとはあまり話したがらなくて……。難しい年齢です」

「お店は今、文江さんが一人で切り回しておられたのですか」

続けて問うと、根本俊雄が虚をつかれたように見返した。

「あ、いえ……。父が入院中ですから、巧とうちのと、二人で」

おかしな話もある、と加賀見は根本夫妻の顔を見比べた。店を切り回していたらしい祖父が入院を余儀なくされ、大学生の巧と叔母に当たる文江の二人で店を続けていながら、その二人があまり話をしない、などということがあるだろうか。

「巧君は、お姉さんのお子さんでしたね」

「はい。父親は……いません」

根本俊雄が言いにくそうに声を落とした。横から今岡が、小声でささやきかけてきた。

「認知はされていなかったそうです。ただ、父親と見られる人物は、被害者が五歳の時に、交通事故で母親と一緒に亡くなったそうです」

ひと筋縄ではいかない家庭環境で、巧という青年は育ったらしい。ますますなぜ彼が誘拐されたのか、という疑問がふくらんだ。

加賀見は写真の工藤巧を見つめた。線が細く見えるが、彼は十九歳になる青年だった。その事実が、一報を聞かされた時から、加賀見の胸で警戒信号の赤い光を回転させていた。

通常、身代金目当ての誘拐犯は、子供や女性、または年輩者を人質に取るケースが多い。力の弱い者が相手ならば、拉致《らち》も監禁も比較的楽にできるからだ。

ただし、近年、都市圏で頻発している外国人同士による誘拐事件の場合は、例外もあった。彼らは決まって団体で犯行に及ぶ。日本で成功し、ある程度の資産を持つ同国人を狙うため、働き盛りの男性が誘拐されることもあった。海外のテロリストが現地の有力者を誘拐するケースと事情は似ていた。

しかし、日本で発生する誘拐事件の九割近くが、女性か子供が標的となっていた。十九歳の男性では、肉体的にも犯人と同等に近い腕力を持っている。誘拐時に思わぬ反撃を受ける危険性もある。相手をおとなしく服従させるには、銃やスタンガンなどの武器の助けも必要となってきそうだ。さらに、犯人自身の背格好や声などの、肉体的な特徴を人質に覚えられかねない、というリスクも残る。犯人にとっては、不利な条件が多くなる。

しかし、犯人はあえて十九歳の青年を誘拐し、身代金を要求してきた。

加賀見はあらためて工藤書店の店内を見回した。

確かに、隣の美容室や、店じまいをした文房具屋より、店内は広そうである。駅前の立地なのだから、土地の価格は馬鹿にならない。だが、今年七十三歳になる祖父と、大学生になる孫の二人暮らしなのだ。しかも、店主である祖父の工藤久夫は、体調を崩して入院している。資産のありそうな家とは見えにくい。

犯人はなぜ十九歳になる大学生を誘拐し、七千万円という高額の身代金を要求してきたのか。

「このお店は、久夫さんのものなのですよね」

加賀見が確認すると、根本夫婦より先に、今岡が頷《うなず》いた。彼も同じ疑問を抱いていたと見える。

十九歳の人質を監禁するのは簡単ではない。犯人にとってのリスクは高い。七千万円という大金を、こんな町の書店に用意できると考える者が、どれだけいるだろうか。

この店を売り払った場合、いくらになるのか。もしかしたら犯人は、この店の土地価格を充分に調査し、犯行に及んできたのではないか。店主の祖父は病に倒れている。彼が命を落とせば、同居する孫の巧と次女の文江が相続するのだろう。そういった事情を、犯人は事前に知り、巧を誘拐してきた可能性もあるのではないか。

加賀見は爪の収められた小箱にふたをし、ビニール袋の中へ戻した。

「これを本部のほうへお願いします」

今岡に手渡すと、角封筒の入ったビニール袋をあらためて差し出してきた。

「実は、この中にも見ていただいたほうがいいものが入っています。根本さん夫婦は、箱のほうに気を取られてしまい……」

言われて角封筒の入ったビニール袋を再び手にした。

「わたしたちも、つい先ほど気づいたばかりで、本部にはまだ……」

よく見直してみると、角封筒の口に、便箋らしき折り畳まれた紙片が顔をのぞかせていた。

なるほど。この角封筒から小箱を取り出し、中を開けて驚いた二人は、そのまま封筒を投げ出してしまったのだろう。駆けつけた今岡たちも、小箱の中を確認し、本部へ連絡を入れた。ビニール袋の中へ箱を戻そうとした時、ようやくこの紙片に気づいたのだ。

加賀見は慎重に紙片の端をつまみ、封筒の中から引き出した。

B５判ほどの白い紙だった。コピーなどによく使われる、いわゆるPPC用紙というやつか。

四つ折にされた紙を開くと、やはり直線だけで書かれたようなボールペンの文字が並んでいた。


『身代金の七千万円は、株券で用意しろ。

二月十二日中に、七千万円分の株券を購入せよ。午前中に当日決済で購入すれば、夕方には株券が手にはいるはずだ。銘柄は、最近何かと話題を集めているバッカスの株がいい。今の時期、バッカス株なら手に入れやすいだろう。七千万円分として、七万株を購入せよ。

株の用意ができ次第、工藤家二階の商店街に面した窓に、白いシャツを掲げろ。尚、二月十二日中に株を購入しない場合、または白いシャツが掲げられない場合には、取引の意志がないものとみなし、工藤巧は二度と帰らない。送らせてもらった品を見れば、我々の言葉がただの脅しではないとわかるはずだ。明日中に七万株を用意しろ。以上』

2

金沢署の本部に入った小橋警部を無線で説き伏せると、加賀見は直ちに裏庭を経由して工藤書店を出た。

本来なら被害者宅への頻繁な出入りはさけるべきだし、被害者対策を任された自分が現場を離れるのは異例だともわかっていた。しかし、自ら足を運び、犯人が身代金を株券で要求してきた真の狙いを、幹部たちに説明しておきたかった。

時刻は午後十一時二十分になろうとしていた。経済事件を扱う捜査二課のスタッフも、県警本部にはまだ居残っていて当然の時刻だった。しかし、彼らの手を煩わせて、誘拐事件の概略を伝えてから解説を頼むより、三年間二課で働いた経験を持つ自分が、直接本部へ出向いたほうが早かった。

周辺警備に当たっていた捜査員から覆面車を取り戻し、加賀見は金沢署へ急いだ。

株券で身代金を要求してくる者がいるとは……。

ハンドルを握る腕から背中にかけての肌が粟立つような感触があり、加賀見は覆面車のエアコンを全開にして車内を暖めた。寒気なのか、武者震いなのか。信号で停車するのももどかしく、赤色灯を頼りにアクセルを踏んだ。

マスコミとの報道協定はすでに結ばれたらしく、金沢署に記者たちの姿はなかった。もし身代金が株券で要求されたと知った時、マスコミ各社はどこまで犯人の真の狙いに気づけるだろうか。今回の事件がどのような解決を見ようと、もしあとになって詳細な解説がされようものなら、類似犯を呼ぶ危険性もある。

報道協定は、犯人の逮捕か人質の救出を機に、解除されるのが決まりだ。しかし、今回ばかりは、その後の報道内容にも、マスコミ各社に協力を求める必要がありそうだった。

駐車場のどこに停めていいのかわからず、玄関前に覆面車を残し、加賀見は金沢署のロビーへ走った。驚いたことに、所轄の制服警官が廊下を先導してくれるという。

「待った。その前に誰か土曜日の朝刊を！」

加賀見は受付の奥にいた制服警官に向かって叫んだ。先週末の、バッカス本社株の終値を確かめておきたかった。

あります、ここです。若い警官が新聞をまとめた綴りを手に駆け寄って来た。

礼を告げて、株式欄を眺めながら廊下を急いだ。金曜日の終値は、千百二十一円。七万株では、七千と、八百……四十七万円だった。頭の中で素早く計算しつつ、捜査本部となった会議室へ上がった。

「おう、待ちかねたぞ」

ドアを引いて駆け込むと、ホワイトボードの前に立っていた小橋警部が、男たちの頭越しに手を上げた。上座も下座もなく、招集された捜査員があちこちで固まっては暗い表情をつき合わせていた。

本部開設にともなう第一回の捜査会議はすでに終わっていた。一部の捜査員は地取りや不審者の捜索に走り始めていたが、夜分なので動きは制限される。誘拐された工藤巧と親族の身辺調査、別の事件の捜査にかこつけた誘拐現場の絞り込みぐらいか。

本部長となったはずの刑事部長の姿は見当たらなかった。マスコミへの現状説明にと、県警本部の記者会見場へ行っているのだ。副本部長となった所轄の署長は、県警の幹部たちに遠慮して片隅に席を取っていた。

指揮を執る黒田捜査一課長と元山警視の背後に置かれた移動式ホワイトボードには、早くも被害者宅の家族関係図が貼り出され、腕組みする者、額を寄せ合う者、現場周辺の地図を挟んでささやき合う者、事件を見据えた密談があちこちで進行中だった。急遽、所轄の経済事件担当者を呼び寄せての、簡単なレクチャーも始まっていたようである。

「席に戻れ」

黒田一課長のかけ声に、二十名近くの捜査員が競い合うかのように前の列に陣取った。誰もが加賀見の到着を待っていたのだとわかる素早い動きだった。

男たちの視線を浴び、加賀見はどこへ立っていいものか迷い、端の席へと歩きかけた。

「遠慮せずに、こっちへ来い」

黒田が手を振って、加賀見を呼んだ。警部補の分際で、一課長や理事官と並んで幹部席に着くのは気が引けたが、上司に呼ばれては尻込みしているわけにもいかなかった。

「我々もない知恵を絞って考えてみたよ。君が言う、株券による身代金のメリットとやらを」

加賀見が小橋警部の隣の席へ歩くと、黒田一課長が手にしたボールペンを揺らしながら、ゲタと称される四角い顔を振り向けた。

「株券というのは、千株単位で売買されるそうじゃないか。犯人が要求してきた七万株も、千株単位の株券に変えてしまえば、たったの七十枚にしかならない理屈だ。現金なら一万円札が七千枚だから、重量にして軽く七キロを超える。それがたったの七十枚の株券に変えられるわけだ」

ノンキャリアのたたき上げで、定年間近に花形部署の課長まで昇り詰めた黒田は、部下の意見をよく聞く集団統治型の捜査方針を採り、手柄を独り占めにするような発言はしない男だった。その彼にしては珍しく、やや誇らしげな口調になっていたからには、黒田自身の持つ知識から、その利点に気づけたものと見える。

加賀見は頷き、まずは礼儀として課長に賞賛の言葉を送った。

「その通りです。NTT株のように、株単価が特別に高額な一部の銘柄は別ですが、株の多くは千株単位で取引が行われています。ですから、七万株を要求されれば、七千万円という大金もたった七十枚の株券に化けてしまうわけです。七キロもの重さの現金を持ち運ぶのでは、よほど頑丈な鞄やトランクなどが必要になるし、かなりの力仕事になってきます。ところが、株券に変えてしまえば、書類袋ひとつで、身代金の受け渡しが可能になるのです。身代金を手に入れて逃走しようとする際、非常に都合がいいと言えるでしょう」

緊張しているのか、また古傷のひざが痛み出していた。若い時分には名誉の勲章に思えた傷も、五十歳が近くなってくると骨身に応えるようになる。

「しかし、仮に身代金を奪うことに成功しても、株を現金に換える時、足がつく恐れはないのか。紙幣のように、株券にだって通しナンバーぐらい振られていそうなものじゃないかね」

誰にでも思いつけそうな疑問を投げかけたのは、元山警視だった。歳はまだ四十二だったか。部下である小橋や加賀見より、五つも若い。自ら進んで捜査課へ移ってきたという噂で、出世だけを考えて警察内を生き抜こうとしたがる、ただのエリートとは少し違っていた。好感は持てるが、時に気弱な一面を見せてしまうことがあるのは、まだ現場経験が不足しているためだろう。その点は自覚もあり、知恵袋としての小橋警部に一目置いていた。

加賀見は、意気盛んな上司に頷き、一同に説明を続けた。

「もちろん株券にも、発行会社ごとに通しナンバーが打ってあります。株取引の際には、売買取引書にそのナンバーを記載しなくてはならない決まりになっています。ただしこれらの規定は、現物取引の場合です。株券を顧客から預かり、名義書換などの手続きを簡略化する〝証券保管振替機構〟に株を預ける場合は、また少し違ってきます。今回の場合、身代金として要求してきたわけですから、現物取引で株券を購入する必要があるはずなのです」

「通しナンバーがあるなら、売りに出した時、すぐに足がつくわけですよね」

捜査員の間から、声が飛んだ。番号不揃いの札で現金を用意した場合、七千枚すべてのナンバーを控えるのは容易ではない。しかし、たった七十枚の株券なら、楽にナンバーを書き留めておける。

「ところが、そうではないのです。身代金を株で手に入れる真のメリットが、実はもう一点あるのです」

加賀見はひと呼吸おき、同僚たちの反応を見てから言った。

「株は、手形や小切手と同じく、有価証券の一種です。有価証券とは、それ自体が財産権を持つ証券の総称で、簡単に言えば、証券会社や銀行などの金融機関を通さなくとも、現金同様に広く流通できるものになっています。つまり、有価証券の所有者が、正当な権利者であるかどうか調査をしなくとも、利用できることが保証されているわけです。現金を使う時、本当にあなたの持ち物ですね、と確認されることはありませんよね。それと同じく、いつ誰でもが自由に使えるものなのです。たとえ盗難されたものであっても、正式な取引手段を経由して取得したものであれば、盗難という事情を知らずに手に入れた人、その持ち主に――法律では善意の第三者と言いますが、その第三者の持ち主に――有価証券の所有権が保証されます」

善意取得――または即時取得、と呼ばれる規定である。

現金は、たとえその現金が盗難にあったものでも、盗難の事実を知らなかった者の手に渡ってしまえば、その現金は誰にでも使用ができる。その相手に、国家や被害者が返却を求めることはできない。盗んだ犯人を見つけ出して、賠償を求めるしかないのである。株券や手形、小切手などの有価証券にも、同じことが言える。

「今回の誘拐事件に当てはめるなら、犯人から株を取得した者が、身代金として奪ったものだという事実を知らずに取引を終えてしまえば、その取得した人物が、正式な株の持ち主として認められてしまうわけです」

「ああ……。手形のパクリ事件などで、よく悪用される手口だな」

小橋警部がメモから顔を上げて頷いた。一度でも経済事件を手がけた経験を持つ刑事にとっては、いろはの〝い〟のような知識だった。

手形は、そこに書かれた額面を指定された期日に支払うことを約束する証券である。手元に現金がない場合でも、期日を指定した手形を発行することで、事前での決済が可能になる。

「たとえだまし取られた手形でも、一度善意の第三者の手に渡ってしまえば、手形を振り出した者は、善意の第三者に手形の額面を全額支払わねばならない義務が生じます。そのため、手形をパクった犯人は、直ちに第三者の元へ持ち込みます。第三者は、たとえ手形の出どころが怪しいと感じられても、事情は深く尋ねず、危険料込みとして額面から割り引いた額で安く買いたたきます。中には、危なそうな手形を専門に請け負う、悪質な金融ブローカーまで存在するぐらいです」

手形を取得した者は、善意取得の制度を利用するために、手形がだまし取られたものであることを、たとえ知っていようと決して認めはしない。自然と、パクリ屋の素性を隠す行為に荷担する形になる。

こうしてパクリ屋は、手形を額面より安く売りさばくことで、善意の第三者の背後に身を隠してしまうのだ。

「中には、最初からパクリ屋と第三者が手を結んでいる場合もあるからな」

小橋が苦い実感をともなう感想をつけ足した。

たとえ裁判所に訴え出ても、両者は共存関係を認めるわけはなく、よほどの証拠が出されない限り、手形の所有権は動きようがない。そのため、手形はだまし取られたら最後、泣き寝入りするしかない、と言われている。

「その証拠と言えるかどうか、わかりませんが――」

加賀見は署の一階で借りた土曜日の朝刊を掲げてみせた。

「犯人が指定してきたバッカス本社の株価は、先週末の終値で千百二十一円になっています。犯人が要求した七万株では七千八百四十七万円にもなり、犯人が最初の電話で要求してきた七千万円という額とは、八百四十七万円もの開きがあります。これは、最近のバッカス株の値動きもあるでしょうが、第三者の手に渡って現金へと換わる時に生じるであろう差額を、考慮に入れてのことなのかもしれません」

「しかし、よりによってバッカス株を要求してくるとは、ふざけた犯人だな」

黒田一課長が手にしたボールペンで苛立たしげにテーブルをたたいた。

今日の午前中に、バッカス・グループの会長であり、株譲渡事件で起訴されていた永渕孝治が、入院先の病院で心臓発作のために死亡していた。

「おそらく犯人は、バッカスのワンマン会長が死亡したニュースを知り、バッカス本社の株を要求してきたのだと思われます。株譲渡事件の影響で、バッカス・グループの業績は悪化し、株価も下降していたはずです。そこに、財界でも強い影響力を誇っていた会長が死亡したのですから、会社の受けるダメージは少なくないでしょう。明日の立ち会い開始とともに、大きく株が動くことも考えられます。犯人が要求してきた七万株ぐらいは、簡単に手に入れられると考えたのでしょう」

ただし、株価がさらなる下落をすることも予想されるため、八百四十七万円という額を上乗せして、七万株を要求してきた可能性は高い。犯人は、最近の株価にも目を配っている者であるのは確実だった。

「脅迫状に書いてあった、当日決済とはどういう意味ですかね」

経済事件の担当者からレクチャーを受けていなかったらしい捜査員が質問してきた。

「証券会社で現物取引をする場合、取引が成立してから四営業日後に売買代金を精算するのが普通です。しかし、すぐに売却代金や購入株がほしい時のために、売買が成立したその日のうちに精算できる取引方法があり、それが当日決済取引です」

ただし、当日決済取引は、決済までの時間を短時間に圧縮するため、普通取引より、買いの場合は株価がやや高く、売りの場合はやや安くなり、多少のリスクが伴ってくる。

「要するに、犯人が手に入れた株を第三者に売り渡してしまえば、取り返すことはまず不可能になるわけだな」

黒田一課長が確認するように言い、髭《ひげ》が濃いために早くも青々とした頬をなで上げた。

最前列に陣取っていた捜査員の一人が手を上げた。顔に見覚えがないので、所轄の刑事だろうか。

「善意の第三者への売買を防ぐ方法はないのですか。株券のナンバーがわかっていれば、事件によって奪われたものだと告知できるはずですよね」

当然の疑問だった。加賀見は質問を放った捜査員に微笑みかけた。

「株を紛失したり、盗難に遭ったりした人は、警察に届け出て被害証明をもらい、証券会社と発行元である株式会社に通知します。そうしておけば、証券会社を通じての取引はできなくなります。同時に、裁判所へ届け出て、公示催告という手続きを取ります。事故株だから取引をしないように、と全国に向けて公示するわけです。しかし、その手続きを取っても、実際に裁判所の権限によって規制できる取引は、六ヶ月以後のものになります。半年以内に売買されてしまった場合には、正式な取引が成立したものとみなされてしまうのです。しかも、今回の場合は、公示催告の手続きさえ取れないでしょう。言うまでもなく犯人は、株が第三者へ転売されるまで、人質を解放しないはずですからね」

会議室にざわめきの輪が広がった。黒田一課長が広い額に手を当て、うつむいた。

「つまり、我々は、犯人が善意の第三者に株を転売するまで、何ひとつ手を出せない、というわけなのか」

「おそらく、犯人はすでに転売の当てがあるのだと思われます。だからこそ、株で身代金を要求してきたのでしょう」

「おれは一度も株なんか買ったことがないからよくわからんが、株ってのは、そんな簡単に売買できるものなのか」

よそ見をせずにたたき上げでのして来た男らしく、怒りを込めた口調で、黒田が腕を組んだ。

「証券会社を通して売買するのが普通ですが、個人間での売買も可能です。両者の間に譲渡証明書を作成して、有価証券取引税に相当する印紙を貼っておけば、有効になります」

「たとえ、売り渡した相手の住所氏名がでたらめだったとしてもだな」

小橋が苦り切った顔で確認した。加賀見としては頷くしかない。

「はい。購入したほうが、事情をまったく知らなかったと主張さえすれば、問題はありません」

「しかし、だ」

元山警視がざわつく室内を抑えつけるような強い口調で言った。

「いずれにせよ犯人は、身代金の株券を手に入れないと、善意取得の悪用もできないわけだ。犯人は必ず被害者側に接触してくる。現金で身代金を要求された時と、たいした違いはない。徹底して身代金の受け渡しを捕捉していけば道は自ずと開けてくるな」

そう簡単に事が運べば、わざわざ本部へ戻って来る必要はなかった。

加賀見はまだすべてを説明し終えたわけではないのだ。犯人が身代金を株券で要求してきた理由は、ほかにも考えられた。

脅迫状を目にした瞬間、加賀見も株券という身代金の受け渡しが介在する限り、通常の誘拐事件と何ら変わりはない、と思いかけた。しかし、過去に手がけた手形詐欺事件を思い返しているうちに、重大な見落としをしていたことに気づかされた。と同時に、株券という前代未聞の身代金を要求してきた犯人の狡猾《こうかつ》さに、身が震えるほどの驚きと興奮を覚えたのだった。

加賀見の表情を読み、小橋が猪首をすくめて眉を寄せた。

「どうした。まだ何かあるのか」

「はい」

加賀見は腹に力を込め、元山に視線を戻した。

「受け渡しの現場に、善意の第三者が現れた場合、我々はどうしたらいいでしょうか」

「どういう意味だね」

元山が怪訝《けげん》そうに加賀見を見つめた。捜査員の目が集まっていた。

「たとえば、身代金の受け渡しと、株の売買が、同時に別の場所で行われるとしたらどうなるでしょうか。身代金の受け渡し現場には善意の第三者が現れ、別の場所で犯人が善意の第三者の関係者から株の売買代金を受け取る。そうなった場合、我々は株券が善意の第三者の手に渡るのを、黙って見ているしかないのかもしれません」

「身代金の仲介か！」

元山がうめくように言った。慌てて黒田一課長が口をはさむ。

「待て。そんなことが可能なのか」

「滅多にあることではないと思います。しかし、東京の親戚に預けてあった株券を渡すので、売却代金はわたしのほうに支払っていただきたい。もちろん、親戚は納得ずくで株を手渡す。あなたの指定した場所に持っていかせましょう。そう商談を持ちかければ、同時取引を承諾する金融ブローカーもいるのではないでしょうか」

電話一本で、株券の授受は確認できる。今は携帯電話も普及しているので、たとえ金融会社の支店同士を取引場所に選ばなくとも、簡単にチェックはできてしまう。第三者の側が複数で取引に臨み、株券の授受を確認すれば、安全性も確保できる。

「身代金の受け渡しは、犯人逮捕の大きなチャンスになります。しかし、犯人が受け渡しの現場に現れれば、の話です。身代金を株や手形に変えた場合、受け渡しの現場に犯人が姿を現さないことも可能になってくるのではないでしょうか」

犯人は、いずれ善意の第三者に株を売り渡す必要がある。それなら、最初から善意の第三者を使って、株の取引を——つまり身代金の受け渡しを——直に行わせてしまえばいいのである。

第三者が株を受け取り、犯人は第三者から現金を手渡される。こうして善意の第三者を仲介に入れた身代金の受け渡しが成立する。

この点こそ、犯人が身代金を株券で要求してきた最大の理由だと考えられた。

身代金が有価証券であってこそ、初めて受け渡しの現場に第三者が介在できるのである。

身代金受け渡しの現場に現れるのが善意の第三者だった場合、たとえその人物を尾行したところで、犯人や人質にはたどり着けない。犯人は、偽名を使って第三者に商談を持ちかけているはずだからだ。

受け渡しの途中で、身代金として犯人から要求された株券である、と善意の第三者に忠告しようものなら、その時点で取引は中止され、当然ながら犯人は逃げ出してしまう。警察の関与を知られ、人質の身に危険が及ぶ。

人質の身の安全を最優先するのなら、取引がとどこおりなく終了するまで見守るしかなくなるのだ。

黒田一課長がテーブルにひじをつき、頭を振った。

「なるほどな。善意の第三者を仲介させることで、身代金は多少割り引かれるが、安全性は高くなる、か」

「しかし――」

これまで遠慮がちに様子を見ていた金沢署の署長が、納得がいかないとばかりに発言した。

「本来なら一緒に行われてしかるべき株と現金、それぞれの受け渡しを別の場所で行うなどという取引が、そう簡単に成立するでしょうかね。いかにも怪しげな取引じゃないですか。善意の第三者も不審に思うのが普通でしょう」

「金融業者といってもピンからキリまでありますからね。中には暴力団まがいの金融ブローカーだって存在するし、株価と比較して取引価格が手ごろだとなれば、乗ってくる業者がいてもおかしくはないでしょう」

元山警視が承伏しがたいという口調ながらも、自ら反論を述べて肩を落とした。

「その前に、もう一度先ほど説明した手形詐欺事件の手口を思い出してください」

加賀見が冷静に告げると、捜査員の間から「あっ」という声が上がった。

「取引現場に現れるのは、何も事情を知らない善意の第三者でなくともかまわないのです。善意の第三者であると主張し、それが認められる状況にあれば、株の所有権は彼らのものになります。たとえ怪しい取引だと感づいたところで、取引相手の特別な事情に応じたまでだと言えば——いや、本当は共犯関係にあろうとも、その証拠さえ残さなければ、身代金は入手できるのです。手形詐欺事件が裁判に持ち込まれた場合でも、共犯関係の立証が難しいように、今回のケースでもよほどの動かしがたい証拠が出てこない限り、株の所有権は認められてしまうはずです」

仲介者である善意の第三者が、最初から事故株らしいと感づいていた場合には、絶対に取引相手の素性を隠そうとするはずだった。あとになって迂闊《うかつ》に素性をほのめかしたのでは、株の所有権問題にも関わりかねない。

また、犯人としては、第三者が薄々事故株だと気づいてくれていたほうが、取引を進めやすくもある。

なぜなら、警察らしき者が介入してきたとわかれば、第三者は取引を停止し、犯人は電話でその事実を確認できる。

もしまったくの善意の第三者であれば、警察の捜査に協力し、同時に行われる予定の取引場所を打ち明けてしまうという危険性も考えられた。

犯人と善意の第三者は、一種の共犯関係にもあるのと同じ理屈になってくるのだ。手に入れた株を事故株にしないためにも、第三者は犯人の素性を是が非でも隠そうとするはずだった。

たとえ犯罪行為の意図がなくとも、その行為が犯罪に発展する恐れがあり、予想できるにもかかわらず、さける努力を怠った場合、その行為に及んだ者は罪を問われかねない。法律用語で、未必《みひつ》の故意と言われるケースである。

今回の誘拐事件では、株の売買という経済行為が、たとえ意図はしなくとも、結果的に共犯関係を築き上げてしまう。いわば、未必の共犯関係である。

ところが、有価証券を介在させることで、明らかな共犯関係を立証させない限り、第三者は罪に問えない。未必の故意は成立しないのである。

いや、それ以前に、取引が成立しなかった場合、人質の命は、間違いなく危険にさらされる。その予測が警察側にできるのだから、もし取引の邪魔をした場合、警察側にこそ、人質を危険に陥れるという未必の故意が当てはまり、非難を受けることにさえなってしまいかねない。

「まさに隠れ蓑だな。善意の第三者を立ててしまえば、犯人はその背後にまんまと身を隠すことができるわけか」

小橋警部が平手でテーブルをたたきつけて悔しがった。黒田一課長ももどかしげに身を揺すった。

「善意の第三者による仲介を防ぐ手だてはないのか」

加賀見は頭の中で意見をまとめてから言った。

「取引の途中で、第三者に事情をほのめかせば、犯人側へ現金の支払いはストップされるでしょう。事故株とわかりながら購入したのでは、所有権は認められません。自分のものにならない株のために、みすみす大金を支払う者はいませんからね。当然ながら、現金が支払われないとなれば、犯人は我々警察の関与を察知して、別の取引場所からも姿を消します」

「しかし、いずれにせよ受け渡しの現場に現れるのは、第三者なんですよね。だったら、その人物を問いただし、同時に行われる現金授受の取引場所を聞き出せばいいのではないですかね」

捜査員の一人が、不服そうな顔で加賀見に疑問をぶつけた。

「できるものなら、そうすべきでしょう。確かに、株の受け渡しの現場に現れるのは、善意の第三者だと思われます。しかし、犯人の一味がその現場を見ていないという保証がどこにあるのか」

「犯人は複数いるというわけだな」

小橋の呟《つぶや》きに、加賀見は頷き、会議室を見渡した。

「株による身代金受け渡しという絶好の手段を思いついた犯人です。我々警察がどういう対抗策に出てくるか、慎重に見極めているとみたほうがいいでしょう。もし犯人が、株の受け渡しを監視していれば、仲間に連絡を取り、取引は中止されます」

「そうか……。株の受け渡しが人目のある場所で行われる可能性もあるわけだからな」

元山が悔しげに言い、ペンを置いて拳を固めた。携帯電話の普及により、誰でも、いかなる場所からでも、遠く離れた知り合いに、簡単かつ確実に連絡が入れられる。文明の発達は、その代償に新たな犯罪の芽を育んでいく。

身代金の受け渡しは、警察にとって犯人逮捕につながる最大のチャンスだった。

しかし、肝心の犯人が、受け渡し現場に現れないのでは、打つ手がないと言えた。

犯人は、彼らにとって最も危険な身代金の受け渡しを、警察の目から隠れて行うために、株券という珍しい形で身代金を要求してきたのである。株取引という経済行為を楯にして、自らの姿を隠すために——。

会議室を重い沈黙が包んだ。

日本の警察が過去に相対した事件とは、一線を画した前例のない誘拐だった。犯人は経済行為の盲点をつき、予想もしなかった身代金の受け渡し方法を突きつけてきた。

加賀見は発言を終え、椅子に腰を落とした。ほんの三十分ほど話をしただけなのに、靴底をすり減らして聞き込みに回ったあとのような徒労感が体にあった。捜査という戦いに入る前から、敗北感を味わうような事件は初めてだった。

犯人はどういう者なのか。

人質の爪をはがし取って家族に送りつけるという残虐性。株取引を利用して身を隠そうという驚くべき発想と知性。ただの金に困って追いつめられた者の仕業ではあり得なかった。

もしかしたら犯人は、警察に挑戦するつもりでいるのかもしれない。

いや、これは最初の一歩なのだ、という見方もできた。

株や手形という商行為の背後に身を隠せば、また同じ手段での誘拐は可能になる。世界には、誘拐をビジネスとして続けている犯罪組織が存在する。第三世界のテロリストや暴力組織が代表的な例だ。もしかするとこの日本でも、誘拐をビジネスにする犯罪組織が初めて名乗りを上げようとしているのではないか。

そうだとするなら、絶対に負けてはならない戦いだった。

ここで神奈川県警が犯人を取り逃がし、まんまと身代金を奪われては、次の事件を招きかねなかった。かつてグリコ・森永事件の犯人を逮捕できなかったばかりに、全国の警察は類似事件の捜査に忙殺された。今回は、有効な策を我々が講じられないと、今後も同じ手口で身代金をみすみす奪われてしまう恐れがあった。

犯人は取引が安全に行われない可能性があると知れば、あっさりと手を引くはずだ。なぜなら、また何度でも同じ手口で身代金を要求すればいいからだ。一度、人質が帰らないという前例があれば、警察も手の出しようがなくなる可能性があった。

神奈川県警だけの枠にとらわれず、全国の警察組織の力を結集してでも、事件の対処に当たらねばならなかった。方法はある。犯人の手口が予想できるのだから、あらゆる対策を講じ、犯人を迎え撃つのだ。

黒田一課長が腕組みをほどき、顔を上げた。

「今から、受け渡しがふたつの場所で行われることを想定して、対策を練る。まず、少なくとも善意の第三者は必ず被害者の家族と接触する。株受け渡しの現場に現れた者の素性を直ちに特定し、現金の受け渡しが行われそうな関係者宅、または会社等の施設を察知し、監視するしかない」

「今のうちから金融ブローカーの情報を可能な限り集めておきましょう」

元山警視が提案した。

「警察庁を通じて各県警や警視庁にも協力を依頼してみる手もありますね。それと、犯人は株が用意でき次第、白いシャツを二階の窓に掲げろと言ってきてます。犯人は必ず商店街のどこかから、窓を確認するつもりでしょう。明日の午後、商店街に監視カメラを持った捜査員を配置します」

会議はそのまま今後の具体的な捜査方法へと移った。

まずは、人質の家族の協力を得て、少しでも株の手渡しを遅らせて、時間を稼ぐ。善意の第三者である必要があるのだから、現場に現れる者は、素性を隠したり、偽名を名乗ったりすることはできない。家族が身元を質せば、本名と職業、所属会社などを正直に答えるはずだ。

その情報を素早く入手し、もうひとつの取引場所を特定する。被害者の家族が直接、もうひとつの取引場所を尋ねてもいい。犯人を警察側の前にまで引きずり出す手がないわけではなかった。

「課長。現場の周辺を暗視カメラで収めたのですが、犯人が指定した二階の窓は、商店街からでなくとも確認ができそうだという報告が入っています」

小橋警部が手を上げて報告をはさんだ。

加賀見も、現場の前を流した時の記憶をたどった。工藤書店のななめ向かいに、国道へと通じる道が延びていた。その国道を車で通るだけで、工藤書店の窓が見通せるのだ。また、駅周辺のビルの窓や屋上からも確認はできる。監視すべき場所は、かなりの広範囲になる。

「肝心の身代金だが、人質の家族は用意できるのだろうか」

元山警視が最も気になる点を問いただした。小橋が答える。

「現場に入った者たちが、払うしかないのか、と家族から相談を受けたそうです」

「七千万円もの大金は用意できないわけか」

「いえ、工藤書店の土地は、現在入院中の祖父、久夫の名義になっていますが、その土地を担保にすれば、かなりの額を借りられるはずだと言っています。ただ、昨今の地価の下落で、どこまで希望額を借りられるかは、銀行に相談してみないことにはわからないようです」

「脅迫状を受け取ったのは、人質となっている大学生の叔母夫婦だったな」

黒田一課長が背後のホワイトボードを振り返った。

巧と同居していた身内は、現在入院中の祖父、久夫しかいない。本来なら、身代金の用意を決断するのは、久夫になる。しかし、久夫は入院中であるうえに、高齢でもあった。叔母夫婦としては、病にふせっている久夫に、孫の誘拐は告げにくい。

しかも、この先もし久夫が死亡した場合、彼の遺産を相続する権利を持つのは、長女の息子である巧と、次女の文江になる。文江夫婦としては、久夫の持つ土地を担保にして金を借りたのでは、遠くない将来手に入るであろう遺産を、身代金として奪われてしまうことにもなった。

巧という甥の命がかかっているのは事実だが、遺産も残しておきたい。巧の取り分となる半分の遺産を身代金に換えるのであれば納得はできるが、自分たちの取り分にまでは手をつけたくない、という思いがつい働き、躊躇を覚えているのだろうか。

警察は、家族の問題に関与はできない。もちろん犯人を逮捕し、人質を救い出し、身代金も取り返してみせるつもりで捜査には当たる。しかし、残念ながら、そのすべての保証は無理だった。

身代金の用意は、あくまで家族の問題になる。

脅迫電話が何度も入る場合なら、株の用意ができないと犯人に告げ、引き延ばし作戦を採ることもできた。しかし、犯人は脅迫状を送りつけ、株の銘柄と売買方法を伝えてきた。人質の爪をはがし、脅迫状に添えもした。もし応じない場合は、もっと身の危険が人質に及ぶぞ、という脅しの意味もあるのは間違いなかった。

犯人の要求に応えるならば、明日の朝一番で銀行へ融資を依頼し、少なくとも午前中に株の注文をしておかねばならないだろう。

根本夫婦は今、人としてどうすべきなのか、という問題に直面している。幸いにも、久夫名義の土地が工藤家にはあった。七千万円は大金だ。

甥は助けたい。けれど、父親の遺産はほしい。どちらも人として当然の感情だ。命は金に代えられない、と言われるが、人の命と金を現実に比べる立場に置かれた者は少ない。

もし、身代金を用意できそうにない、となった場合でも、人質の身を考えるなら、犯人の指示してきたとおりに、白いシャツを二階に出すことになるだろう。警察としては、偽の身代金を用意して、事態に対処せねばならなかった。

いずれにせよ、犯人はどうやって次の指示を出してくるのか。

受け渡しの現場に現れるであろう第三者の素性を追うことで、犯人にどこまでたどり着けるか。

現金の受け渡しなら、身代金を受け取った犯人が悠長に金勘定をしている時間はないため、偽の見せ金を使うという方法も採れるのだが、善意の第三者が現れてしまえば、その場で株券の真贋《しんがん》がまず確かめられてしまう。

もし株券を用意できなかった場合、身代金受け渡しは途中で終わりになる。

その点でも、犯人にとって有利な取引になっていると言えた。

第三者の素性を確認してから、どれだけ時間が稼げるか。その間に、犯人の絞り込みが可能か。勝負はその一点にかかってくる。

残された時間は限られていた。

3

捜査会議は深夜まで続いた。しかし、肝心の決定事項はそう多くなかった。

第一に、明日の午前中をかけて、工藤書店の二階の窓を確認できる場所を絞り込む。午後からは周辺に捜査員を配置し、不審な人物ならびに車両のチェックを行う。念のためにビデオカメラで行き交う人や車を収めておく。

第二に、犯人からの次の指示に際して素早く動ける態勢を取る。すでにＮＴＴに人を送り、逆探知の用意はできていた。最近はプリペイド式の携帯電話が使用されるケースもあり、発信地点の絞り込みは難しくなる一方だったが、可能な限りの手段を講じて発信地点を察知する手を打っておく。

第三に、善意の第三者に目星をつける。都内と県内の金融業者のリストアップ作業は、すでに県警捜査二課の協力を得て、着手していた。特に暴力団との関係を噂される業者は、社員名簿の入手までを心がけた。過去に発生した手形詐欺事件を洗い直し、手形が流れた先の業者も同様である。

また、株券の受け渡しには、犯人側からの指示がない限り、親戚を名乗る捜査員が同行すると決定された。家族と捜査員の衣類に小型マイクを設置し、取引相手の素性をまず聞き出して、捜査員が傍受する。

取引は、なるべく理由をこじつけて引き延ばしを図る。その間に、金銭授受の現場を突きとめ、早急に人を送る。なお、誘拐現場の特定や、家族の身辺調査も同時に進める。

午前二時が近くなって、工藤書店に張りついていた今岡警部補からの連絡が本部に入った。

『明日の朝一番で身代金の用意をするそうです』

根本夫婦は考えた末に、巧の命には代えられないという判断を下したのだ。

人質の爪をはがして送りつけてきた犯人である。株券の用意をしなかった場合には、脅迫状に書いてあったとおり、見せしめとして人質に手をかけかねない怖さがあった。もし金を惜しんで甥の命が奪われたのでは、彼らとしても寝覚めが悪すぎる。多少の迷いがあったのは関係ない。とにかく彼らはできる限りのことをしようと決めたのだ。

当面の捜査方針が決定されたあとで、加賀見は幹部の面々へ視線を配りながら発言した。

「よろしいでしょうか。わたしにはどうしてもまだ、工藤巧が人質に選ばれた理由がわからないのですが」

「どういうことだ」

黒田一課長が、まだあるのかと言いたげな目を向けた。先走って不安ばかりをあおっているかのように思われたのだろう。だが、人質救出のためには、あらゆる事態への備えが必要だった。加賀見は慎重に言葉を選んだ。

「犯人は独創的とも言える身代金受け渡しの方法を考え、かなり周到な準備を積んできたものと想像できます。しかし、なぜ人質として選ばれたのが、書店を営む祖父と二人で暮らす十九歳の大学生だったのか。確かに、駅前商店街という立地で、工藤久夫の持つ土地にはかなりの価値があるのだと思われます。しかし、商店街には、もっと誘拐のしやすい子供や女性などもいたはずです。なのに犯人は、あえて十九歳の男性を人質に選んできた。工藤巧という大学生が、女性のようにひ弱な男で、拉致や監禁が簡単だったのかもしれません。ですが、わざわざ大学生の男を選んだ理由が、今ひとつわたしには理解できないのです」

「つまり、犯人が工藤巧をよく知る者だと言いたいわけだな」

小橋が長年のつき合いから、〝あうん〟の呼吸で素早く先を読んで要約した。こういう助け船を出してもらえると、警部補風情でも自由に発言ができる。

「そう断言はできにくいところがあるのは事実です。工藤巧がどんな大学生なのか、我々はまだ詳しく知りません。しかし、前代未聞の身代金を要求してきた狡猾さを持つ犯人なら、もっと安全に誘拐できる、資産家の子供を選ぼうとするのが普通ではないか、と思うのです」

額に手を当て沈思黙考のポーズを取っていた元山が、即座に首を振った。

「いや、やはり犯人は、工藤巧が誘拐しやすい、と考えたのかもしれないな。彼の行動パターンをよく知る者で、誘拐のチャンスがあり、また入院中の祖父が資産を持っていることを事前に知り得た人物なのかもしれない」

現実派の元山らしい意見だった。確かに考えられなくはない。しかし、本当にそれだけなのだろうか。加賀見には疑問が残る。

工藤巧の家庭環境をよく知る者なら、なおさら彼の誘拐はさけるようにも思えた。動機の面から警察に感づかれたのでは、せっかくの素晴らしい身代金受け渡しの方法が、台無しになってしまう危険性もある。

元山が言うように、犯人が工藤巧の行動パターンを知っていた者だとしても、彼の周辺に近い者ではあり得ない気がしてならない。

工藤巧は、今日の午後、五時まで店番を務め、叔母の文江と交代してから、家を出ていた。文江の話では、入院中の祖父を見舞うためだという。

平日は、巧には大学での授業があり、根本文江には家族の夕食を作るという仕事があるため、昼間を文江が、夕方から夜を巧が店番を務め、日曜や祭日は日中と夕方以降の店番を替えていた。

しかし、誘拐当日の夕方、巧は病院に現れていないことが確認された。その後、友人たちと会うと彼自身が言っていたが、その詳細もまだわかってはいない。

祖父の入院する病院は、東京湾沿いにある大学の付属病院で、駅前からはバスで十五分ほどの距離にあった。工藤巧はいつも自転車で見舞いに通っているという話が聞けた。

彼はよほど人通りの少ない道を、病院まで通っていたのか。だとすれば、誘拐はたやすかったかもしれない。土地を持つ祖父は入院中で、残るは叔母夫婦だけ。巧にいつか相続される遺産分を身代金として要求すれば、叔母夫婦も問題なく金を払おうと考えるに違いないとの予測はつく。

所轄署の捜査員が、地元の不動産屋から話を聞いたところでは、駅に近い商店街という立地のため、工藤書店の土地価格は一億円をくだらない、という。その半分の五千万円ならまだわかりもするが、要求額は七千万円で、先週末の終値では七万株で八千万円近くにもなってしまう。二千万円強という大金は残るにしても、根本夫婦にしてみれば、痛すぎる出費なのは間違いない。

あの商店街で、もっと大きな土地を持つ商店主はいたし、誘拐しやすい子供だっているはずなのだ。

やはり犯人は、工藤巧が一人で病院まで通っている事実を知り、人質として目をつけたのだろうか。

「よし。人質を選んだ動機の面からも捜査を行う。久夫が入院している病院の関係者からも、話を聞いてこさせよう」

黒田一課長が現場の指揮に当たる元山に告げた。

「自分に行かせていただけますか」

加賀見は自ら聞き込み役を買って出た。本来なら、被害者対策を任された身なので、会議が終わればまた持ち場に戻されるのが普通だった。しかし、工藤巧という大学生が人質に選ばれた理由がどこにあるのか、自分の目と耳で、できるものなら確かめてみたい気持ちが強かった。

元山はわずかな躊躇を見せた。捜査のマニュアルや定石を大事にしたがる彼としては、特例を認めることへの迷いがあるのか。あるいは、株取引に詳しい加賀見を、本部に置くことを考えていたのか。だが、加賀見としては、解説者のような役回りでは物足りなかった。十七歳の息子がいるからではなく、人質のために自ら動いて光明を見つけたかった。

黒田一課長があごを引いて加賀見を見据えた。

「いいだろう。行って来い。ただし、我々に残された時間は少ないからな」

金沢署の宿直室で六時半まで仮眠を取ると、加賀見は朝一番の捜査会議に出席した。

昨夜のうちに捜査方針は決定されており、会議というよりは報告会のような色合いが濃いものになった。

科捜研に回された爪は、生体からはがされたものに間違いなく、血液型はRH式プラスのO型で、工藤巧と一致した。

被害者宅に送りつけられた封筒と小箱からは、いくつかの指紋が出てきていた。ただし、犯人のものだという断定はできず、前歴者との照合を試みたが、ヒットする指紋はひとつもなかった。

工藤書店と付属病院までの主立った道筋を、所轄の地域課の協力を得て調べたが、工藤巧が乗っていったはずの自転車はまだ発見されていない。自転車ごと連れ去られたのだとすれば、犯人は少なくとも26型のマウンテンバイクを積める車両をあらかじめ用意していたことになる。今日いっぱいをかけて、金沢署の捜査員を中心にした三十名が周辺地区への聞き込みを続行する。

工藤書店の二階の窓が見える場所の絞り込みは終わっていた。やはり国道から直接見通せることがわかり、犯人は商店街に入ることなく窓に掲げられたシャツを確認できるのだった。国道を通過する車両のナンバーをすべて控えておくことは不可能ではないが、バスやタクシーを利用されれば、車の持ち主をすべて調べつくしたところで犯人につながる保証はなく、ビデオカメラでの収録は見送られた。

国道から確認できなくするように、道の途中に大きな看板を立ててはどうか、という強引な意見も出されたが、幅八メートルの公道をふさぐ看板の設置は、現実的には不可能だった。

ここでも犯人は、周到な計画と準備を積み重ねて犯行に及んできたことが裏づけられた。脅迫状に使用された封筒と用紙の特定作業はすでに着手していた。伝票が最初から用意されてあったことから、犯人がどういう経緯でどこから伝票を手に入れたのかの作業も進められる。

また、バイク便会社へかかってきた電話は録音されていなかった。ただし、電話に出た女性オペレーターから、男性の声だったのは確かで、年輩者とも思いにくい、という証言が得られていた。

人質の爪を送りつけるという大胆な仕業からも、比較的若く、屈強な男の犯行である可能性が今のところ高そうだった。

最後に、具体的な捜査別の班編成が、小橋警部から発表され、短い会議は終わった。

加賀見は所轄の若い刑事と組み、工藤久夫が入院している付属病院を訪ねた。

連休明けということもあるのか、ロビーは通院患者であふれていた。加賀見も古傷の右ひざの調子が悪く、天気の悪い日になると夕方には痺《しび》れのような痛みがしくしくと波状攻撃をかけてくる。妻には早く医者へ行けとうるさく言われていたが、だましだまし捜査に靴底をへらし続けていた。

事前に大代表へ電話を入れておいたので、事務長だという五十年配の男性が応対してくれ、会議室のような小部屋へ案内された。

工藤巧が誘拐されたと正直に話すわけにはいかないので、工藤書店とその周囲の商店街に悪質な嫌がらせが続き、その関連の捜査だと告げてあらためて協力を要請し、最初に担当看護師を呼んでもらった。

五分も待つと、久夫の入院する内科病棟のベテランだという看護師が、落ち着いた物腰で会議室に現れた。刑事だと知っても、さして表情を変えないのは、毎日、病や死という緊張感を相手にしているせいもあるのだろう。

いたずらに身構えさせないよう、加賀見は優しげな口調で切り出した。

「入院中の工藤さんはこの件についてご存じないと思うのですが、あくまで確認のために話をうかがわせてください。お孫さんの巧君は、たびたび久夫さんの見舞いに訪れているのですよね」

「はい。ほぼ毎日と言っていいぐらいだと思います」

「ほう。祖父思いのいい子なんですね、彼は」

話の呼び水にと相づちを返すと、ベテラン看護師は少しだけ首を傾げてみせた。

「根は誠実な子だと思います」

奥歯にものの挟まったような言い方に聞こえ、加賀見は訝しがりながらも微笑み返した。

「根は誠実でも、外見からはそう見えなかったと？」

「いいえ。そこまでは……」

根本夫婦から譲り受けた工藤巧の写真を、加賀見は思い返した。十九歳の男性が誘拐されるという、あまり例のない事件だという先入観があるため、勝手にひ弱な青年のイメージを工藤巧に重ねていたところがあった。

興味を覚えてなおも巧のことを尋ねようとすると、看護師は不思議そうな表情で訊いてきた。

「商店街の嫌がらせに、あの子が関係しているんでしょうか」

「いいえ、そういうわけではありません。あくまで確認なんです。ですが、彼が嫌がらせに関係していてもおかしくはない、と思われるような心当たりでもおありですか」

反対に尋ね返すと、今度は看護師が首を横に振った。どうも煮え切らない態度に見えた。言いたいことがあるのに、体面を気にしてなのか、口を慎んでいるようにも映る。

相手の身構えをとくために、加賀見は人情派の刑事を装って笑顔を心がけた。

「我々警察の捜査は、決して外部に洩れることはありませんから、ご安心ください。あなたが感じたこと、気になったこと、何でもいいですから、我々に話していただきたいのです。些細《ささい》なことの裏に、事件解決につながるヒントが隠されているかもしれませんのでね」

看護師は一度迷うように視線をさまよわせてから、加賀見を見返した。

「……実は、若い看護師の中で、工藤君を怖がっている人がいます」

「それはまた、どうしてです」

「おじいさんのご病気がご病気ですから、つい鬱ぎがちになるのは無理もありません。でも、いつも思い詰めたような顔をして、看護師にも非常に厳しいことを言ってきます」

工藤久夫の病状は気になったが、ようやくなめらかになりかけた会話の腰を折る気になれず、加賀見は話の先をうながした。

「たとえば？」

「工藤さんは手術を終えたばかりで、まだ食事ができません。けれど、若い看護師が、どの患者さんにも訊くようにしているため、ご飯は残さず全部食べましたか、とつい訊いてしまったことが何度かあります。そのことをあの人はいつまでもしつこく、看護師に向かって……」

「意見をした、と」

「かなり強行に。祖父は食事ができず、つらい思いをしているのに、どうして無神経にそんなことを訊けるのだ、と」

確かに無神経な話ではある。食事をとりたくてもとれずにいる患者にとって、身に応える質問だったろう。若者らしい憤りから、つい工藤巧は声高に意見をしてしまったのかもしれない。看護師にも落ち度はあるわけで、だからといって巧を怖がるのでは、一方的な話に思えた。

ベテラン看護師は、ひざの上で両手を重ねた。

「病室で怒鳴り出したこともありました」

「看護師にですね」

「はい。あとは――身内の方にも」

両親はもう亡くなっており、祖父と二人暮らしの巧にとっての身内は、そう多くない。

「工藤さんは四人部屋に入られていますから、ほかの患者さんの迷惑にもなるんです。けれど、あの人はいくら注意しても……」

「誰でしょう。彼が怒鳴っていた身内というのは」

刑事が勢い込んだのでは、相手を身構えさせてしまう。加賀見ははやりそうになる気を静めて訊いた。看護師がわずかに首をひねった。

「親戚の方としか……。四十すぎの眼鏡をかけた小太りの男性でした」

文江の夫、根本俊雄か。

ベテラン看護師は、巧が根本俊雄らしき人物を怒鳴っていた現場には立ち会っていなかったという。彼女に頼み込んで、目撃したという同僚を呼んでもらった。

まだ二十歳そこそこに見える若い准看護師は、加賀見たち刑事を前に緊張した面持ちで口を開いた。

「わたしも、よくはわからないんですが。店がそんなにほしいのか、とか。急に顔を出すな、とか……。どうもおじいちゃんが亡くなったあとのことを考えて、親戚の人が急に嫌な話を始めたみたいでした」

もう間違いなかった。やはり、根本俊雄だ。

久夫が入院したために、文江が書店の店番を務めるようになっていたが、根本夫婦はそれまで久夫に手を貸すようなことはなかったのだろう。

看護師によれば、その親戚は病院で巧に怒鳴られたあとも、彼が店番をしている時間に限って、夫婦で見舞いに来ていたのだという。それに気づいた巧が病院に現れ、二人を怒鳴りつけて、また騒ぎになったのだった。

「つまり、彼らは久夫さんの遺産のことで言い争っていたわけですね」

「そうだと思います。おじいちゃんの前ではさすがにはっきりとは言ってませんでしたが、廊下の先で、お金はくれてやるとか、お孫さんのほうが何度も怒鳴ってましたから」

「廊下の先に、休憩所とか、喫煙所とか、人が集まるようなところが作られてはいないでしょうか」

加賀見が勢い込んで訊くと、二人の看護師が息を合わせたように頷いた。

これではないのか。

加賀見は所轄の若い刑事と無言で顔を見交わした。見舞客や入院患者が集まる休憩所の近くで、工藤巧と根本夫婦が遺産のことでもめていた——その現場をもし犯人が目撃していた、とすればどうなるか。

駅前商店街の書店経営者が入院中で、土地は親戚同士がいがみ合うほどの価値を有している。孫はほぼ毎日、決まったルートを通って同じような時間帯に自転車で見舞いに来ていた。行動パターンは簡単につかめる。

「加賀見さん、病棟の廊下へ行ってみましょう」

中島という所轄の刑事がメモの手を止め、興奮を隠しきれずに言った。

犯人は、この病院に立ち寄っていたのではないのか。

加賀見たちは看護師に案内を頼み、病棟へ上がった。エレベーターの前が、ちょっとした待合室のようになっており、長椅子が並べられてあった。入院患者、見舞客、病院関係者、薬品や医療機器の販売業者……。病院に出入りする者は多い。その中に、犯人か、またはその関係者がいたのではないか。

「巧君が親族と言い争っていたのはいつだったでしょうか。ぜひとも正確な日時を思い出していただきたいのです」

首を傾げる看護師たちに質問を重ねた。日付と時間帯から、病棟を出入りする者の絞り込みはある程度可能だった。

何人もの看護師から話を訊いた。はっきりと断言できる者は一人としていなかった。しかし、目撃した看護師たちのローテーションからたどり、一月十八日の金曜日の夕方五時すぎだったことが判明した。

直ちに本部へ報告を入れると、小橋警部も言葉尻を弾ませた。

『考えられるな。犯人は、工藤書店の土地価格を一億四、五千万円と見積もった。だから、半分の価格を身代金として要求すれば、根本夫妻はためらわずに払う。どうせ半分は、あとで巧が相続する分だからだ』

「巧としては、たぶん祖父の残した書店を続けたいと考えていたんでしょうね。ところが、根本夫婦は現金がほしかった。身代金を銀行から借りてしまえば、巧が解放されたあとで、書店の土地を売り払うことになるかもしれない。根本夫婦は迷いもせずに身代金を支払う、と犯人は踏んだのでしょうね。ただ、最近の地価の下落で、犯人が見積もったほど工藤書店の土地の価格は高くなかった」

『今すぐ上に話を通して、病院に協力を要請する。そっちで待っててくれ』

「警部が直接、幹部にかけ合ってくださいよ」

『よけいな心配をするな』

間に人を介したのでは、組織の宿命なのか、現場の熱意がフィルターを通されて薄まってしまい、結論が下されるまでに時間がかかってしまうケースがよくあった。特に相手も役所まがいの組織に思えるので、伝言ゲームのような実のない交渉はさけたかった。

入院患者、出入り業者、病院関係者などの近くに、犯人のいる可能性がある。突破口が見えてきたのかもしれない。

「次は担当の医師から話を聞くぞ」

加賀見は若い中島の肩をたたいて歩き出した。

4

工藤久夫の病名は、大腸癌だった。それも、発見された時はすでに肝臓への転移が見られ、末期に近い状態だと教えられた。一月十五日に手術が行われていたが、少しでも食事をとれるようにするための補助的なものであり、劇的な回復は残念ながら望めそうにない、と担当医は言った。

余命はどのくらいなのか、という加賀見の問いに、医師は言葉をにごした。プライバシーにかかわることであり、家族でもない刑事に気安く答えられるものではないと想像できた。

だが、久夫の病状からも、工藤家が抱えていた相続問題は裏づけられた。

久夫が遺言状を用意してあるのかどうかはわからなかったが、もしこのまま彼が亡くなった場合、一億円ほどになるという土地の相続権は、次女の文江と、長女の息子である巧の二人に、それぞれ五十パーセントずつが認められるのである。同居する巧はまだ大学生で、書店を引き継いでいくのは実質的には難しい。久夫が病に倒れたことで、書店をどうするかが、彼らの間で問題になっていたものと考えられた。

その諍《いさか》いを、犯人は偶然にも知り、だから工藤巧を人質に選んだ。彼らが言い争っていた一月十八日の午後五時すぎ、犯人か、あるいは犯人に情報を与えられる立場にいた者が、あの外科病棟のエレベーター付近にいたのではないか。そうでなければ、わざわざ犯人が十九歳の青年を誘拐しようと考えた理由がわからなかった。

加賀見は確信した。病院関係者を虱潰《しらみつぶ》しに当たっていけば、必ず犯人にたどり着ける。

しかし、病院側の協力はなかなか得られず、午後になっても本部からの連絡は入らなかった。

「どうなってるんです、警部」

矢も楯もたまらず加賀見が催促の電話を入れると、小橋も苛立《いらだ》ちを隠さずに声をとがらせた。

『いいから待て。今、本部長が大学のお偉方に話をつけてる』

「もう三時間も待ってますよ。いつまで老人たちと一緒にロビーで待てばいいんです」

たとえ上司でも、相手が同年代なので、つい言葉遣いが荒くなった。小橋も階級を振りかざして物を言いたがるような堅物ではない。

『上の尻をみんなでたたきつけてるよ。でもな、医者には患者のプライバシーを秘匿する義務があるとか頭の固いことを言ってるやつがいるらしい。俺たちが患者の情報を外に流すわけがないってのにな』

情報化社会の宿命なのか、銀行や役所などの持つ個人情報が、外部へ売り渡されてしまうという事件が最近目につく。悲しいかな、警察の不祥事もないわけではない。だからといって、人質の命と患者や病院関係者の住所氏名という個人情報、どちらの比重が重いのかは考えるまでもない気がする。

『大学ってのも、どこかの組織と似て、足の引っ張り合いが多いらしい。警察からの要請だろうと、何の抵抗もなく情報を明け渡したのでは、あとで責任問題に発展しかねないと考えてるんだろう』

「どこの組織も同じですか」

『ぼやきはあとでたっぷり聞いてやる。おとなしく待ってろ』

待たされる時間がつらく、加賀見は若い中島を引き連れて再び看護師から話を聞き、一月十八日に入院していた患者名を、やや強引に頼み込んで、調べ出してもらった。

犯人は明日にも身代金を受け取ろうとするかもしれない。とすれば、捜査にかけられる時間はもうほとんど残されてはいなかった。

病院関係者が犯人と近い間柄にあるという可能性も否定できなかったが、まずは見舞客や出入り業者を調べるのが先だと思えた。看護師や医師たちには、患者のプライバシーをみだりに口外するものではない、という常識がある。

ナースステーションの前に、見舞客が名前と住所、患者との間柄、それと訪問時間を書き留めておくためのノートが置かれてあった。ただし、看護師と顔なじみになった者や、初めての訪問で規則を知らない者の中には、書き留めずに見舞いをすませてしまう者もいた。

「加賀見さん。もし犯人がこの病院で工藤家の情報を仕入れたのだとすると、自分の名前をこのノートに残しておきますかね」

「普通は消そうとするだろうな。だが、たまたま見舞客から情報を聞き出せたというケースもあり得る。いや、そっちのほうが、可能性は高いんじゃないだろうか」

ノートに残された情報は有力な手がかりのひとつになるかもしれない。しかし、そこに犯人の名前はない、と考えたほうがまずよさそうだった。犯人が自分の名前という証拠を残しながら、誘拐事件に手を染めようとするとは考えにくい。

午後三時をすぎて、ようやく大学側への説得が実り、本部からの連絡が携帯電話に入った。直ちに十八日の時点で入院していた患者の氏名と住所をひかえ、見舞客のノートをコピーさせてもらった。出入り業者の一覧も受け取り、事務員から十八日の午後に病院を訪れた業者と担当者名を教えてもらった。業者も見舞客と同じく、一階の受付でノートに名前を記入する規則が徹底されていたのである。

また、入院患者の食事は、すべて外部の業者の手によるもので、配膳もその業者のパート職員が受け持っていた。午後五時前後は夕食の準備が始まるころであり、すでに配膳係も病棟に出入りしている。

リストを持って本部へ戻った。

午後三時半。待ち受けていた捜査員に、元山警視がリストを振り分けると、刑事たちは先を争うように会議室を出て行った。

加賀見も外回りに出るつもりでいたが、小橋に呼び止められた。

「明日以降は、おれと一緒に捕捉班の指揮車に乗ってもらう。そのつもりでいてくれ」

「わたしがですか」

「何だ、不満か」

捕捉班は、身代金の取引現場を固める実行部隊だった。現場周辺に配置される捜査員は膨大な数にのぼる。取引の推移を見つめながら本部と連絡を取り合い、的確な指示を迅速に出していかねばならない。事件を見通す眼力と、瞬時の決断力が必要になる。二課での経験を買われての抜擢《ばってき》だったが、どうやらこれで今日も自宅へは帰れそうになかった。

「言っておくが、特別手当は出ないぞ」

小橋が言わずもがなのことをつけ足して、口の端でにっと笑った。おれたち中間管理職は、安月給で責任だけ背負わされているんだぞ、と言っておきたかったらしい。

株券の購入は、順調に進んでいるという報告が入った。

工藤書店は臨時休業となり、会社を休んだ根本俊雄が、午前九時の開店とともに証券会社を訪ねて自分の名義で口座を新設した。同時に、当日決済と指定して、株式会社バッカスの株を七万株「成り行き」で注文を入れた。

株を売り買いする注文方法は、簡単に分けると、成り行き、指値《さしね》、計らい、の三種類がある。「成り行き」はその日の相場のままで、「指値」は文字どおり値段を指定して、「計らい」はそのふたつの中間をとった売買方式になる。

前日に、財界でも名の知れた創業者のワンマン会長が死亡したのを受けて、バッカス本社の株は売り注文が増えたという。株譲渡事件の悪いイメージを払拭する前に、渦中の会長が死亡したのではマイナス材料になると、市場に受け取られたためである。

そのため、「成り行き」で注文した株は、先週末の終値より六十三円安い、千五十八円で取引が成立した。

一方、根本文江は、土地の権利書を手に、地元の銀行を訪ねた。

犯人が要求した七万株の代金は、七千四百六万円になった。それに株式売買委託手数料が二十二万円、さらにその消費税が加わり、合わせて七千四百二十九万一千円が必要になる。

文江は警察からも口添えをしてもらって事情を話し、今日中に七千五百万円の借り入れを銀行に依頼した。

担保は申し分なく、事情も特別なために、銀行は午前中に融資を決めてくれたのだという。土地の所有者は工藤久夫であるが、借入人は根本俊雄になり、久夫が保証人として担保を設定するという形を取ったらしい。本来は、久夫の承諾が必要なのだが、闘病中であり、さらに事件の状況も考慮されての判断だった。

あとは、担保を確認し、現金が証券会社の口座へ振り込まれれば、株券は根本俊雄の手に渡されることになる。

加賀見は、元山警視や小橋とともに捕捉班の編成作業を急いだ。

県内で株券の受け渡しが行われるのなら、指揮系統は一本化できる。しかし、もし都内や他県へ行けと犯人から指示が出された場合、警視庁やよその県警本部にも協力を要請する必要が出てくる。また、二カ所での取引が予想されるため、別班も用意し、あらかじめ配置しておかなければならなかった。

刑事部長が県警幹部を説き伏せ、六百人という大規模な捜査態勢が取れることになった。無線傍受班をふくめた現場捕捉に百五十人、その周辺待機にも百五十人を配する。金融業者が比較的多い横浜市の中心街に百人。県内の所轄署に、いつでも動き出せる機動部隊をそれぞれ用意させる。県内図にあらかじめ配置を書き込み、指揮系統と使用する無線の周波数帯を決めておいた。

問題は、予想される別の場所での現金受け渡しの捕捉だった。

携帯電話ひとつあれば、たとえ関西地区であろうと、取引は可能になる。だからといって、全国の県警本部すべてに今のうちから協力を要請しておくわけにもいかなかった。

刑事部長が警察庁へ赴き、関東近県と愛知、大阪の両府県にも話を通してもらえるように要請を出した。いざとなった時、各県警がどれほど迅速に動いてくれるか不安は残るが、今は信じるほかはなかった。

株の用意ができそうだという報告を受け、捜査本部では幹部を中心にして新たな話し合いがもたれた。犯人の指示どおりに、白いシャツを掲げるかどうか、の問題である。

加賀見が調べ出してきた病院での揉め事を、犯人が目撃、または間接的に知った可能性は高い。とすれば、病院関係者をくまなく当たっていけば、犯人らしい人物にぶつかる可能性もある、という期待が本部にはあった。

最初に言い出したのは黒田一課長だった。

「犯人のいいなりになってシャツを掲げるのも、ひとつの方法だ。しかし、捜査員が今、情報を集めている。それを待ってから、犯人の要求に応えても遅くはないだろ。犯人の要求は、今日中にシャツを掲げろということだったよな」

「では、深夜十二時ぎりぎりまでシャツを掲げるな、と言われるのですね」

小橋が暗に異論をふくませて確認を取ると、黒田は慎重にスタッフの顔を見比べた。自分でも強引な手だと承知しているのだ。

慎重派の元山は、明らかに結果を危ぶむような目で上司を見ていた。だが、面と向かっての反論はひかえ、周囲の出方を見ている。

賛同の声は上がらず、黒田がなおも言った。

「要求が聞き入れられなかったのかと思い、犯人のほうから電話をかけるなりして、接触を図ってくるかもしれない」

「危険ではないでしょうか」

金沢署の刑事課長が慎重な言葉で疑問を放った。人質の生爪をはがし、送りつけてきた犯人である。要求が受け入れられなかった場合には、何をしてくるかわからない面もある。

「まあ、待て。身代金を用意する意志はあったとしても、銀行や証券会社の手続きが遅れて、株の売買が間に合わない場合だってある。夜までにシャツが掲げられてないとわかれば、犯人としても疑心暗鬼になって、次の新たな動きに出てこないとも限らない」

難しい選択だった。確かに犯人が工藤家の病院での諍いを知り、巧を人質に選んだ可能性はある。しかし、百パーセント確実な情報だとは言えなかった。今日中に、捜査員が怪しい人物を発見できるという保証もない。

午後四時すぎ、被害者宅から株の用意が調《ととの》ったという報告が入った。証券会社の口座へ売買代金が振り込まれたことを確認し、七万株の株券が根本俊雄の手に渡されたのである。

すぐさま白いシャツを窓に掲げようとした根本文江に対して、被害者宅に詰めていた今岡警部補が待ったをかけた。すると、文江からなぜだという怒りのこもった言葉が返されたのだった。

「せっかく身代金を用意したんですよ。もし巧の身に何かあったら、警察は責任を取ってくれるんですか」

遺産の件で工藤巧と不仲になりかけていたとはいえ、根本夫妻は最終的に彼の命には代えられないと結論を下していた。もしかしたら夫妻は、自分らの不仲が近所に知れ渡っていて、その話が犯人の耳へも届き、だから巧が誘拐されたのではないか、という不安と責任をも感じていたのではないか。

いずれにせよ、身内からの切実な叫びを聞き、黒田も持論を引っ込めざるを得なくなった。

五時十二分。本部の了承を取りつけた根本文江が、犯人からの指示どおりに、工藤書店二階の窓に白いシャツを掲げた。

冬の陽は短い。すでに夕暮れが迫っていたが、商店街の照明があるため、遠目にも白いシャツの存在は確認できると、周辺警備の捜査員から連絡が入った。

犯人が本格的に動き出すのは、おそらく明日以降になる。夜のうちに白いシャツの存在を確認し、身代金の受け渡し方法を指示してくるはずである。

株券という前代未聞の身代金を要求してきた犯人だ。警察の関与は、まず間違いなく予想の範疇だろう。あっさりと電話を使って指示を出してくるかどうかは疑わしい。

犯人がいつ、どんな手段で次の指示を出し、動いてくるのか。捜査本部にとって気の抜けない時間帯に突入した。

5

二月十二日（火）午後七時十五分

テレビのアナウンサーが永渕孝治の死亡とそれにまつわる警察の動きを淡々と読み上げていた。「バッカス会長死亡、いまだ正式な発表なし」という見出しが浮かび、画面が病院前からの中継に切り替わった。

「病院側からはまだ正式な発表がありません。これは、永渕氏の病状を最もよく知る主治医であり、院長でもある辻倉政国氏が、今なお野方警察署で事情聴取を受けている最中であり、詳しい話が聞けないためだ、と言われています。なぜか警察からの発表もなく、どんな理由から永渕氏の遺体を警察が収容したのか、なぜ辻倉院長から事情を聞いているのか、詳しいことは依然として謎に包まれたままです……」

これで朝から何度目のニュースになるだろうか。冬季オリンピックの報道は片隅へ押しやられ、新聞もテレビも永渕の死亡についての続報に時間とページを割いていた。

昨夜までは、単に株譲渡事件で逮捕され、初公判をひかえていたバッカス・グループの会長が死亡した、という内容にすぎなかった。しかし、一夜明けてワイドショーのいくつかが、永渕の死亡に不審な点があるという報道を始めて以来、各テレビの論調は一変した。病院には報道陣が押し寄せ、辻倉家の電話や呼び鈴も立て続けに鳴り、カーテンを閉じた家の様子が何度もテレビに映し出された。

画面が切り替わり、また病院前でもみくちゃにされる事務長の姿が映し出された。見ているのがつらく、辻倉良彰はソファから立った。たとえどのチャンネルに合わせようと、ニュースの中身は変わりようもないというのに、耀子と頼子は、そこに朗報が入るのではないかという期待を込めて、祈るように画面を眺め続けていた。

死亡の演技を終えてから、すでに三十時間が経過した。電話の前を動かずにいる二人の刑事も口をつぐんで押し黙り、家の中に重苦しい空気が立ちこめていた。

犯人が永渕死亡のニュースを聞いていないはずはなかった。これほどマスコミが騒ぎ立てているのだ。政国は警察の事情聴取を受け、永渕の死の裏に何かある、と誰でも想像できる状況が完璧なまでに調っていた。

それなのに、恵美はまだ解放されていない。犯人からの連絡もない。

電話は何度も鳴った。しかし、院長と一緒に死亡を確認したはずの副院長までが自宅に引きこもっていると知った報道陣からのものばかりだった。そのたびに、平松という女性刑事が家政婦を装って電話に出て、「副院長は風邪のために寝込んでいます」と見え透いた言い訳をくり返した。

なぜ恵美は解放されないのか。

時間の経過とともに、払いのけようとするそばから不安が体を蝕んでいった。成功の可能性が極端に低い、賭に近い手術の結果を待つ家族のような心境だった。手術室の外で、ひたすら祈りながら待つしかない。手術中の赤ランプはもう消えたはずなのに、医師も看護師もなかなか姿を見せようとしないのはなぜなのか。嫌でも悪い予感がふくれあがる。

息子の伸也は事実の重みと状況を自分なりに受けとめ、昨日から母親と祖母へ盛んに話しかけるようにしており、その冷静な態度は辻倉が驚くほどだった。自分の役割を悟り、彼は疲労の色が濃い二人を気遣うことを忘れなかった。

「どうかした？」

いたたまれずに席を立った辻倉を見て、伸也が声をかけてきた。酒に頼ろうと歩きかけたが、息子に呼び止められて辻倉は考えを変えた。政国も警察でじっと焦燥感に身を焦がしながら待っている。自分一人が酒に頼ったのでは恥ずかしい。

「いや、そろそろ夕食をどうするか考えないといけない、と思ってね」

「お弁当でも買ってこようか。母さんたち、ちょっと疲れてるだろ」

伸也がソファから立った。

「大丈夫なの、外へ出たりして。マスコミの人が待ち受けてるんじゃないの」

頼子が力ない視線をカーテンのほうへと向けた。

「平気だよ。両親ともにふせってるから、静かにしろって文句を言ってやるよ」

勇ましげに言い、伸也が歩き出した時だった。

電話が鳴った。

今日、何度目になるかわからない緊張感が部屋を一瞬のうちに支配した。またどこかの報道機関からの問い合わせだろうか。

岩見刑事が小声で無線に呟き、ヘッドセットを手にしながら同僚に合図を送った。家族が期待を込めて見つめる中、平松刑事が受話器を取った。

「はい、辻倉です。……そうですが」

平松刑事の声に、わずかな戸惑いと、気配をうかがうような響きがまじった。マスコミからの問い合わせではないようだ。

「……はい。間違いありませんが、どういうことなのでしょう」

今までの電話とは話しぶりが違っていた。横で岩見刑事がまた無線に何事かささやきかけた。

「もう一度確認させてください。そちらにいらっしゃる娘さんの髪型ですが、何かおかしな点はないでしょうか」

娘さんの髪型――？　刑事は何を確認しているのか。

「刑事さん、恵美ですか、恵美なんですね」

耀子がソファから立ち、伸也が支えるようにして母へ寄りそった。辻倉も平松刑事の前へ歩いた。

平松刑事が小刻みに頷き、視線を送ってきた。

もしや――。

「こちらは警視庁の平松と言います。失礼ですが、お名前と住所をお聞かせください。ただちに地元の警察署から確認の者を向かわせます」

平松刑事の声に力がこもった。同時に、横で岩見刑事が言った。

「入間郡《いるまぐん》毛呂山町《もろやままち》」

逆探知に成功したらしい。平松刑事が頷き返し、辻倉たちを見回した。

「埼玉県毛呂山町の民家に、恵美さんらしい女性が救助を求めに来ました。髪の毛の一部がかなり乱暴に切られているといいます」

髪の毛が切られている——犯人が送りつけてきた封筒に入っていた髪の束が思い出された。

耀子が声にならない声を洩らし、その場にひざをついた。腰を浮かしていた頼子もソファに座り込んだ。

恵美だ。恵美に間違いない。

「本人を電話に出していただけますでしょうか」

平松刑事が電話の相手に告げた。辻倉は雲の上を歩くかのような足取りで、刑事の横へ急いだ。駆け寄りたいのに、足が思うように動かない。

「かなり衰弱されているようです」

平松刑事が受話器を差し出してきた。この電話の向こうに恵美が、いる。

「……恵美か。父さんだ、もう心配はいらない。聞こえるか、恵美」

声がかすれ、辻倉は震えそうになる舌と唇を動かし、声を絞った。息を継ぎ、耳を澄ませた。

「……お父さん……」

恵美の声だった。娘の声を聞き間違えるはずはない。耀子と頼子に頷き返した。なぜだか声にならなかった。恵美だ、恵美が生きて帰って来る。やったぞ、早く義父にも知らせを。叫びたいのに声が出ず、胸の奥が熱くなった。

　両手を力強く振り上げて歓声を上げた伸也の姿が、にじんでよく見えなかった。

6

『……埼玉県警が確認。保護した女性は辻倉恵美に間違いない。くり返す。十九時四十七分、埼玉県警が辻倉恵美を保護した。これより、最寄りの東飯能《ひがしはんのう》総合病院へ移送される』

　無線が刻々と、警視庁に集まる情報を伝えてきた。桑沢遼一は覆面車の助手席で地図を広げて目を走らせた。解放された人質が運ばれる病院の場所を確認する。

　被害者宅からの情報が入るとともに、桑沢は成瀬警部の指示を受け、部下とともに捜査本部の置かれた旧警察大学校を出発した。

　待ち望んでいた人質の解放だったが、発見場所が埼玉県警の管内であり、辻倉恵美の保護は、いずれ埼玉県警を通じて各報道機関に情報が流される。本部に詰めていた刑事部長がすぐさま埼玉県警へ協力を要請したが、短時間に末端の警察官にまで箝口令《かんこうれい》を敷くことは難しい。何より彼らには、マスコミを欺くような行為に荷担する義理はなかった。

　もし警視庁の要請を呑み、人質の解放をマスコミの目から隠そうとしたなら、あとになって県警の姿勢をもただされかねない。すでに人質は保護されたのだから、マスコミを欺く必要はなくなっている。どのタイミングで事件の概略を発表したらいいのか、今ごろは捜査本部で幹部たちが頭を悩ませているだろう。

『……辻倉恵美は衰弱が激しく、記憶が混乱している模様。彼女は一人で十九時すぎに民家の門をたたいて救助を求め、名前と自宅の電話番号を告げたという』

「助かりましたね、記憶が混乱していて」

ハンドルを握る若い捜査員が本音をもらして不謹慎な苦笑を浮かべた。もし辻倉恵美が衰弱していなければ、埼玉県警の捜査員に、犯人の特徴や誘拐の詳しい状況などを語られてしまい、手柄はすべて埼玉県警に、非難はすべて警視庁に、という目も当てられない事態になっていた。

いくら警視庁側が「手を出すな」と告げたところで、埼玉県警が最初に人質を保護した事実は動かせなかった。人質の安否はひとまずおき、警察間の縄張り争いを心配している自分たちが、桑沢は悲しく思えた。しかし、現実は厳しい。

桑沢たち警視庁は、こうして人質の解放にこぎつけはした。辻倉家に詰めていた岩見允から家族の喜びようを聞かされ、本部はつかのまの勝利にひたった。

しかしそれは、マスコミや世間を欺く苦肉の策が功を奏したからであり、犯人の逮捕はおろか、怪しい人物さえもまだ探り当ててはいなかった。事実をすべて知らされた時、マスコミは賞賛してくれるのか、警視庁の動き方に批判の目を向けてくるか、先は読めない。

ただひとつわかっているのは、人質の解放が確認されたというのに、警視庁側から何の発表もないのでは、非難の論調が強くなるのはさけられない、ということだった。

幹部は今のうちに少しでも、犯人逮捕につながりそうな得点を稼いでおきたい。しかし、最初の記者発表を遅らせるわけにもいかない。

『こちら成瀬だ。まだ着かないのか』

無線が変わり、指揮官の苛立たしげな声が割り込んできた。上層部は桑沢からの報告を待ち、直ちに会見を開くかどうかの決断を迫られていた。

「まもなく圏央道に入ります」

覆面車はまだ関越自動車道の鶴ヶ島ジャンクションの二キロ手前だった。飯能まではまだ少なくとも二十分はかかる。

『たまりかねて近藤警視もそっちへ向かった。案の定、埼玉県警がごねてるそうだ』

もし会見が開かれる時は、本部長に任せようというのだろう。近藤としては、埼玉県警がごねてくれたことで、記者の矢面に立たされる心配がなくなり、個人的には胸をなで下ろしているのではないか。

「記者発表は？」

『まだ呻吟《しんぎん》してるよ。ただ、被害者宅を一部のマスコミが張ってたらしい。あとを追いかけてるとの連絡が入った。彼らが飯能の病院に到着してみろ。大事になる。だから、急げ。辻倉恵美から一刻も早く話を聞き出せ』
「了解」
覆面車がスピードを増し、冬の星空が頭上を通りすぎていった。

高速を降りると、なりふりかまわず緊急用の赤色灯を掲げて病院へ急行した。

到着は八時二十分だった。東飯能総合病院の駐車場には、埼玉県警のパトカーが三台並び、覆面車らしき黒塗りも二台は見えた。どうやら埼玉側も事件の大きさを悟り、本腰を入れて捜査にかかってきたらしい。まず間違いなく、県警本部からも幹部が足を運んでいる。

桑沢の予想は当たった。ロビーにいた制服警官に名乗りを上げると、辻倉恵美が収容された病室へと案内された。その廊下で待ち受けていたのは、所轄の者ではなく、県警捜査一課の山城という五十年配の警部だった。

「ご苦労様です。つい今し方、医師の診断が終わったところです」

「話は聞けますでしょうか」

相手が自分より上の警部では、桑沢も強引な策は取れなかった。

「意識ははっきりしていますが、ろくに食事を与えられていなかったらしく、かなり衰弱が激しいようです。今は点滴を打ち、休んでますが、我々の呼びかけにも、ほとんど応えられない状態でした。少なくとも、今夜は安静にしておくべきだと」

山城警部は訳知り顔で首を振ってみせた。保護された被害者の体は、もちろん心配だった。しかし、警察官たる者、犯人逮捕への熱意を表に出さないはずはない。彼が落ち着き払っているからには、何らかの情報を被害者から聞き出していたのだろう。

「医者はどこです」

いくら警視庁の家紋をちらつかせたところで、桑沢は警部補にしかすぎず、山城に面と向かって論戦を挑むわけにはいかない。ここは、医師から面会の許可を取りつける以外に手はなかった。

山城警部が見た目には協力的な態度を保って制服警官に声をかけ、医師を呼びに走らせた。だが、本心から手を貸そうとしているわけではないだろう。

「発見までの状況をお聞かせください」

桑沢は対抗意識を顔には出さず、話を訊いた。質問に答えたのは、山城の後ろにいたもう一人の若い刑事のほうだった。

「辻倉恵美が救助を求めた先は、毛呂山町滝ノ入四二一の農家、高田清宅で、七時五分ごろだったといいます。青いジャンパーにジーンズという服装で、ほぼ全身に土が付着しており、おそらくは付近の山中で解放されたのではないかと思われます。現在、解放現場の特定のため、滝ノ入一帯の山を捜索中です」

「彼女は車に乗せられ、解放場所まで連れて来られたのですね」

今度は山城が短くあごを引いた。

「そのようです。目隠しをされていたので、犯人の顔は見ていなかったそうですが」

「どこで監禁され、犯人は何人いたのか、具体的なことは話していましたでしょうか」

「我々が質問をしても、小声で譫言《うわごと》のようなことを呟くばかりで、ほとんど会話になりませんでした。今は被害者から話を聞くよりも、早く解放現場を特定し、目撃情報を探し出すのが得策ではないか、と思われます」

そのどちらの捜査も、主導権を握って動くのは、地元の埼玉県警になる。桑沢たち警視庁は、彼らからの情報を待つしかなかった。

初老に近い医師が、廊下を駆けて来た。桑沢が面会をしたいと告げると、気は確かなのかと言いたそうな目を返された。

「意識ははっきりしていると聞きましたが」

「記憶に混乱があります。明瞭な意識とは言い難い面があります」

「しかし、怪我はなかったのですよね」

「肉体的な疲労よりも、今は精神的なダメージのほうが大きいと言えます。ご家族がこちらに向かっていると聞きましたから、到着を待ってから判断してもらえませんでしょうかね」

「お言葉を返すようですが、どんな事件も初動捜査が肝心なのです。犯人を取り逃せば、いつまた彼女と同じような被害者が出ないとも限りません。今は彼女の証言ひとつひとつが極めて重要なんです」

「相手は十七歳の少女ですよ」

「十七歳なら、その証言には充分な証拠能力が認められます」

医師は天を仰いで返事に代えた。だからといって、あきらめるわけにはいかなかった。

「彼女の意志を尊重します。今は話すのもつらいと言うのなら、時間をおきます。まずは直接会って話をさせていただきたいのです」

仕方ないと言うように、医師が首を振った。

「私も同席させていただきますよ」

無茶な質問は許さないという顔つきになって、医師は渋々と病室へ歩き出した。

個室のドアを開けると、中は半分ほど照明が落とされていた。四畳半あるかないかの広くもない部屋にふたつのベッドが置かれ、向かい側のほうに看護師が腰をかけて何やら書き物をしていた。一人にさせたのでは、監禁状態を思い出させてしまうかもしれないという医師の配慮だった。

辻倉恵美は毛布から顔と右手だけを出し、静かに目を閉じていた。予想していたような悲壮感は、顔に表れていなかった。それどころか、夢見る少女が安らかな眠りについているようにさえ桑沢には見えた。

ただし、左耳の上から髪が切り取られ、乱れたままになっていた。唇の端が赤く擦れたように見えるのは、猿ぐつわでもはめられていた痕だろう。しかし、驚くほどに綺麗な顔をしていた。犯人は、よほど紳士的な扱いをしたものと思えた。

「もう休んだのかな」

医師が看護師に話しかけた。その瞬間、恵美の目が見開かれた。

天井を見上げたまま、数度またたきがくり返されたあとで、誰が近寄って来たのか、気配を感じ取ろうとするかのように、黒目がちの瞳がきょろきょろと素早く動いた。

怯えから、辺りの気配をうかがったのではなかった。怯えなら、体がもっと大きく動いたはずだ。

仕事柄、桑沢は事件直後の被害者が些細な周囲の動きに過剰反応を見せてしまう場面に何度も立ち会ってきた。しかし、辻倉恵美は目だけで素早く周囲を探ろうとしていた。

どういう少女なのだろうか。

かすかな疑問が一瞬、桑沢の胸に舞い降りた。今日まで三日間にわたって犯人のもとで監禁されながら、医師ではない男たちが入室して来たのを悟っても、怯えた様子は見せず、冷静に誰なのかを判断しようとした。両親の到着を心待ちにしていたのか。しかし、それにしては態度が落ち着きすぎていた。

「気分はどうかな。もうまもなくご両親がこちらに到着するからね」

桑沢はそっとベッドへ近寄り、辻倉恵美に話しかけた。

「初めまして。警視庁の桑沢といいます。あなたの自宅でご家族と一緒に、犯人側からの電話に対応させてもらいました。お父さんもおじいさんも、あなたの解放のために全力をつくしました」

恵美はすぐに桑沢から視線を外した。こちらの言葉の意味を、頭の中で反芻《はんすう》させているような表情に見えた。

桑沢は身を引き、素早く医師に耳打ちした。

「精神安定剤のようなものを与えたのですか」

「今はまだ。もしゆっくり休めないようなら、そのあとで考えようかと」

桑沢は再びベッドの恵美をのぞき込んだ。

「少し話を聞かせてもらいたいと思うんだけど、疲れてはいないかな」

恵美は目を閉じ、静かに顔を横へ向けた。はっきりとした拒絶の態度だった。医師が、それ見たことかというような目で見つめてきた。

三日間も監禁され、解放されたばかりなのだから、話を聞こうというのが、やはり無理だったのか。

開いていたドアがノックされ、カーテンの奥から制服警官が顔を出した。

「ご家族が到着しました」

その声を聞いても、恵美の表情に変化はなかった。この三日間の恐ろしい体験に、感情をすり減らせてしまい、気持ちを表に出せなくなっているのか。こうなったら家族の口から、犯人について話を聞き出してもらう以外にはないのかもしれない。

辻倉一家を迎えるために、桑沢は病室を出た。平松に先導されて、良彰と耀子、そして長男の伸也が小走りに廊下を近づいて来るのが見えた。耀子は早くも目に涙をため、息子に支えられるようにして歩いていた。政国と頼子の姿が見えないのは、別の車になったためだろう。

「ありがとうございます、桑沢さん」

良彰が深々と腰を折った。関係者から感謝されることが、警察官にとっては最大の喜びだったが、今回はまだ犯人の逮捕どころか、手がかりすらつかめていなかった。人質の解放も、良彰たちの力によるところが大きかった。桑沢の胸に喜びはかけらもない。犯人を逮捕できてこそ、彼らと喜びを分かち合えるのだと言い聞かせた。

笑顔で病室へ入って行った辻倉家の者を見送っていると、平松が思い詰めたような様子で近寄って来た。

「主任。どうも事件のことが洩れたようです。本庁と病院に記者が集まり始めているそうです」

予想された事態だった。埼玉県警の動きを察知したマスコミが、支局から東京へと連絡を流し始めたのだ。桑沢のポケットの中で、携帯電話が震えた。発信者は確認するまでもなく、想像できた。

犯人の手がかりはまだ何ひとつ得られていない。事件は表ざたとなり、これより公開捜査へと切り替えられていく。姿を見せない犯人との、地道な格闘がこれから始まるのだった。

7

記者会見は驚くほど短く終わり、テレビ画面は再びスタジオに切り替わった。アナウンサーが努めて冷静さを装い、もう何十遍も読み返したニュース原稿をまた読み上げ始めた。

画面に食い入っていた捜査員の間から、ため息ともどよめきとも取れそうな声が上がった。

加賀見幸夫はテレビから目が離せなかった。古傷のひざが、なぜかまた痛み出していた。

警視庁でも誘拐事件が発生していたとは知らなかった。黒田一課長と元山警視までが驚き顔でささやき合っているところを見ると、彼らも情報は上から何ひとつ知らされていなかったらしい。

「バッカスの会長が死んでいなかったなんて、驚きますね」

捜査員の誰かが他人事のような感想を口にした。

「驚くのを通り越して感心するよ」

隣で机に腰かけていた小橋警部が、ごま塩頭をかきむしった。

加賀見も頷かざるを得なかった。

「入院患者の命を奪うために、主治医の家族を誘拐する。卑劣極まりないが、確かに一理も二理もある方法ですね」

「ああ。犯人にとって最も危険が伴う身代金の受け渡しがない。犯人は被害者の家族や警察の前に姿を見せず、目的を達することができるわけだ。どこかの誘拐事件と非常に状況が似てるよ」

記者会見に望んだ警視庁幹部の表情が、事態の進捗《しんちょく》状況を見事なまでに物語っていた。犯人の目を欺き、要求された永渕孝治の命を奪ったように見せかけた警視庁側の作戦は成功し、人質として囚われていた十七歳の少女は解放された。しかし、肝心の犯人が何者なのか、手がかりはあるのか、矢継ぎ早に投げかけられた記者の質問に、「捜査中です」としか彼らは答えられなかった。動機の面からの捜査には入っているだろうが、人質の解放を優先させるため、犯人側に感づかれる恐れのある捜査はほとんどできていなかったものと見える。

「この事件が、こちらにまで影響してくることはないでしょうかね」

若手の刑事が加賀見に質問してきた。

「まず心配はないと思う。株価に多少の影響は出てくるかもしれないが、取引停止のような事態にまではならないはずだ」

「本当だろうな」

小橋が疑わしげなニュアンスを込め、鋭い目を向けてきた。

株価が急落し、もし値がつかないような状態になった場合、店頭取引の停止という事態も考えられた。会社更生手続きを申請し、実質的な倒産状態に陥った企業になると、店頭取引が停止されるケースもある。文字どおり、証券会社の店頭での取引が停止されることを意味するが、同時に個人間での売買にも大きな影響が及ぶ。容易に取引できない株では、誰もが売買を敬遠するからである。

もしバッカス株が取引停止になれば、犯人が善意の第三者を仲介に入れようとしても、肝心の第三者がバッカス株では取引に応じようとしない、という事態も考えられた。

仲介役の第三者に株が売り渡せないのでは、犯人にとって、身代金を株で要求したことの意味はなくなる。事件は、犯人が別の新たな株の銘柄を要求し直すところまで戻り、人質救出の遅れにつながる。

いや、人質の家族も、株が売却できないとなれば、指示された新たな株が購入できず、身代金の受け渡しそのものができなくなってくる可能性もあった。

『警視庁は、犯人の要求に応えたように見せかけて、人質の解放にこぎつけたわけですから、作戦は間違っていなかったと言えるでしょうね。しかし、これまで誘拐事件の場合は、発生と同時に報道協定が結ばれてきたにもかかわらず、今回警視庁は、事件の特異性から見て、協定を結んだのではかえって犯人側に警察の関与を伝えてしまうという予測から、マスコミ各社には一切の報告をしなかった。さらには、独断で永渕会長の死亡を演出した。つまり、結果としてマスコミに嘘のニュースを流させた、ということにもなってくるわけですよね』

『難しい問題ですが、明らかに警察は、マスコミを利用したと言えるでしょう。確かに警視庁は、永渕会長の死亡を正式には発表していません。しかし、家族や病院での情報を収集し、マスコミは永渕会長が死亡したというニュースを流してしまったわけです。我々も慎重な報道姿勢が必要なのは当然ですが、裏で警察が誘導していたとも取れるわけで、報道操作にも等しいと言わざるを得ない点はありますでしょうね』

ある報道番組では、識者と呼ばれる大学教授とキャスターがしたり顔で暗に警視庁の採った作戦を非難するような論調を展開していた。

警視庁への批判は、加賀見たち神奈川県警にとって、他人事《ひとごと》ではなかった。

工藤巧の誘拐事件に際し、神奈川県警はマスコミと報道協定を結んでいた。七千万円の身代金が要求された事実を発表していたが、犯人が株の銘柄を指定してきたとは伝えていない。株式市場に影響を与えたくないためだが、あとになって事情を知らされた時、マスコミ側がどう反応するかは想像がつかなかった。

だが、誘拐事件において、最も尊重されるべきものは、人質の命だった。人質の解放のためになら、ある程度の捜査上の秘匿は許されてもいいのではないか。

記者会見を見た限り、警視庁側の選択はやむを得なかった、と加賀見には思える。ほかに人質を救える方法があっただろうか。

もちろんマスコミも、警視庁の選択を頭から否定してかかるつもりはないのだろうが、自分たちの存在を軽んじられたという思いがくすぶっていそうに思えた。

「なあ、加賀見」

小橋が声を落とし、厳《いか》つい顔を急に近づけて来た。

「犯人がバッカス株を要求してきたのは、ただの偶然かな」

「偶然ではない、と言いたいのですか」

加賀見は少し意地悪な訊き方をした。同期の部下から突き上げを食らうことにはもう慣れた小橋が、苦笑を返してきた。

「わからんよ。俺は株のことなんか、何も知らないからな。けど、ふたつの誘拐事件に、たまたまバッカスという会社が関係していたなんて偶然が、どれだけあると思う」

「前にも言ったと思うのですが、財界にも力を持つカリスマ会長が死亡すれば、株の売買にも大きく影響は出てきます。だから、株を手に入れやすいと犯人が判断した、という推測は成立します」

「本当にそれだけなのかな」

「しかし、ほかに何がありますかね」

小橋は自分で言い出しておきながら、盛んに首を傾《かし》げてみせた。本当はもうとっくに答えを見つけているのだ。その証拠に、小さな目が抜け目なく動いて、加賀見の反応をうかがっていた。

「犯人は、どうしてもバッカス株を手に入れたい理由があった、とは考えられないか」

加賀見は机に置かれた「会社四季報」を手にした。株取引が行われている上場会社の、当期利益や財務状況などの情報と、最近の株価の動きがまとめられた分厚い雑誌である。

「バッカス本社の株式発行数は、千二百万株を超えています。株譲渡事件の影響で、売りが先行し、取引数も減っていましたが、先週末の二月八日金曜日、一日だけの取引数は三十六万株。仮に誰かが株を買い占め続けていたとしても、新たに七万株ぐらい手に入れたところで、バッカスという会社に影響が出てくるとは思えませんね。ましてや、誘拐なんていう危険な犯行に出てくる意味があるとは……」

「しかし、身代金受け渡しのリスクは排除できるわけだよな」

「もし、また同じような誘拐が続き、またバッカス株が要求されてくれれば、何かあると見たほうがいいのかもしれません。しかし、七万株では、会社の経営権をめぐる株の買い占めにつながるような数ではあり得ませんよ。仕手戦としても、あまりにも取引数が少なすぎて、株価の影響は少ないはずです」

「そうか……。七万株では、市場への影響は、ほとんど出てこないわけか」

二課での捜査で株の知識を少し仕入れた程度の加賀見にも、そのことは断言できた。

「まず間違いなく。今後も株価に多少の変動はあるでしょうが、七千万円分程度の株で、どうにかなる会社でもありませんね、バッカスのような大企業では」

持論を崩され、小橋は口元に深い皺を刻んで渋い表情になった。

「影響はないのか。しかし、バッカスってのが気になる」

まだ小橋は一人でぶつぶつ言っていた。

死亡したと発表された永渕会長が実は生きていたと判明したところで、彼が裁判を待つ身である事情は変わらなかった。多少は株価が動くだろうが、水面下で仕手戦が行われていたにしても、七万株の影響などはたかが知れていた。本社の株式数は千二百万。千二百分のたった七にすぎなかった。百七十一分の一程度のものだ。

工藤巧を誘拐した犯人は、間違いなく株券で身代金を手に入れようとしている。たとえ明日の早朝から株価が動いたにしても、すでに第三者との話し合いはついているものと見たほうがいい。とすれば、株の価格もすでに折り合い、話はまとまっているはずなのだ。たとえ永渕会長が生きていたとわかったところで、こちらの事件には、やはりほとんど影響はしてこないように思える。

ただし、警視庁の誘拐事件の推移を今後も見ていく必要はありそうだった。両者の誘拐に、もっと共通項が出てくれれば、事情は変わってくる。

報道特別番組はまだ続いていたが、加賀見たちは明日に備えて再び作戦を煮詰める作業に取りかかった。

8

加賀見は部下と駐車場に出ると、県警本部から配備された指揮車に乗り込み、搭載した各種無線とディスプレイ類の最終チェックを終えた。今回の誘拐事件のために割り当てられた県内系と広域通信系の周波数帯にセットし、すでに被害者宅の周辺へ散らばっている捜査員と交信テストをくり返して、特捜車から送られてくる映像の受信具合を確認した。身代金受け渡し時には、カメラによる監視も増える。無線や映像に強くならないと、これからの刑事は務まらない時代が来る。

最終チェックを終えると、加賀見はひと足先に指揮車を降りた。すでに犯人は、準備ができた印となる白いシャツを確認しているだろう。夜のうちに次の指示を出してくる可能性は低いが、油断はできなかった。

工藤書店には、すでに発信器を装着した鞄と小型の無線装置が準備され、犯人からの指示があり次第、直ちに動き出せる態勢はできていた。書店と根本俊雄の携帯電話、どちらも逆探知の準備は調えてある。根本夫妻も書店に泊まり込み、犯人の出方を息を詰めて待っていた。

　今日も泊まりだ、と自宅に電話を入れると、妻はひと言、早く帰れるといいわね、と短く言った。夫の言葉の響きから、すでに事件の内容に見当をつけており、人質が早く家族のもとへ帰れるといい、というもうひとつの意味もふくまれていた。

「孝典はいるか」

「まだ帰ってないの。医者の息子じゃないから、誘拐の心配はしなくてすむぶん、まだましだと思うことにするわ」

　警視庁で発生していた誘拐事件を話題に出し、妻はわずかに疲れを感じさせる声で笑った。不謹慎な冗談だが、笑いにまぎらわせてしまいたい気持ちは理解できた。

「違いない。ろくな財産もうちにはないしな。とにかく、このヤマが終わったら、必ずあいつと話し合ってみるよ」

「お願いね」

　いつもは矢の催促だったが、珍しく優しい口調になっていたのは、こちらの抱える事件の中身を配慮してくれている証拠だった。仕事のできる刑事はできる妻に支えられているものだ。最初に刑事課へ配属された時の上司が口癖のように言っていた台詞が、ふと頭をよぎった。できはともかく、妻に頭の上がらない同僚は多い。

　事件へと思考を切り替えて本部へ上がった。

十一時をすぎてから、病院関係者の確認作業に出向いていた捜査員がぽつぽつと戻ってきたが、手がかりになりそうな情報はまだ入っていなかった。リストアップした者だけでも五十名を超える。彼らの近くに犯人がいるかもしれないのだから、捜査は勢い慎重にならざるを得なかった。

ほかの事件の捜査だと偽って関係者を当たり、知り合いに借金を抱えたり事業に行き詰まったりしている者はいないか、慎重に聞き込みをかけていく。一分でも時間は惜しいが、真夜中に事件とは無関係と予想される市民の自宅へ押しかけるわけにもいかず、あとは明日の作業になるのはやむを得ないだろう。

午前二時をすぎて、さすがに夜間の指示はなさそうだという気配が本部に漂い、加賀見は明日に備えて仮眠に入った。

若いころは本部が立つたびに、眠れない夜をすごしたものだが、今では体を休めるのも大事な仕事のうちだという自覚がある。ところが、柄にもなく指揮車に乗る大役を与えられて興奮を引きずっているのか、株券という身代金を要求してきた犯人との対決に武者震いを感じているのか、なかなか寝つけなかった。

いかんいかん、と焦るほどに目がさえ、犯人がどう出てくるつもりか、名人戦に挑む棋士のように相手のくりだしてくるであろう手をいつまでも頭の隅で読み切ろうとしていた。

誘拐事件の捜査は、犯人が動いてから方針を決めていったのでは、後手に回る危険性があった。相手の動きを事前に読み、あらゆる手段に備えた対策を取ってこそ、早期解決に持ち込める。万全の捜査態勢さえ揺るぎなく敷ければ、警察は数の力と組織力で犯人を圧倒できる。必ず人質を救い出せるはずなのだ。通常の誘拐事件であれば——。

しかし、今回の犯人は違った。株券という例を見ない身代金が、加賀見の胸に漠然とした不安をつのらせ、眠りを妨げていた。

午前六時五分。腕時計で時刻を確かめると、加賀見は仮眠室を出て顔を洗った。今日に備えて泊まり込んだ男たちが髭を当たり、髪に櫛を入れ、替えのシャツのボタンをはめ、戦いに挑む準備を始めていた。いつ犯人が動き出すのか、頭では絶えず気にしていても、身なりを整え終えるまで、誰も仕事の話はしない。週末に行われた競馬や冬季オリンピックの話題が多い。

お先に。仲間が顔をたたいて気合いを入れ、洗面所を出て行った。加賀見もスーツに袖を通して本部へ急いだ。

個性の感じられないくたびれたスーツ姿に見えても、これが加賀見たちの最も動きやすいユニフォームだった。人前では刑事としての存在感を隠し、ひとつの駒となって動きはするが、事件解決には刑事個々の意見や観察眼が大きな武器になる。一方向からの光では、いくら光量を誇ろうと、事件の全体像は見えてこない。組織を支えるおのおのが、独自の光を放ってこそ、チームの力になる。

捜査本部へ入ると、早くも捕捉班のメンバーが集まっていた。朝の話題は、都下で起きていた誘拐事件についてだった。部屋に持ち寄った新聞の一面は、すべて事件の記事で埋められていた。加賀見も同僚の輪に入り、肩ごしに記事を読んだ。

《院長の孫娘を誘拐。要求はバッカス会長の命。死の演技で人質解放》

新聞記者の多くは、神奈川での誘拐事件も承知していた。ただし、報道協定を結んでいるために、こちらの事件は一行も書けなかった。その鬱憤《うっぷん》を晴らすかのように、社会面はもちろん解説面まで割き、特異な事件の詳しい報道に努めていた。

病院関係者を探る聞き込み班は、朝の捜査会議を待たずに出動していた。犯人が次の指示を出してくる前に、どれだけ情報を集められるか。身代金受け渡しの動向とは別に、彼らの担う任務は重い。

午前七時。県警刑事部長と、協力を求めた周辺署の関係者が金沢署に到着し、捜査態勢の確認が行われた。

加賀見は犯人が考えているであろう株券の受け渡し方法を再びかいつまんで説明し、続いて黒田一課長が善意の第三者として現れるであろう金融業者の特定こそが解決へ導く最大の鍵になると檄《げき》を飛ばした。

捕捉班の待機編成と指示伝達ルートを打ち合わせ、短い会議は終わった。

あとは犯人からの指示を待つだけだった。

加賀見は小橋警部の横に陣取り、聞き込み班からの新たな情報を待った。犯人は工藤家の内情に詳しい者の身近に必ずいる。十九歳の大学生を誘拐した、誰にでもわかる理由が存在するはずだからだ。

病院関係者のリストが消されていくのを横で見ながら、加賀見は密かに胸中で祈った。犯人が警視庁の管内で発生していたもうひとつの誘拐事件を知り、身代金の受け渡しを躊躇してくれればいい、と。

バッカス・グループの会長である永渕孝治が実は死んでいなかった、という驚くべき真相が明らかになり、その影響が株価に表れる可能性はある。犯人がもし慎重策を採るのなら、実際の株価の動きを見てから第三者へ転売したほうが安全だ、と考えるかもしれない。そうなれば、身代金受け渡しの指示が遅れてくるケースもあった。

たった一日でもいい。犯人が慎重に株価の動きを見ようとする時間を取ってくれないものか。もし犯人の指示が遅れれば、工藤巧を人質として選んだ動機の面からの捜査に集中できる。

頼む。警視庁での誘拐事件を知り、犯人が慎重になってくれないものか。受け渡しが遅くなれば、その分確実に解決の糸口が見えてくる。

午前九時三十二分。工藤書店の前を監視していた覆面車からの緊急無線が入った。

犯人の動きを、今か今かと待ち受けていた男たちが無線の前へと移動した。

『宅配便の集配車が書店の前に停まりました』

最初がバイク便での脅迫状だった。となれば、宅配便にも気は許せなかった。

『横の通用口へ向かってます。間違いありません。今、呼び鈴を押します』

少し遅れて、店の中に詰めていた今岡警部補からの無線が入った。

『来ました。根本さんが受け取ります』

「本部了解。直ちに中をあらため、報告せよ」

息を詰めて待っていると、三十秒もしないうちに無線が鳴った。

『こちら今岡。工藤巧宛です。差出人は、岡村健三。バイク便で届いた脅迫状と同じ名前です。住所は東京都大田区矢口四丁目……』

「今度は宅配便か」

刑事部長が苦り切った口調で言い、黒田一課長が部下に指示を飛ばした。

「運送会社を当たれ。至急だ」

『――時間指定の特急便です。受付番号は、61―8823―22175……』

元山警視が部下を指名し、小橋が警電に飛びつき、県警本部で待機する幹部に連絡を取り始めた。荷物を受けつけた窓口が特定されれば、最寄りの警察署から捜査員を送る必要がある。

『またしても爪です。今度は足の爪かもしれません』

今岡の声は、無理してのどを絞ったかのようにかすれていた。加賀見の胸にも、小箱の中に入れられていた血染めの綿と生爪が甦《よみがえ》った。

『手紙が入っています。以前のものと同じく、直線だけで書いたような文字です。読みます。──株券を工藤書店の名前が入った紙袋に入れ、正午までに、小坪《こつぼ》海岸バス停横の喫茶店「サンライズ」まで持参しろ。そこで次の指示を待て。怪しい人物を見かけたら、受け渡しは中止する。人質は二度と戻らないから注意せよ。以上です。くり返します……』

「地図だ、地図をよこせ」

「逗子《ずし》です。小坪五丁目。逗子マリーナのすぐ近くです」

「逗子署に連絡を入れろ。こちらからもその店に人を送れ」

男たちの怒号が飛び交い、本部に当てられていた会議室の中が、急激な気圧をかけられたフラスコ内の湯のように沸騰し出した。犯人の指定した正午までは、二時間と二十五分。加賀見は用意しておいた道路地図を開き、小橋の前に差し出した。

「喫茶店へ呼び出すとは、使い古された手できましたね」

小坪海岸のバス停の位置は地図にも書かれていたが、喫茶店の名前までは出ていなかった。電話帳をめくっていた同僚が、住所と電話番号を高らかに叫んだ。加賀見はメモを取りながら地図に目を走らせ、手を伸ばしてボールペンで該当番地の辺りにバツ印を書き加えた。

逗子マリーナとは目と鼻の先、海岸線から三百メートルと離れていなかった。

「ここに善意の第三者が現れるのか、それとも引き回して様子を見てくるのか」

小橋が腕組みをして考え込んだ。

この喫茶店に善意の第三者が現れる可能性はあった。しかし、犯人が警察の包囲網を警戒し、また別の場所へ移動させせようとしてくる可能性も捨て切れなかった。身代金を持って来た人物を動かすことによって、警察の監視がついていないかどうか、見極めようとする誘拐犯は少なくない。

今度の脅迫状で初めて、警察の動きを警戒する文言を、犯人は書いてきた。いくら善意の第三者を使って仲介を企てても、その第三者の素性が周囲を固める警察に知られてしまったのでは、同時に行われるであろう現金授受の場所を特定されてしまう危険がある。

加賀見は地図を睨んだ。喫茶店はヨットハーバーや海岸線に近い場所にある。逗子マリーナは、材木座海岸から逗子湾にかけての海岸線に、ぽっこりと突き出した岩のような形になっている。つまり、三方は海に囲まれており、周囲を固めようにも、国道一三四号線側の一方向からしか近づけない。通常の受け渡しであるのなら、犯人の逃走経路を包囲するには簡単な場所になる。犯人のほうから、袋小路の先で受け渡しをしようという指示を出してくるとは、普通では少し考えにくい。

いや……。袋小路と決まったわけではない。ヨットハーバーの先には——海がある。

「まさかとは思いますが、海も警戒しておいたほうがいいのかもしれません」

加賀見は胸に浮かんだ不安を口にして、小橋の顔をのぞき込んだ。睨むような視線を返された。

「何を言い出す」

「マリーナのすぐ近くだというのが気になりませんか。善意の第三者が現れるのなら、当初の予定どおり、素性を一刻も早く確認して現金受け渡しの場所を特定する。それで第三者の裏に身を隠そうとする犯人を、必ずたぐり寄せられるはずです。しかし、もし株を奪った者が、海へと逃げたら……」

「待て待て。どうして善意の第三者が海へ逃げる」

「いえ、逃げるのは善意の第三者ではなく、当然ながら、犯人ですが」

小橋が疑問を顔の真ん中に寄せたような顔になった。

「おいおい、言ってることが矛盾してないか。犯人が仲介者を立てるつもりだと言い出したのは、おまえだろうが。どうして犯人が喫茶店に現れる」

「喫茶店に現れるかどうかは疑問が残りますが――とにかく、犯人はただ持ち運びのことのみを考えて現金を株に換えさせた、という可能性は残ります」

「要するに、通常の誘拐事件と同じく、身代金をただ奪うために、だな」

小橋にもようやく話の先が見えてきたようだった。

「たとえば、株券の入った紙袋をすれ違いざまに奪い、マリーナに停泊させた船へ逃げ込む、という方法も考えられます。善意の第三者にばかり気を取られていて、海という逃げ道を見逃していたら、大変なことになるとは思いませんか」

地図を見た限り、葉山にもマリーナがあるし、周囲には漁港も多い。別の場所から船で乗りつけるという方法は考えられた。

「あくまで可能性のひとつです。しかし、もし海へ逃げられたら、追跡は難しくなるでしょうね。たとえ海上保安庁の協力が取りつけられたとしても、です」

自分で言っておきながら、不安がひたひたと足元からせり上がってきた。犯人は株券という有価証券の特徴を逆手に取り、身代金を仲介するつもりだという予想は、今も一番確率が高そうに思える。しかし、あくまで予想にすぎず、確証は何ひとつない。犯人がそこまで複雑な受け渡し方法を思い描いたわけではなかった、という可能性も残るのだ。

加賀見は地図上のマリーナを指で示した。

「根本俊雄が喫茶店からマリーナへ出向くとしましょう。そこで、彼の携帯電話に犯人からの指示が入る」

「どういう指示だ」

「停泊中のボートに株券を投げ入れろ、という指示です。もちろん、そのボートはすでにエンジンを回しておりいつでも港を離れることができる」

「海へ逃げようという作戦だな。しかし、ヘリを飛ばせば、追跡はできるぞ」

確信ありげに頷いた小橋に、加賀見は首を捻りながら言い返した。

「そうでしょうか。上空から行方を追えるのはボートの船影だけではないでしょうか」

「上陸先が予想できれば、海岸線を封鎖できる」

「もし犯人が潜水用具を準備していたら、どうしますか」

小橋があんぐりと口を開けた。次の瞬間、何を言い出すのかと非難めいた表情に変え、また睨み返してきた。

しかし、株券とともに海中へと潜られてしまえば、もうあとは追えなかった。近くに仲間の船が待っていて、駿河湾を出て、遠い港に上陸する、という方法も考えられた。海上保安庁の巡視船が出動したとしても、海に潜った犯人までは追跡できないだろう。

まさかとは思う。小型ボートに、もう一隻の船をあらかじめ用意しておくなど、ちょっと大がかりすぎる方法だった。しかし、七キロという重さになるはずの身代金は、たった七十枚、重量にして一キロにも満たない株券の束に換わっている。七キロの現金を奪って海中へ潜ることは不可能でも、株券に換えてスリム化した七千万円なら、一緒に潜水して楽に移動ができそうだった。

もしかしたら犯人は、海へ逃げるために、現金よりもかさばらない株券で身代金を要求してきたのではないか。

七キロもの重量を持つ現金では、たとえ身代金を奪えたとしても、犯人の行動は制限される。警察としても追跡はしやすく、地上からの監視に全力を投入できる。しかし、今や七千万円はたった七十枚の株券へと姿を変え、持ち運びは子供でも楽にできるようになった。逗子マリーナを包囲するにしても、海の中にまで人は配せなかった。犯人はもしかしたら海を逃走経路として利用するため、逗子マリーナに近い喫茶店を指定してきたのではないのか。

地図から目を上げると、小橋がまだ加賀見を睨みつけていた。次から次へと新たな手口を予想し、おれたちの仕事を増やすつもりか、と責めるような目つきに見えた。

「可能性にすぎません。ですが、わざわざ海の近くに呼び出すという理由が……」

「課長」

小橋が身を翻して幹部のもとへ走り寄った。

9

十時三分。作戦会議を手早く終えると、加賀見はテレビ中継車にも似た指揮車の中へ乗り込み、小坪海岸へ急いだ。

無線の前には元山警視が座り、隣に小橋が、加賀見は二人の後ろについた。すでに先発隊が現場へ到着し、辺りの様子が無線で次々と入ってきていた。連休明け二日後の冬の平日とあってか、マリーナに停泊するヨットやボートを利用する者はほとんどいないという。さらには、船籍登録のない船が停泊している形跡はないことも確認された。

ただし、指定時刻にボートが接岸して来るケースは考えられた。そのため、警察庁を通じて海上保安庁へ協力を要請しているところだった。

猶予は二時間しかなく、配備が間に合うのか不安は残る。たとえ協力を取りつけられても、マリーナに巡視艇が泊まっていたのでは不自然すぎた。ヘリコプターの準備とともに、漁船のチャーターも検討されている。

十時三十五分。小坪海岸の近くに到着した。

指揮車の見た目は配送用の中型バンを模していたが、荷台部分の屋根には配送車では滅多にお目にかかれないアンテナ類が鎮座している。念のため、喫茶店「サンライズ」には近づかず、小坪小学校脇の路上を前線基地として車を停めた。

早速、特捜車からの映像が送られてきた。

喫茶店「サンライズ」は低層マンションの一角に位置していた。バブルの時期に建設されたマンションらしく、やけにエントランスが豪華だ。店自体はそれほど広くは見えない。経営者に了解を取りつけ、かかってきた電話はすべて逆探知ができるように手配を終えた。正午が近づいたら、アベックや営業の途中に立ち寄ったサラリーマンに扮した捜査員が六人、時間をおいて店に入る予定だった。路上には無線傍受班と覆面車を配置してある。逗子湾から大磯まで海岸沿いを走る国道一三四号線を中心に、重点配備の手はずも調っていた。

『こちら本部。宅配便の受付場所が判明しました』

連絡係の捜査員から無線が入った。

『東京都大田区東矢口一丁目のコンビニです。受付は昨夜の午後七時三十五分。店の防犯カメラが、ふたつの荷物を依頼した四十代の男の顔をとらえています』

加賀見は耳を疑い、小橋と顔を見合わせた。彼も、嘘だろ、というような目つきで見返してきた。

今時、中学生だってコンビニエンスストアに防犯カメラがあると知っている。そんな場所に、のこのこ姿を現すとは、どういうわけなのか。最初の脅迫状を送りつけてきた時、犯人は空き家を利用してバイク便の配達人と顔を合わせないように警戒していたはずだ。

加賀見は無線のマイクに手を伸ばした。

「こちら加賀見です。コンビニに現れたのは犯人ではないのですね」

『本部でもその見方が強いと見てます。便利屋か何かを利用してきたのでしょう』

絶対にそうだ。最初の脅迫状で素顔をさらすまいと警戒してきた犯人が、防犯カメラの設置されたコンビニのレジにのこのこ現れるはずはなかった。

加賀見はもうひとつの疑問を口にした。

「荷物をふたつ預けたと言いましたよね」

『その通りです。伝票番号から控えがたぐれました』

「もうひとつは、まさかサンライズ宛の荷物じゃないでしょうね」

「正解です。差出人は、同じく岡村健三になってます」

ふたつのうちひとつが身代金を逗子マリーナ近くの喫茶店へ持参しろという脅迫状なのだ。となれば、残るもうひとつの宛先ぐらいは想像できる。

横から小橋がマイクに割り込んだ。

「そっちのほうは、十二時までの時間指定だな」

『その通りです。こちらの住所も、工藤書店に届いたのと同じく東京都大田区矢口四丁目でした」

「やはり空き家だな」

元山が加賀見のマイクを取って、当然の質問を放った。

『警視庁が確認しました。門柱に、手書きの紙が貼ってあったそうです。岡村という名前の書かれた紙が』

犯人に依頼されたと思われる四十代の男が、コンビニにふたつの荷物を持ち込んだのが、昨夜の七時三十五分。工藤書店の二階の窓にシャツが掲げられてから、そう時間をおかずに、すぐさま犯人は次の行動に出てきたのである。

「今、荷物はどこだ」

『逗子市内だそうです。まもなく捜査員が接触します』

つまり、配送車が「サンライズ」へ到着する前に、犯人からの荷物の中身を確認できそうだというのである。

元山が時計を睨みながら無線に向かった。

「根本俊雄は正午ぎりぎりにサンライズへ入らせろ。それで、いくらかは先手を取れる計算になる。いいな」

『本部、了解』

荷物の中には、次の指示を書いた手紙が入っているはずだった。もし善意の第三者の名前が書いてあれば、一時間近くもの時間を稼げる。

「いけるぞ、これは」

元山が力強く言って、無線のマイクを置いた。加賀見は指揮車の狭い天井を見上げた。

「どうした」

またおかしなことを考えているのか、と言いたそうな目つきで、小橋が見つめてきた。

「また何か思いついたか」

嫌味まじりの問いかけに、加賀見は真顔で答えた。

「ふたつの脅迫状を、なぜ一緒に出したのかと不思議に思えてきたんです」

「だから、十時と十二時、ふたつに分けて犯人は送ってきてるじゃないか」

「でも、我々はこうして伝票番号から、もうひとつの荷物の存在に気づくことができました。犯人だって、伝票からたぐられてしまうことぐらい、想像できたはずではないでしょうか」

「現にこうして、ふたつの荷物を送ってきてる。犯人は我々の力を甘く見てるんだろう、きっと」

元山が決めつけるように言葉を返した。そういう可能性もあるだろう。

だが、たとえ警察に先を越されても、犯人にとっては痛くも痒くもないという確信があるのではないか。

いや……。案外、元山が言うように、犯人は身代金を株券に換えて要求するというアイディアに頼り切り、自信満々でいるのかもしれない。そうであってほしい、と加賀見は思う。しかし同時に、わずかな落胆も胸にはあった。

犯人と知恵比べをしたい、という不遜にも近い願いが、いつしか芽生えていた。株券という前代未聞の身代金を考えついた犯人と、真正面から堂々とぶつかり合って逮捕にまでこぎつけてみたい。人質の命を最優先するという原則は忘れていないつもりだが、単なる浅知恵を思いついた犯人が、ミスから墓穴を掘るのでは、結果はよしとしても、神奈川県警が犯人に勝利したことにはならなかった。

警視庁では、マスコミにも事件を隠し通して、人質を見事に救出していた。犯人の裏をかくことで、彼らはひとまず勝利を収めたと言える。無論、彼らにはまだ犯人逮捕という次の課題が待ち受けており、全面解決ではなかったが、その手際は賞賛されていい。

警視庁と手柄を競いたいのではない。加賀見は今回の事件の背後に、一種のゲーム性を感じ取っていた。

いや、ゲームという言い方は正しくない。犯人が自分の姿を警察の前から隠そうというのは当然だが、ここまで一切の手がかりを残そうとせずに警戒する犯人は珍しい。工藤書店にかかってきた最初の電話も、ボイスチェンジャーらしき機械を使って声の質を隠していた。次に、警察が介入するだろうと予想をつけ、犯人はバイク便を使って脅迫状を送り届けてきた。さらには宅配便の時間指定を利用した。

犯人は、自らの素性につながりそうな手がかりを一切残すまいと細心の注意を傾けている。この異常なまでの周到さが、気になった。ゲーム性を感じ取ったのも、まるで隠れん坊に徹したような犯人のこだわりが伝わってくるからだった。

身代金を株券で要求するという点でも、犯人の周到さは際立っている。過去にこんな誘拐事件は、見たことはおろか、聞いたこともなかった。営利目的の誘拐事件は、ほとんどの場合が金に困っての犯行だ。金策に窮して追いつめられた犯人は、ほころびだらけの計画を立てて、誘拐を実行してくるケースが多い。金に窮した余裕のなさが、犯行計画にも表れてしまうのである。

しかし、今回は違った。

もしかしたら犯人は金に困っていないのではないか、と加賀見は思う。この計画の周到さは、追いつめられた者の仕業ではあり得なかった。

金がありそうにも思えない駅前書店の、十九歳になる大学生を人質に取る。リスクが高そうに見える計画を、果敢に犯人は実行してきた。株という身代金も前代未聞だ。さらに、人質の爪をはがして被害者宅に送りつける冷淡さも、尋常ではない。

犯人にとって今回の犯行は、ある種のゲームに近い感覚があるのではないか。だから、冷淡に人質の爪をはがし、被害者の自宅へ送り届けるという行為ができた。七千万円という要求額だけが、犯人にとっての目的ではないような気がしてならない。

この犯人は何を考えているのか。

事件の表面上からは、まったく犯人の狙いが読めてこなかった。だからこそ、完膚なきまでに犯人の手を読み、完全なる勝利を上げて逮捕にこぎつけたい、という思いが加賀見には強くあった。

十一時をすぎて、早めに「サンライズ」へ入った捜査員から、荷物の中に隠したカメラの映像が送られてきた。

中央にカウンター。ボックス席が合計八つ。二十人ちょっとの座席数か。全体を見通せそうな奥の席に、元山が無線で捜査員を誘導した。

『こちら本部。たった今、逗子署の一課が配送車と接触しました』

店内へ入った捜査員に「待て」と指示を出し、元山も無線に聞き入った。加賀見はメモを構えた。

『……箱は大きくありません。宛先の横に、よろしくお願いします、と赤いマジックで書かれていました。中にはレポート用紙に書かれたらしい手紙と封をされた定形縦長の封筒が入っていただけで、非常に軽かったそうです。封筒と一緒に添えられていた手紙には、今日の十二時に工藤書店の使いの者が客としてやって来るので、同封した手紙を手渡してほしい、とありました。直筆ではなく、ワープロで印字された手紙です』

初めて犯人は手書きではなく、ワープロを使用してきた。

理由は想像できる。喫茶店に届いた宅配便の中に、見るからに脅迫状らしき直線だけで書かれた手紙が入っていたら、誰もが不審を覚えて警察に通報したくなる。「サンライズ」の店員が中を確認するので、どこから見てもまともな手紙でなくてはならないのだ。

『封筒には、工藤書店御中と直線だけを使った文字で書いてありました。文面を読み上げます。——十二時十五分に店を出て、逗子マリーナ内のボウリング場へ向かえ。正面玄関の前がちょっとした広場になっている。玄関を背にして右手のほうにベンチがあり、横にゴミ箱が置いてある。十二時三十分まで待ち、そこに株券の入った紙袋を置いて立ち去れ。警察が見張っているかどうかは、すぐにわかる。怪しい人物を見かけたら、人質は二度と戻らない。

以上だ。くり返します……』

ゴミ箱へ入れろ、とはどういうわけだ。

加賀見はこめかみを揉み、息をついた。ゴミ箱に株券を入れさせ、それを回収するつもりでいるのか。何という、ありふれた手なのだ。

「本気ですかね」

肩すかしを食らい、小橋の表情をうかがった。同意の相づちはなく、小橋は人員配置表に視線を落として、県内系の無線をつかんだ。

「馬場と和田、聞こえるか」

『はい、こちら馬場』

『こちら和田です』

「逗子マリーナのボウリング場へ向かえ。正面玄関の前がちょっとした広場になっている。玄関を背にして、右手のほうにベンチがあり、その横にゴミ箱がある。辺りの景色と一緒に、カメラに収めろ」

『了解しました』

なぜゴミ箱なのか、小橋も元山も明らかに疑問を感じていた。捜査員を急行させて現場を確認すれば、あまりにありふれた身代金の受け渡し方法の秘密がわかるのではないか、と考えたのだ。

三分もせずに、現場へ向かった捜査員からの映像が、特捜車を中継して送られてきた。

ボウリング場は、海に近い二方向を駐車場に、残る二方向をリゾートマンションに囲まれていた。敷地内には、リゾートらしい雰囲気を作り出そうと、背の高い棕櫚《しゅろ》が植わっている。真冬の午前中とあって、辺りに人は皆無だ。なぜなら、ボウリング場が三月二十日まで、平日は午後一時からの開店となっていたからだった。ただし、駐車場の横手にあるテニスコートには、利用客がいるという報告が入った。

「これじゃあ、うちの連中がいくら通行人を装いたくても、ヨットハーバーにまぎれ込んだ漁船のように目立ってしまうな」

小橋がディスプレイに映し出された景色を眺めながら、舌打ちした。

ボウリング場の前は、赤い煉瓦を敷き詰めた広場になっていた。コカ・コーラのマークの入った赤いベンチが右手に三つ。オープンカフェのようなテーブルも置かれている。ベンチの向かいが売店になっているが、今はこちらも開いていないために、ベンチを利用する客はいなかった。

ベンチから三メートルほど離れたところに、空色の四角いゴミ箱が置かれていた。高さは一メートル、幅と奥行きは五十センチほどか。腹には「燃えるゴミ」と書かれたプレートが貼ってあり、その上にオレンジ色の開閉蓋が取りつけられている。ファーストフード店によく置かれているゴミ箱のような投入口だ。

あまりにありふれたゴミ箱だった。こんなところへ入れさせたのでは、回収もままならないだろう。犯人の意図が理解できなかった。

「おまえの取り越し苦労だったかもしれんな」

小橋がまだ油断なく表情を引きしめたまま、加賀見に言った。元山も盛んに首をひねっていた。

あり得なかった。確かに現金七千万円を入れたのでは、あのゴミ箱からはみ出してしまう。しかし、株券に換えさせた理由が、あんな場所へ入れさせ、持ち逃げしやすくさせるためだとは……。

ボウリング場の周囲に人の姿は見えなかった。真冬なので、マリーナ自体に利用客が少ないのだ。警官らしき者がうろついていれば、すぐにでも察知できそうな状況ではある。しかし、これでは金に困って子供を誘拐して身代金を要求する、どこにでもいる誘拐犯と同じではないか。

「油断はするな。善意の第三者が回収に来るケースも考えられる。予定どおりの態勢で、身代金を回収に来る者を待ち受ける。いいな」

元山が慎重さを崩さず無線に告げた。

確かにそうだ。回収に来るのは、また便利屋のような男かもしれない。そいつが善意の第三者に手渡すという方法もあり得た。

油断はできない。ここまで周到に自分の姿を隠そうとしてきた犯人なのだ。ゴミ箱に捨てさせた株券を、ただ回収しようという安直な計画を立ててくるとは思えなかった。

あるいは……。

加賀見はディスプレイの映像を見つめた。喫茶店「サンライズ」に宛てた封筒は、陽動作戦ではないのか。警察なら、コンビニに現れた男がふたつの荷物を送ったことをかぎつけ、もうひとつの荷物の中身を事前にあらためようとするだろう。そこに、カモフラージュの手紙を忍ばせておき、喫茶店に現れた根本俊雄には、別の方法で本当の指示を出してくる。考えられないわけではない。手紙には、十二時十五分に喫茶店を出ろ、という指示があった。その十五分の間に、何らかの方法で――。

小橋が無線のマイクをつかみ、「サンライズ」に向かわせた捜査員の一部をボウリング場へと回す指示を告げた。しかし、辺りに人影がないので、コート姿の厳つい男たちが手持ちぶさたげにうろついたのでは、刑事という名刺を掲げながら張り込みするようなものだった。アベックに扮した捜査員を二組、近くの路上に覆面車を三台。テニスの見学に三名。向かいのマンションの階段に四名。広場を監視するカメラを、マンションの上部階のテラスに設置させる指示を出した。

たとえ「サンライズ」が手薄になっても、まだ捜査員は周囲にひそんでいて、いつでも無線の指示で移動はできた。ボウリング場と「サンライズ」は二百メートルほどしか離れていない。もし犯人が陽動作戦を採ってくるのであれば、少なくとも逗子マリーナから警察官を引き離そうとするのが普通に思える。

では、やはりカモフラージュではなく、本当の指示なのか。

しかし、ゴミ箱を中継地にしようというのでは、ここまで見られた周到さとは相容れない、ありふれた作戦でしかなかった。小橋が言うように、加賀見の考えすぎだったのか。

『こちら本部。釣り船のチャーターができました。十一時五十分ごろには、マリーナ沖五百メートルの海上に配備できます』

『四号棟六〇二号室のオーナーより了解が取りつけられました。これよりカメラを設置します』

『国道一三四号線の配備完了』

ボウリング場を中心とした逗子マリーナの監視態勢が着々と進められていった。

犯人がもしゴミ箱から株券を回収して逃げるつもりであれば、少なくとも陸上からの逃走は不可能に近い。たとえ洋上へ逃げたとしても、追尾はできる。

あとは犯人が本当に現れるのかが問題だった。

マリーナの駐車場に車が入ってくるたび、ナンバーを告げる無線が飛び交った。テニスコートやレストランの利用客なのだろう。ウインドブレーカーのようなユニフォームを着た従業員が、開店準備を始めた。中年女性の清掃作業員が、箒とちり取りで広場のゴミを集めていく。犬を連れた初老の男性が通りすぎた。

一方、「サンライズ」の店内で電話のベルが鳴るたびに、逆探知班からの無線が飛び込んできたが、どれも仕入れの確認のためのものだった。

『ゴミの収集法がわかりました』

マリーナの管理事務所に出向いた捜査員からの無線が入った。

『敷地内のゴミは、それぞれ受け持ちが違っています。ボウリング場、駐車場、テニスコートに設置されたゴミ箱の中身は、午前九時と午後三時に収集され、いったんボウリング場の売店脇にある収集所に集められます。燃えるゴミの場合は、月水金、それぞれ市の環境クリーンセンターが収集に来ますので、その時刻に合わせてパートの清掃員が収集所に移動させます』

「清掃員のリストを提出してもらえ。今日の職員に変更はないのか」

元山がすぐさま指示と質問を出す。

『ありません。もう二年以上も勤めている人たちだと言います』

ひとまず清掃員は容疑者から外してもいいように思えた。三時のゴミ収集までに、犯人は現場に現れるつもりでいるのだろうか。

十一時四十五分。宅配便が「サンライズ」に到着し、犯人からの荷物が配達された。正午が近づき、レストランにやって来たらしい客の車が駐車場へと入っていく。

『まもなく小坪海岸に到着します』

十一時五十五分。根本俊雄の車に同乗した大熊加世子巡査部長からの無線が入った。すでに「サンライズ」には四人の捜査員が入っていた。ほかに客は三人。中年女性の二人組に、五十代の男性が一人だった。

『これより店内に入ります』

十一時五十八分。身代金の株券を持った根本俊雄と大熊加世子が「サンライズ」のドアをくぐった。店内に入っていた捜査員のカメラからの映像に、二人の姿が映り込んできた。

『失礼ですが、工藤書店の方でしょうか』

根本の上着の裏につけた集音マイクが店長の声を拾い、スピーカーから流れ出した。十三分前に到着した犯人からの手紙が、根本の手に渡された。

すでに内容は大熊を通じて伝えてあったが、彼はドアに近い席に着くなり、中の手紙を読む演技を始めた。犯人がどこから視線を向けているかわからない。

問題はこの先だ。

犯人は手紙の中で、十二時十五分まで店内にいろ、と言っている。手紙がカモフラージュであれば、その十五分の間に、何らかの形で別の指示が入るはずだ。

「来ますかね」

喫茶店とは離れた指揮車の中だというのに、小橋が声をひそめて元山に言った。二人とも、来ないでくれ、と念じているような顔つきだった。ゴミ箱を中継地点とされたほうが、警察としては監視がしやすい。

五分が経過した。店の電話は鳴らない。根本たちの席に近づこうとする者もいない。あの手紙の指示が本当に犯人の狙いなのか。

十分がすぎても動きはなかった。十一分になって、新たな客が店のドアを押した。根本がびくりと体を揺らして振り返ったが、六十代らしき男女の二人組で、近所に住む老夫婦のようにしか見えなかった。

時計の針が十二時十五分になった。犯人からの指示は、ついになかった。

「どういうことだ」

加賀見はまだ信じられない思いで画面を見ていた。根本と大熊が頷き合って席を立った。やはりゴミ箱の中へ株券を入れさせるつもりらしい。それとも、警察の関与を察知し、受け渡しを中止するつもりなのか。

口をつけなかったコーヒーの支払いを根本がすませて店を出た。

「今出たぞ。後藤は公園前へ移動。山口はボウリング場へ入れ」

小橋が配置表を見ながら捜査員に指示を出した。

やがて、マンションのテラスに設置したカメラによる俯瞰《ふかん》の映像が、ボウリング場へ向かう根本たちの姿をとらえた。二人に近づこうとする者はいない。

駐車場前の車道を横切り、ボウリング場へと二人が移動していく。

『ゴミ箱ってどこですかね』

根本俊雄の震え声が聞こえた。寒さのせいもあったのだろうが、足取りまでが震えて見えた。

歩道からでは、案内板の陰になっていたようで、きょろきょろと辺りを見回した。散歩に来たらしい婦人が犬を連れて通りすぎた。

正面玄関のほうへ回りかけたところで、やっと植え込み越しにゴミ箱が見えたらしい。売店も営業を始めていたが、ボウリング場の前に客の姿は見えない。並んだベンチにも人はいない。

十二時三十分。根本俊雄がぎこちない歩き方でゴミ箱へ近づいた。辺りを確かめるように何度も見回した。

『本当にここなんだろうな』

上着の裏につけた集音マイクが独り言を拾った。時価七千万円を超える株券をゴミ箱に入れるのである。このまま焼却でもされようものなら、大損害になる。

根本はもう一度頼りなさそうに辺りを見てから、オレンジ色の蓋を押し、そっと紙袋を中へ入れた。

『あとはお願いします』

マイクを通して加賀見たち捜査員へ告げた言葉だった。

根本はベンチ前の大熊のもとまで戻り、後ろを気にしながらボウリング場から離れて行った。

三時にゴミが収集される。あと二時間三十分。それまでに犯人はどういう手段で株券を手に入れるつもりなのか。

10

マンションのテラスに設置されたカメラが、上空からゴミ箱を監視していた。

駐車場に置いた二台の覆面車の中に、それぞれ二名ずつ。ボウリング場にも三名、ヨットハーバー前の関係者駐車場にも覆面車を二台二名ずつ、ボウリング場へ通じる路上にも覆面車を合計八台十六名を配備してある。洋上には釣り船がひかえ、ヘリコプターの準備もできていた。

午後一時が近くなって、テニスを終えたらしい婦人のグループがベンチに座って缶ジュースを手に談笑を始めた。しかし、十分もすると腰を上げ、空き缶をゴミ箱に放り込んで立ち去った。とはいえ、缶専用のゴミ箱が置かれているので、株券の入ったゴミ箱へは近づきもしなかった。

ボウリング場に出入りする客はいても、真冬の戸外でひと休みする者はなく、ベンチに寄りつく者は見られなかった。辺りをうろつく不審人物もいない。

「いつ現れるつもりなんだ」

元山がディスプレイを睨みながら、いらいらと頬をさすり上げた。三十分が経過しても、変化は見られなかった。ヨットハーバーに船が近づくこともなければ、同じ車が何度も路上を行き来する気配もない。冬の頼りない陽射しが、次第に傾きを増していった。

「感づかれたんじゃないだろうな」

小橋が苛立たしげに、太い足を揺すった。その可能性はあるかもしれない。過去にも、監視を気づかれたわけでもないのに、警察の関与を予想し、怖じ気づいた犯人が受け渡し現場に現れなかったケースは幾度もあった。

これは来ないな。

午後一時半が近くなって、加賀見は密かに確信した。

そもそも、ゴミ箱に株券を入れさせるという方法自体が納得できなかった。犯人は最初から現れるつもりはなく、こんな方法を告げてきたのではないか。警察の動きを見るには、真冬の人けの少ないマリーナは絶好の場所だ。普段より違法駐車の数が増えれば、警察の車だと見当はつけられる。

しかし、今さらこんな手を使って警察の関与を確かめてどうなるのか。犯人は当初から姿を見せようとせず、警察の動きに備えた周到な計画を練ってきていた。ここで一度空振りをさせておき、警察が辺りにいたから受け渡しを中止したのだと伝え、次の機会には絶対に姿を見せるな、と言いたいための布石なのか。

警察が監視をしていたのでは、善意の第三者の素性から、もうひとつの受け渡し場所が知られてしまう。それを警戒し、受け渡しのタイミングを計っているという見方はできた。

しかし、一度や二度の空振りで、警察が簡単に手を引くと、本当に犯人は考えているのか。だとしたなら、かなりのお人好しだ。周到に姿を隠そうとしてきた犯人とは結びつきにくいように思えてならない。

ただ、犯人が現れてくれないことは、加賀見たちにとって幸いだった。この間に、動機の面から犯人に近づけるかもしれないからだ。病院関係者を当たっていけば、必ず犯人に近い者が浮かび上がってくる。加賀見は信じていた。

ゴミ箱に近づく者が誰一人として現れないうちに、午後三時になろうとしていた。すでにパートの清掃員が、リヤカーを改造したような手押しのゴミ収集車とともに敷地内を回り始めていた。

「収集されたゴミを狙うつもりなのか」

元山も半信半疑に呟いた。部下の反応を期待しての発言だったのだろうが、小橋は腕の時計を睨んだままだった。

市の環境クリーンセンターが燃えるゴミを集めに来るのは、月水金の週に三日である。次の収集日は、十五日の金曜日になる。それまでゴミは、ボウリング場横の収集所に置かれる。

午後三時十七分。パートの清掃員がゴミを収集した。ゴミ箱の中には白い半透明の袋が入れられていたが、中にほとんどゴミが入っていないため、別の袋に中身をあけた。株券の入った紙袋が、確かに別のゴミ袋へと移されるのが確認された。

売店の横に、高さ二メートルほどの白い塀が作られ、小さなドアがあった。清掃員は鍵を使ってドアを開けると、まとめたゴミ袋を持って中へ入った。

テラスに設置された映像を、小橋がアップに切り替えた。ドアの向こうは、ちょっとした庭のようになっていて、駐車場との塀の脇にプレハブの物置があった。その脇に白いゴミ袋が見えるのは、燃えないゴミをまとめたものなのだ。清掃員は燃えるゴミを棕櫚の木の根元に置いた。

金曜日の朝まで、ゴミはあの場所に置かれたままになる。

「夜に忍び込んで、株券を回収するつもりだろうか」

小橋が猪首をひねり、腕を組んだ。今度は加賀見に向けての問いかけだとわかったが、まともに返せる言葉は少なかった。

「さあ、どうでしょうか」

冬場は利用客が少ないために、ゴミの量は多くない。探そうと思えば、比較的楽な作業かもしれない。

元山は直ちに、本部長と無線で連絡を取り合った。いつまで監視を続けるのかが次の問題になってくる。

まだ犯人から受け渡し中止の連絡は入っていない。となれば、株券をこの時点で回収するわけにはいかなかった。

予想どおり、監視の続行が決定された。

犯人はもう現れそうにない、と誰もが思っていたが、肝心の犯人からのリアクションがない以上は、まだ回収されるという可能性は残っていた。ここで警察が株券を勝手に回収し、人質の身に危険が及んだのでは何にもならない。少なくとも犯人から次の指示があるまでは、ゴミ袋の中に入れられた株券の監視をやめるわけにはいかなかった。

加賀見は初めて空腹を感じた。長い監視になるかもしれない。覚悟を固めながら、用意しておいたサンドイッチに手を伸ばした。

冬の早い夕暮れが近づいていた。

〈下巻につづく〉

集英社文庫

誘拐《ゆうかい》の果実《かじつ》 上《じょう》

2005年11月25日 第1刷

定価はカバーに表示してあります。

著者 真《しん》保《ぽ》裕《ゆう》一《いち》

発行者 加藤 潤

発行所 株式会社 集英社
東京都千代田区一ツ橋2—5—10
〒101-8050
電話 03（3230）6095（編集）
（3230）6393（販売）
（3230）6080（読者係）

印刷 凸版印刷株式会社

製本 凸版印刷株式会社

Printed in Japan

ISBN4-08-747879-3 C0193